# 都合よく扱われるくらいなら家を出ます！
# ～可愛すぎる弟のために奔走していたら大逆転していました～

斎木リコ

# 目次

フェールナー伯爵家
サーヤ・イエンシラ
両親を亡くし、
叔父一家に虐げられながらも
弟を愛でる日々を送っていたが、
ある理由をきっかけに家出を決意。
平凡なスキルだと思っていた
【洗浄】と【治癒】は、
実はチート能力で…？
ウード・ジーンリー
食材の目利きから
嘘や隠し事まで、
何事も「見通す目」を持つ
絶世の美少年。
お姉ちゃんっ子。
Characters

# セネリア王国・王宮の人々

## セリアン

サーヤの力に気づき、
王宮の問題を解決してほしいと
依頼してくる。
騎士姿だが本当の正体は…？

## マーバル

王太子殿下の
護衛を務める将来有望な
イケメン騎士。

## アフレート

王太子殿下の側近。
代々宰相を輩出している
侯爵家の出。

## ギイド

伯爵位。
戸籍部の室長で
四角四面な仕事に秀でる。

## ゲヴァン

ハスアック子爵家当主で、
サーヤたちの
父方の祖父にあたる。
実家を取り戻すために
手を貸してくれる。

## ギルガン

ハスアック家の長男で、
サーヤたちの伯父にあたる。
実家を取り戻すため
手を貸してくれる。

## カムドン

フェールナー伯爵家を
乗っ取ろうと画策する
サーヤたちの叔父。
サーヤを悪い噂のある
トンスガン男爵のもとに
嫁がせようとする。

# プロローグ

昔昔。地球という星の日本《にほん》という国に、とある女性が暮らしていました。親しい人がいる訳でなく、ましてや恋人もおらず、当然結婚もしていません。

それでも、離れて暮らす両親と、ネットで見る余所様《よそさま》の猫ちゃんに癒《い》やされつつ、平穏な生活を送っていました。

それが、この世界に生まれる前の私。人には絶対に言えない、私だけの秘密だ。サーヤ・イエンシラ。それが今の私の名前。

この前世の記憶を思い出したのは、今世の私が四歳くらいの頃。それまではぼんやり見えていた周囲が、ある日いきなりクリアに見えた驚きは、今でも覚えている。

あまりに驚きすぎて、泣き叫んだくらい。お父様もお母様も、あの時は慌ててらっしゃったわ。

今世、セネリア王国に生まれた私の家は、フェールナー家という伯爵位の家。貴族よ、貴族。しかも、私が六歳の時には、天使のように可愛らしい弟まで生まれるというおまけ付き。

弟のウードが生まれた時、お父様ったら嬉《うれ》しすぎてはしゃいで危うく二階のバルコニーから落ちるところだったのを覚えている。後でお母様にこっぴどく叱られて、小さくなった姿も。

その後も、赤ん坊のウードをしょっちゅう抱き上げてあやしていた。今思い出しても、愛情深い人だったと思う。お母様との仲もよかったし。

うちの弟は本当に可愛い。お父様とお母様のいいとこ取りってやつだわ。比べて、私は平々凡々って感じ。お父様とお母様の微妙なところを寄せ集めたようなものかしら。

でもいいの。我が家は貴族なんだから。これで私の将来も安泰《あんたい》よ。何せ、何不自由なく生活していけるのだから。……そう、思っていたのに。

思いもよらない事というのは、この世界にも普通に起こるのねえ。

まず、八年前にお父様が亡くなった。死因は怪我。詳しくは教えてもらえなかったけれど、相当酷《ひど》い怪我だったらしい。遠くの地で亡くなって、王都の邸まで遺体が運ばれてきたのよ。

私は八歳だったから色々覚えているけれど、弟のウードはその時二歳。もう、お父様の事は覚えていないかもしれないわね。

お父様が亡くなった後、お母様も体を壊して寝付くようになってしまった。それからたった二年で、お母様はお父様の元へ旅立ってしまわれたわ。

思えば、お母様が寝付いた頃から、我が家の財政は段々傾き始めていたんじゃないかしら。だって、家の中が少しずつ変わったのは、その頃だもの。

最初の変化は、家に代々伝わる肖像画がなくなった事かしら。お母様に聞いても、「余所に預けているの」としか仰らないし。

その後も、花瓶や銀器、お母様のドレスやお父様が残した服、それに装飾品類。男性でも、宝石は使うから、お父様もお持ちだったのよ。

それらも、いつの間にか家から消えていた。私やウードの服もね。子供サイズでも布地も仕立てもいいから、古着で売ってもいいお値段になったんじゃないかしら。

最終的には、絨毯《じゅうたん》や家具まで安物に入れ替わったのには、驚いた。そこまでいくと、もうお母様に聞く事も出来なくて……。

多分、お父様が亡くなったから、家の収入がなくなったんだと思う。だから、家にあるものをお金に換えていたんじゃないかしら。

我が家は伯爵家と言っても領地を持っている訳ではないし、王宮で役職をいただいている訳でもない。正直、どういう収入があったのか謎な家だ。

でも、男であるお父様は、何かをして報酬を得ていたと思うのよね。そのお父様が亡くなったから、我が家の財政が傾いたんじゃないかしら。まあ、世の中貧乏貴族もいるから、うちもそうだったのかも。

お母様は、亡くなる少し前に、私だけを枕元に呼んである物をくれた。

それが、今も私の首にかかっているペンダント。花のつぼみを象《かたど》ったもので、とっても綺《き》麗《れい》なの。

お母様は、私にこれを渡して仰った。

『ウードをお願いね。姉弟、仲良く暮らしてちょうだい。何事にも、負けずに、気を強く持つのよ』

『はい‼　お母様！　私、神様とお母様に誓います！』

私の返答に、お母様は微笑《ほほえ》んでらしたっけ。お母様、あの時の誓い、私は忘れた事、ありません。これから先も、ずっと護り続けます。

# 第一章

「はあ……」

思わず溜息《ためいき》が口から漏れる。溜息ばかり吐《つ》いていると、幸せが逃げると言ったのは誰だったか。

とはいえ、現状私から逃げ出す幸せなんて、殆《ほとん》どない。

「ちょっと！　洗濯が終わってないわよ‼　とっとと終わらせなさい！　グズが！」

背後から金切り声が響く。ちらりと振り返ると、厚化粧の女がこちらを睨《にら》んでいた。

「ちょっとお！　私の部屋、掃除がまだなんだけどー？　いつまで待たせる訳ー？　あれじゃお客の一人も呼べないじゃない。ほーんと、使えないんだから」

厚化粧の女の背後から、ひねた顔の少女がやってくる。この二人、親子なんだけど意地の悪そうな顔がそっくり。

そのそっくり親子は、私を見てにやにや笑っている。私に命令出来るのが、心底嬉しそう。

「おい！　俺の靴が磨いてないぞ！　もう出掛ける時間だってのに、何をやっている！」

更に二人の女の後ろから、でっぷりと太った男がやってきてキーキー喚《わめ》いた。

洗濯くらい自分でやれ！　それもあんたのは下着じゃないの！　他人に自分のパンツ洗わせ

ていい気になるなんて、どういう育ち方してるのよ！

部屋の掃除も自分でやりなさい！　大体、お客なんて来た事、一回もないくせに！　来客を心配する必要、ないね！

自分の靴は自分で磨きましょう！　もっとも、安物だから磨いたところで変わらないけどね！

全て目の前の三人に言いたい。でも、言う訳にいかない。

「わかりました」

口に出すのは、これだけ。私、ストレスでそろそろ倒れそう。

お母様の『気を強く持つのよ』という言葉。あれだけ意味がよくわからなかったのだけれど、今ならわかる。先程の連中の事を言っていたんだわ。

あいつらは、私の父方の叔父《おじ》だという。そんな連中が何故我が家であんなに偉そうにしているかと言えば、叔父が私と弟の「後見人」だから。

親を亡くした貴族の子女は、後見人の手により養育される。後見人は王宮に申請し、許可を得た者しかなれないそう。

これは、お母様の葬儀《そうぎ》を取り仕切ってくれた人が教えてくれた内容。我が家が顧客になっている商会の会頭で、亡き両親とは古馴染《なじ》みなんですって。

その王宮に認められた後見人が、叔父……らしい。

『俺がこれからお前達の後見をするカムドンだ。お前達の父親の弟に当たる。俺の言葉にはしっかり従えよ?』

これが、後見人として我が家に初めてやってきた時の、叔父……カムドンの言葉だった。

普通、親を亡くしたばかりの子供に、こんな事言う? そのあまりの酷い態度に、最初は叔父だというのも、後見人だというのも信じられなかった。

騙《だま》されてるんじゃないかと思ったんだけど、会頭が言うには証明書に押された印が本物なので、間違いないそう。これ、偽造すると大変な罪になるんですって。

そこからが、私達にとっての地獄の始まりだったのよね……。

叔父は一家で我が家に乗り込み、まず最初に家中をひっくり返した。金目のものを探していたみたい。

その結果、大したものがなかったと癇癪《かんしゃく》を起こし、ウードを蹴ろうとしたのよ!

咄嗟《とっさ》に私が庇《かば》ったから、あの子は怪我をしなかったけれど。

叔父はビヤ樽《だる》のような体をしているから、小さなウードが蹴られたりしたら、怪我では済まなかったかもしれない。あの子、まだ四歳だったのよ。

私も、酷い痛みに意識が飛びそうだったもの。

そして、その後がまた酷かった。あの悪魔、私を裸に剥《む》こうとしたのよ! いきなり私の部屋に入ってきて、やったのがそれ。ど変態め。ロリコン駄目！　絶対！

何とか相手の手を噛んで逃げ出したけれど、あの時は本当に危なかった。思い出しただけで、怖気がふるうわ。

そういえばあの叔父、人をひん剥こうとしてた時、『インショウガーインショウガー』って騒いでいたわね。こっちの世界にも、印象画なんてあるのかしら。

その後も、それなりに残っていた使用人を解雇し、家事は全て私がやる事になった。私、これでも伯爵令嬢ですが？

叔父はどうだか知らないけれど、叔父の妻と娘は自分達より身分が上の私をこき使えるのが楽しかったみたい。あの家、騎士爵家だそうだから。

騎士爵家は貴族の中でも最下位で、一応「爵」と付いてはいるけれど、爵位持ちとしては認められていないらしいの。

多分、そのあたりがコンプレックスなんだと思う。だからといって、私をこき使って、気分次第で蹴ったりものを投げたりしたのは許さないけどね！


前世日本人としての記憶があると、この世界は本当に異世界なんだなと思わされる。

その一つが【魔法】。そしてもう一つが、【異能】。

この二つには明確な区別方法があって、後天的で魔力を消費し、法則に則って事象を変えるものが魔法。先天的で魔力を使わず、法則も何もなく発動するのが異能。

魔法は魔力持ちが法則を勉強し、長年努力を重ねた末に手に入れるもので、異能は生まれつき使える能力……くらいの認識でいいと思う。

そして私は、この異能を持っている。ただし、戦闘には一切使えないもので、【洗浄】と【治癒】というもの。

この異能、私が前世の記憶を完全に取り戻した頃に使えるようになった。もしかしたら、そのあたりが関係しているのかも。

でも、どうせ異能を授かるのなら、攻撃系の力が欲しかったわ。そうすれば、今頃あの悪魔な叔父一家は……いいえ、これ以上はいけない。

ともかく、異能を使えるようになったのはまだ幼い頃で、当然親には話しておいた。お母様、とても驚いてらしたっけ。

その後、誰にも言わないようにって、きつく口止めされた。異能は、魔法と違って持っている人が少ないから、身の危険があるんですって。ショボい異能だと思うんだけれど。

そのショボい異能は、実生活ではなかなか役に立っている。

洗浄はその名の通り、掃除や洗濯に使えて、ちょっと範囲を意識して異能を発動させれば、どんな頑固な汚れでもたちまちのうちに消えてしまう能力。

治癒の方は、魔法の治癒には遠く及ばないけれど、ちょっとした怪我などを治せる。あと、怪我と痛みを分けて消せるのも、便利なところかな。

ただし、病気は治せない。だって、お母様を治せなかったから。寝付くようになってから、何度か治癒を試してみたんだけれど、効果はまったくなかった。

お母様は怒る事も落胆する事もなく、『ありがとう』と微笑んでくれたけれど。私の異能が、もっと強かったら、お母様を救えたのかもしれない。

そうすれば、幼いウードは母親を亡くさずに済んだ。もちろん、私だってお母様に側に居ていただきたかったわ。今を考えると、余計にね。

ともかく、この二つの異能により、叔父一家からの嫌がらせや体罰なんかは何とかなっている。あ、あと前世の記憶も。

これのおかげで、病まずに済んでると思うんだ。まさか、今の状況があるのをわかって、前世の記憶を持ったまま転生した訳じゃないわよね？

ともかく、私は弟が我が家を継ぐその日まで、弟を護り抜く！　お母様にも約束したんだもの。頑張らなきゃ。

私の十六歳の誕生日を四カ月後に控えたある日、いつものように掃除をしていると、叔父に呼び出しを受けた。

場所は、叔父が勝手に占拠した、亡きお父様の部屋。何我が物顔で使っているんだか。

ここには、お父様との思い出が詰まっているのに！

この部屋の大きな椅子に座るお父様の膝に乗って、よく本を読んでもらっていた。この国、子供向けの絵本があるのよ。

大好きな絵本を、大好きなお父様の膝で読むのは、私の楽しみだったのに。

そのお父様の部屋は、今やビヤ樽に占拠されてしまっている……本当、腹立たしいったら！

そんな感情は表に出さず、無表情を貫く。これも、叔父達が気に入らない点だそうだけど、構うものですか。

私が笑顔を見せるのは、ウードにだけなのよ！

「やっと来たか。遅いではないか」

それはあなた達が酷く汚した服を洗濯していたからですよ。まったく、下着まであんなに汚すなんて、どういう使い方をしているのかしら。異能を使うから洗濯は一瞬だけど、数が多くて。

でも、口には出さない。私の様子に、叔父は鼻を鳴らした。

「ふん！　相変わらず可愛げのない娘だ。まあいい。喜べ、お前の結婚が決まったぞ」

「は？」

さすがに、声が出てしまったわよ。この男、今結婚って言った？

訝《いぶか》しむ私に、叔父は嬉々《きき》として話し出す。

「トンスガン男爵様が、お前の事を嫁に欲しいそうだ。いい話だろう?」

にやにやと下卑《げび》た顔で笑う叔父を見るだけで、この話が決して『いい話』ではない事がわかる。バレバレなのよ。

叔父の妻が、叔父とよく似た笑い方で、小さめの肖像画を出してきた。そこには、目の前の叔父よりも年が上の、とても貴族に見えない老人が描かれていた。

え……まさか、これが結婚相手だって言うの?

「式はお前の十六歳の誕生日当日だ。それまで、せいぜい身を清めておくのだな!」

ゲラゲラと笑う叔父夫婦から部屋を追い出され、廊下で呆然《ぼうぜん》としていたら、叔父の娘がやってきた。

「こんなところで何をしてんのよ。とっとと仕事に戻って……ああ。あんた、あの話を聞いたんだ?」

娘は、こちらを見て両親そっくりの、下卑た笑みを浮かべる。

「あの爺《じい》さん、若い娘が好きな事で有名なんですってねえ。でも、伯爵家の娘ではあっても、今は使用人同然のあんたみたいな女を嫁に望んでくれるのなんて、あの爺さんくらいでしょうよ! せいぜいお父様に感謝して嫁ぎなさいな」

ゲラゲラ笑う娘は、そのまま廊下の向こうへ消えていく。

どうして、今、私は彼等をこの世界から消す力を持っていないのかしら。今だけは、洗浄と治癒でなく、消去とか暗黒なんちゃらって力が欲しいわ。

廊下で拳を握りしめていたら、背後から声が掛かった。

「姉様？　どうしたの？」

「ウード」

ああ、先程までの黒い何かが洗い浄められていく……やだ、うちの弟ってば、そんな能力を持っていたの？

それはともかく、不安そうな弟を安心させなきゃ。

「何でもないわ。行きましょう、ウード」

「本当？　本当に何でもない？　また、あの人達に虐《いじ》められてない？」

もう！　本当にうちの弟は何て優しいの！　天使！　マジ天使！

「大丈夫よ。私が強い事は、ウードも知っているでしょう？　心配しないで」

「……うん」

むー。これは誤魔化せてはいないな。ウードは年の割に利発な子だから。でも、これ以上は言えないし。

まさか、無理矢理嫁がされそうになっている……なんてね。余計心配掛けちゃう。

私達の部屋は、使用人用の半地下にある。おかげで冬は寒いし夏はジメジメして不快指数が高い。

今日の仕事を全て終え、寝間着に着替えてベッドに入る。この固くて狭いベッドも、六年近く使ってれば慣れるものね。

昼間の、叔父達の話を思い出す。こんな時期に結婚の話を持ってきた裏は、もうわかっている。

私が、十六歳になるから。ここ、セネリア王国では、満十六歳で成人する。そして、これが一番大きいんだけど、成人になれば、後見人がいらなくなる。

叔父一家が我が家で大きな顔をしていられるのも、後見人という立場があればこそ。でも、貴族家に一人でも成人がいれば、後見人は必要ない。

我が家で言えば、私がウードの後見人という立場に自動的になるので、あの子が成人して伯爵位を継ぐまで、この家で見守れるって訳。

叔父は、それを阻止したいのだろう。

それにしても、財政状況が悪い我が家の後見人なんて、いつまでもやっていたいものかしら？　そこだけは不思議なのよねえ。

とはいえ、今考えるべきは弟の事！　何としても、フェールナー伯爵位を弟に継がせなくては！

私が家を出されたら、あの叔父一家の事だもの。これ幸いとウードを使って伯爵家を乗っ取りかねないわ。だからこそ、側で私がしっかりと護らないと。

その為にも、結婚なんてせずにこの家に居続けなくちゃならないんだから！

とはいえ、このままでは無理矢理嫁がされてしまう。以前、お母様の葬儀一切を仕切ってくれた商会の会頭から聞いたのだけれど、後見人って実の親と同等の権限を持つらしいの。

そして、貴族の結婚は親が決める事が多い。つまり、後見人が決めた結婚から逃れられない訳。ではこのまま、言いなりになって結婚するか。いいえ、冗談じゃない。出来なくても、やらなくてはいけない時もある。

今やるべきなのは、結婚から逃れる為に何をするべきか。しっかり考えなきゃ。


あれから五日。いい案は浮かばない。このままでは、本当にあの肖像画の爺さんの元へ嫁に出されてしまうわ。

今日も今日とて、ウードと一緒に市場に食材の買い出しに来た。伯爵家なら、出入りの商会から食材を購入するはずなのに。それを止めたのは、当然あの叔父。

しかも、あの叔父はケチで、食費もろくに渡さないときてる！　こんな少ない食費で、お腹《なか》いっぱい食べられる訳ないじゃない。切り詰めてやっと何とかしているんだから。

我が家の庭は広いから、端の方で畑を作っている。そこで出来る野菜があるから、今の食費で何とかなっているのよ。それも知らず、メシが不味いの何のと文句ばかり言って！

あんだけ腹にぜい肉が付いてるんだから、少しはダイエットしなさいっての！　私やウードなんて、すっかり腕も足も細くなってしまったんだから。

私はまだいいけれど、ウードの事が心配。この子、同年代の街の子と比べると、随分《ずいぶん》小さいのよ。個人差かなとも思うんだけど、一つ心配な要素があるから。

お母様が亡くなって、すぐに叔父一家がやってきた。それ以来、私もウードもお腹いっぱい食べた事がない。つまり、栄養が足りていないんじゃないか。

成長期の栄養は大事なのに！　お肉やお魚を買ってきて調理しても、ほぼ全てあのビヤ樽に入ってしまうのよ！　許せない！

ああ、思い出すだけではらわたが煮えくり返る！　苦肉の策として、こうして買い出しに弟を同行させている。買い食いで、少しはタンパク質を補給させないと。

今日も馴染みの串焼きを売っている露店で買い食いをしていると、隣の果物を扱っている露店の店主が、更に隣の野菜を扱っている露店の店主と話しているのが聞こえた。

「それがよお、娘とその恋人は、二人で駆け落ちしちまったって話だ」

「へえ。そんなに親の決めた結婚が嫌だったのかねえ？」

「まあ、相手が相手だからな。何でも、父親よりも年上の男らしい」

「何だってまた、そんな相手を選んだんだ？　そこの親父」

「これ、持ってんだとよ」

「ああ、金かあ」

おや？　何だか、似たような話が耳に飛び込んできたんだけど？　悪いと思いつつ、つい耳をそばだててしまう。

「ついでに言うと、親の方は娘が別の男と好き合ってるのは、知ってたらしいぜ」

「そこの親父も、罪深いねえ」

「まったくだな。おかげで娘はいなくなるし、結婚相手の男からは支度金を返せと迫られてるしで、踏んだり蹴ったりだとよ」

「へましたねえ」

駆け落ち……支度金……。

その時、私の脳裏にあるアイデアが閃《ひらめ》いた。

「ウード、急いで帰りましょう！」

「え？　うん」

こうなったら、暢気《のんき》に買い物をしている場合じゃないわ。

邸に帰り着いて、その日の夕食はありもので済ませた。叔父一家がギーギー文句を言っていたけれど、全て聞き流す。

さすがに嫁入りを前に暴力を振るうのは憚《はばか》られたのか、彼等からの「折檻《せっかん》」はなかった。

給仕を終え、食器を下げて、洗浄で厨房《ちゅうぼう》ごと食器を綺麗にする。ここからが、私とウードの食事の時間だ。

あの子、お腹空かせているだろうな。小麦粉だけはそれなりの量を確保しているので、それを使って簡単な焼き菓子を作って渡している。

それでも、あんなに細い腕に足……ううん、今はそれを考えている場合じゃない。夕食を持って、部屋に行かなきゃ。

「ウード、お待たせ」

「姉様！　……大丈夫だった？」

「大丈夫よ。心配ばかり掛けてごめんね？」

ウードは、まだ小さいのに私を心配して、気遣ってくれる。抱きしめると、ウードも抱きしめ返してくれた。温かい。

「さ、早く食べちゃいましょ」

「うん！」

食べながらではあるけれど、私はウードにある提案をした。

「ウード、食べながらでいいからよく聞いて。私ね、この家を出ようと思うの」

「え⁉」

ああ、驚きすぎて、スプーンを落としちゃった。大丈夫、お姉ちゃんがすぐに綺麗にしてあげるから。

木製の粗末なスプーンだけれど、もう数年使っているから愛着が湧いちゃった。今使っているお皿やボウルもね。

それはともかく、ウードにはこれから選択してもらわなければならない。私が勝手に決めるのは簡単だけれど、ウードももうじき十歳。自分の事は自分で決める、これを覚えなくては。

でも、実際に残るって言われたらどうしよう。いや、きっと私を選んでくれる……はず。

「それでね。ここからが大事な話なの。ウード、あなたは大変でも私と一緒にここを出る？それとも、違う意味で大変だけれどここに残る？」

「姉様と一緒に行く！　置いていかないで‼」

べそをかいて縋《すが》る弟。そうよね。もう、置いていかれたくはないよね。ごめんね、お姉ちゃんが悪かったわ。

「うん……じゃあ、一緒に行こう！」

「うん！」

泣いた烏《からす》がもう笑った。でもいいの。私の天使には、泣き顔は似合わないから。

いや、泣き顔もそれはそれで可愛いんだけど。でも、可哀想の方が強くなるから。やっぱり、弟には笑顔でいて欲しいわ。

翌日の夕暮れ時、家の裏門から外へ出た。私の左手は、小さな弟の手をしっかりと握ってい

る。夕食の支度をせずに出てきたのは、ちょっとした仕返しだ。

「ウード。最後の確認だけれど、本当にいいのね？」

「うん！　僕、姉様と一緒なら、どこでも行くよ！」

健気！　まさに天使！　今まで散々苦労してきたのに‼　思わず抱きしめたくなるけれど、今はそんな余裕はないのよ。残念！

でも、後でたっぷり抱きしめるんだからね！

今、私達は王都にある我が家、フェールナー伯爵邸の裏門にいる。ここから出たら、しばらくこの邸には帰ってこられない。家族の思い出が詰まっているここから離れるのは、凄《すご》く寂しいわ。寂しいし、悲しい。でも、行かなくちゃ。

それもこれも、あの叔父一家が悪いんだから‼


邸から無事脱出し、私と弟は王都の広場に差し掛かった。今は黄昏《たそがれ》時。暮れゆく陽のおかげで、通りを行き交う相手の顔すら判別しづらくなる時間帯。だからこそ、今なのよ。

「姉様、暗くなってきちゃったね」

「そうね。ウードは怖い？」

「こ、怖くないよ！　大丈夫！　姉様が怖くなったら、ちゃんと僕が護ってあげるからね！」

あああ。何て可愛いんだ君は！　うちの弟、マジ天使。

私と髪と瞳の色は同じなのに、造作がまるで違うのはいいんだか悪いんだか。

私は栗色の髪に茶色い瞳。顔立ちはかろうじて、見ようによってはちょっとは可愛く見える？　程度。

弟は私と同じ栗色の髪、茶色い瞳なのに、目元はくりっと、鼻筋が通ってぷるんとした唇まで、全てが完璧な美少年。このまま成長すれば、美青年間違いなし！　将来有望だよ、うちの弟は。

二人で王都の通りを歩く。いつも向かう市場とは反対方向だから、この辺りは不案内だ。これから向かう場所まで、無事辿《たど》り着けるかしら。

私達は、買い物帰りの使用人風の出で立ちだ。片手に買い物籠《かご》、着ているのは使用人が着そうな古着。普段着ているものなんだけど、これなら誰も伯爵家から逃げてきた姉弟とは思うまい。

そんな私達が向かっているのは、初めて行く家だ。婿入りした私達の父……の、実家。つまり、今伯爵家を我が物顔で好き勝手にしているあの叔父の実家でもある。

正直、この選択はかなり悩んだ。あの叔父の実家だから、すぐにフェールナー伯爵家に連れ戻されるんじゃないかって。

私は、繋《つな》いだ手を軽く振りながら隣を歩く弟を見る。

「ねえ、ウード。本当に、お父様の実家でいいのね？」

「うん！　きっと、姉様も僕も幸せになれるよ！」

そう、お父様の実家に向かうのを決めたのは、ウードなのだ。

実はこの子も異能を持っている。ウードの異能は、何事も「見通す目」。失せ物は簡単に見つけるし、私の嘘《うそ》も簡単に見破る。

市場では食材の目利きが出来るし、初めて行く場所でも道に迷う事がない。

そういえば、一度凄い事があったっけ。邸からいつもの道を通って市場へ向かっていた時、急にウードの足が止まった。

どうしたのかと訊《たず》ねると、『進みたくない』と言う。

困っていたら、いつも曲がる曲がり角の向こうから、もの凄い音が響いた。人の悲鳴と、馬のいななき。

何事かと思ったら、馬車に繋がれていた馬が暴走して、事故を起こしたという。いつも通りに進んでいたら、私達も事故に巻き込まれていただろう。

弟の異能は、いわゆる【千里眼】と呼ばれるものなのかと思ったけれど、予知のようなものまでするとは思わなかったわ。

あれ以来、ウードが「こうしたい」と言った事は、止めないようにしている。その方が、いい方へ進むから。

だから、お父様の実家へ行くのも、きっと正解なんだと思う。

まあ、追い返されたら、その時は王都の外れにある亡きお母様縁の教会に身を寄せましょう。宗教施設は、王家でも手出し出来ない場所だもの。

私達が今まで住んでいたフェールナー伯爵家の邸から、父の実家であるハスアック子爵家の邸まで、結構な距離がある。うち、一応王宮のすぐ近くに邸があるから。

領地も王宮での役職もない我が家が、どうしてあんな一等地に邸を構えていられたのか。我が家の事ながら、本当不思議だわ。

それはともかく、ハスアック子爵家の王都邸は、貴族の邸宅が建ち並ぶ貴族街の中でも、下級区画とされる場所にあるようだ。つまり、我が家からだと結構な距離がある。

しかも、こちらは女の私と弟の二人。しかも、弟は同年代の子よりも小柄で見るからに体力がない。今も、歩き疲れて辛《つら》そう。

ごめんね、ウード。お姉ちゃんの我が儘《まま》に巻き込んでしまって。でも、あのままあの家に残っていたら、私もあなたも不幸にしかならなかったと思う。

金目当てで私を嫁に出そうとした叔父だもの、金目当てでどこぞの金持ちマダムに弟をツバメとして売り飛ばしかねない。そんな事、許せるもんですか！

「心配しないで、姉様」

はっと怒りから我に返ると、弟がこちらを見上げている。

「お家を出るって決めたのは、僕だから」

「ウード……」

そうだとしても、ここでそんな台詞《せりふ》が出てくるなんて。うちの弟は天使だけれど、中身はなかなかのイケメンじゃないかしら？　お姉ちゃん、感動で涙が出そう。

本当に滲《にじ》みそうな涙を堪え、殊更明るく提案した。

「ウード、疲れたなら、お姉ちゃんがおぶってあげるからね。遠慮しちゃ駄目よ？」

「だ、大丈夫だもん！」

疲れて眠いだろうに。何て健気な子なの！　お姉ちゃん、泣いちゃいそう。

街角にある標識を見るに、そろそろ子爵家の邸がある区画に来たはずなんだけど。

実はハスアック家の正式な住所、知らないのよね……通りの名前は覚えているんだけれど。

王都では、通り全てに名前がついていて、それが住所にも入っている。ハスアック子爵家のある通りはオロマント通り。先程見た標識に入っていたのはロギュック通り。

問題は、ロギュック通りからオロマント通りまで、どうやっていけばいいのかって事。誰かに道を聞こうにも、誰も通らないし。

こういう時、前世のスマホって便利だったんだなと思い知らされる。初めて行く場所でも、地図アプリで誘導してくれるもの。

隣を歩くウードは、もう大分おねむだ。邸を出てから結構歩いたものね。何度か休憩を入れた際に治癒を使ったけれど、そろそろ限界みたい。私も、普段こんなに歩かないから疲れたわ……。

周囲には、行き交う人もいない。王都には街灯もないから、暗くて周りもよく見えないね。このままハスアック家に辿り着けなかったら、王都の中で野宿する羽目になるかも。そんな事になったら、それこそ不審者として衛兵に捕まってしまいかねない。

どうしたものかと迷っていたら、ウードが私の手を引っ張る。

「姉様……こっち……」

「そうなの？」

歩き疲れて眠いはずの弟が、目元をこすりながら脇道を指差した。半分眠っていても、ウードの【目】はとてもいい仕事をする。

脇道に入り、何度か弟が指し示すままに歩くと、ハスアック家の紋章を掲げる邸に到着した。

さすが、ウードは頼りになる。

少し離れたハスアック家の門には、門番の兵士が立っていた。

「ウード、疲れているところごめんね。あそこの二人は『綺麗』？」

ウードは門番の兵士をちらりと見た後、こくりと頷《うなず》く。うん、大丈夫みたい。

「姉様、あのお屋敷も、『綺麗』だよ」

「ありがとう、ウード」

ウードの【目】は、こういう使い方も出来る。人の害意や悪意が見えるという事は、それがない相手は信用出来るって訳。そういう人達の事を、この子は「綺麗」って表現する。

逆に、害意や悪意に溢《あふ》れている人間の事は「汚い」って言うの。そんなウードが「綺麗」と言うのだもの。ハスアック子爵家は大丈夫だわ。


門に近寄ると、門番がこちらに気付いた。

「こんばんは、お嬢さん。こんな時間に外を歩いているなんて、よくない事だよ？」

この世界、街灯なんてものはないから、日が暮れると街中は真っ暗になる。店の周囲はまだ少しましなんだけれど、邸宅街のこの辺りは、本当に真っ暗。

だから、門番が言う事は間違っていない。

「こんばんは。あの、こちらはハスアック子爵家の邸でしょうか？」

「ああ、そうだけど」

「私達、フェールナー伯爵家から来ました。これを」

門番に提示したのは、お父様の形見の指輪。これ、真鍮《しんちゅう》で作られているから、価値はあまりない。おかげで叔父に取り上げられずに済んだんだけどっ
この指輪には、お父様個人の紋章が彫られているんですって。まだお父様が生きてらっしゃった頃、話して聞かせてくれたの。

貴族家の紋章を使えるのは、その家の当主のみ。だから、婿入りしたお父様は、実家の紋章を使う訳にいかないいし、かといって婿入りしたフェールルナー伯爵家の紋章を使う訳にもいかなかったんだとか。

でも、男性であるお父様は紋章を使う場面がいくつかあって、そういう時の為に個人の紋章を実家にいる頃から用意してあったそう。この指輪に彫られた紋章は、それ。

フェールルナー伯爵家の名前と、お父様個人の紋章入りの指輪。これで、私達の身元は証明出来るはずなんだけど。

指輪を見た門番達は、首を捻《ひね》っている。まさか、知らないとか？

「二人共、ここで少し待っていてくれるかい？」

そう言い残すと、二人いた門番のうち、一人が邸の方へ駆けだしていった。私と弟は、その後ろ姿を、残った門番と一緒に見送る。

不意に、残った門番に声を掛けられた。

「フェールルナー伯爵邸といえば、王宮近くにあるんだろう？　ここまで、大分掛かったんじゃないのかい？　あ、馬車で来たのかな？」

「いいえ。訳があって、歩いてきました」

「え」

門番に絶句されてしまったわ……普通、伯爵家の人間ともなれば、出掛けるのに馬車を使うのは当たり前よね。

でも、うちには馬も馬車も馬丁も御者もいない。家の中から色々消えた頃に、馬車や馬もなくなったから。そうでなくとも、家から逃げ出すのに、馬車は使えないけれど。

門番が何かを言おうとしたその時、玄関から人影が走ってきた。先程の門番と、もう一人は……誰？

「失礼ですが、フェールルナー伯爵家の方ですか？　お名前を伺っても、よろしいでしょうか？」

きちんとした身なりの、執事《しつじ》かしら？　彼が私達に聞いてくる。

「私はフェールルナー伯爵家長女、サーヤ・イエンシラです。こちらは弟のウード・ジーンリー」

「何と！　す、すぐに中へ！　旦那様にお報せしなくては！」

ようやく、私達は門の中へと招き入れられた。


邸に入り、通されたのは客間のよう。促されるまま腰を下ろしていると、程なく白髪の目立つ茶髪の男性が入ってきた。

年の頃から、多分お父様の父親……私達の祖父だと思うの。

「ハスアック子爵家当主、ゲヴァンだ。お前達の、父方の祖父になる」

「初めまして、お祖父様。私はフェールルナー伯爵家長女サーヤ・イエンシラと申します。こちらは弟のウード・ジーンリーです」

私と弟は立ち上がり、きちんとした礼を執《と》る。ちょっとお祖父様が息を呑《の》む音が聞こえた気がした。

このくらいなら、ちゃんとお母様に教わっているんだから。もっとも、長い事使っていなかったから、ちょっと端々が怪しいけれど。

自己紹介が終わり、お互いの前にお茶が出されて、さあお話し合い開始です。

まず、私達は自分達の現状を訴えた。もちろん、お父様の死から、お母様の体調不良を経ての死、その後、叔父一家が我が家に後見人として入り込んで、今まで何をしてきたかも。

叔父一家の所業には、お祖父様が酷くお怒りになった。

「あの馬鹿者は、何をやっておるのだ‼」

私達に向けられた怒りじゃないとはいえ、目の前で男性が大きな声で怒ると、迫力ありすぎて怖いのだけれど。

ほらあ、ウードも涙目になっちゃったじゃないですかー。

見かねたのか、先程門まで出向いてくれた男性がお祖父様を宥《なだ》めた。どうでもいいけれど、この人なかなかのナイスミドルよね。綺麗になでつけた灰色の髪に、調えた口ひげ。目元の皺《しわ》もチャームポイントとみた。

「旦那様。お嬢様と坊ちゃまの前ですよ」

言われてすぐ、お祖父様は私達に謝罪をする。

「む……す、すまんな」

「いえ……お気になさらず」

怖かったけれど、あの叔父に怒りたくなる気持ちはわかりますから。でも、目の前で怒鳴るのは勘弁してほしいです。言いませんけどね。

お祖父様の怒りは、まだ冷めないらしい。

「あの出来損ないめが。ユーヤサントの婿入り先とその子供達に迷惑を掛けるなど、許しがたい！」

あ、お父様の名前。久しぶりに聞いた気がする。お母様は、いつもお父様の事を名前で呼んでいたから。

もちろん、叔父一家が我が家に入り込んでからは、お父様の名前を呼ぶ人は誰もいなかった。

「それにしても、カムドン様が正式な後見人なのですよね？　……信じられませんが」

言うわね、ナイスミドル。普通、使用人は主家の人間の悪口なんて、口が裂けても言わないって、クビになる前のうちの執事から聞いたのだけれど。ナイスミドルは違うみたい。

まあ、あの叔父じゃあ、仕方ない事だと私も思うけどー。

「それで、お前達二人だけで邸を抜け出してここまで来たと？」

「はい」

またしても、お祖父様のご機嫌が斜めになったみたい。でも、嘘を吐く訳にもいかないし。

おろおろしていたら、ナイスミドルからも質問がきた。

「お嬢様、そのお召し物は……」

「カムドン叔父が、これを着ろと」

これも、本当の事。でも、この発言でお祖父様のこめかみに、何やら筋が立った気が……。

すかさず、ナイスミドルがお祖父様に声を掛けた。

「旦那様、落ち着いてください。お嬢様、差し出がましい事かと存じますが、カムドン様にその服を着るよう言われた経緯を伺っても、よろしいですか？」

別に、説明が難しい事じゃないからいいですよー。

「使用人を雇うのがもったいないと言って、私にメイドの仕事をさせる為にこれを着ろと言ってました。おかげで調理の腕が上がりましたけれど。掃除洗濯は元から得意なので、特に負担ではなかったですね。ただ……」

「ただ？」

「私と同い年のカムドン叔父の娘の世話は、二度とやりたくないです」

私の言葉に、お祖父様が手にしたカップの取っ手が砕けた。

もう遅い時間という事で、軽い夜食をいただいてから、弟と一緒に寝台に潜り込む。別々の部屋を用意されたんだけれど、この子が『姉様と一緒がいい』って言うから。

もう！　うちの天使は可愛いが過ぎる！

それはともかく、快く受け入れてはもらえたけれど、やはりここは馴染みのない「余所の家」。私はともかく、まだ幼い弟にはストレスフルな環境だと思うのよ。

私と一緒にいる事で、それが少しでもよくなるのなら、本望だわ。

「本当に、よかった……」

お祖父様が、私達を受け入れてくれて。叔父の話の際に、細いとはいえカップの取っ手を握りしめてへし折るとは思わなかったけれど。

どうやら、ハスアック子爵家とフェールルナー伯爵家が疎遠だったのには、訳があったみたい。

通常、婿入りする場合は、実家より家格や爵位が下の家に行くことが殆どで、上の家に婿としていく場合は実家と疎遠になるのが慣習なんですって。

ハスアック家は子爵、フェールルナー家は伯爵。つまり、お祖父様達は慣習に従っただけだったの。

この疎遠って、冠婚葬祭も含まれるそう。なので、お父様の死を知っていても、葬儀にはあえて出席しなかったらしい。手紙は個人的なものなので、この限りじゃないんだとか。

さすがに、そんな細かい慣習までは、まだ習っていなかったから知らなかったわ。本当なら、そうした事は母から子へと伝えられるものなんですって。

でも我が家の場合、お母様から教えていただく前に、お亡くなりになってしまったから。

本当なら、後見人がそのあたりも手配して、きちんと学ばせるものなんだけど、何せうちの後見人はあの叔父だもの。金がもったいないと言って、使用人をクビにするようなケチが、やがて捨てるつもりの子供達に学ぶ機会を与える訳がないわ。

あー、思い出したらまた腹が立ってきた。いけないいけない。あの一家のせいで不要なエネルギーを使うのは無駄というものよ。

怒りって、エネルギーを食うから。

私の隣では、我が家の天使が寝息を立てている。私もくだらない事を考えていないで、もう寝なきゃ。寝不足は美肌の大敵だもの。

ただでさえ見栄えがあまりよろしくないんだから、せめて肌くらいは綺麗にしておかないと。まあ、いざとなったら治癒の出番ですが。あまり知られていないけれど、治癒で肌荒れが治るのよ。手荒れだけかと思ったら、庭の草の汁でかぶれた頬も治ったんだから。

しかも潤《うるお》い不足でがさついていた部分まで、つるんとなったのよ。いや、凄いわ異能。将来はこれを生かした仕事をするのもいいんじゃないかしら。

私は女で、やがては家から出る身。先の事は今から考えておかないと。数年なんて、あっという間に過ぎ去っちゃうんだから。

あれこれ考えていたら、いつの間にか寝ていたらしい。いくら疲れていたからって、余所様の家で昼まで寝るとかどうなの？　自分……。

私と一緒に寝ていたウードも、一緒に寝坊していた。ごめんねウード。これはお姉ちゃんが悪いわ。

慌てて支度をし、なるべくゆっくりと下の階へと向かう。

「お、おはようございます……」

食堂に行ったら、お祖父様が食後のお茶を飲んでいるところだったわ。

「うむ。よく眠れたようだな」

ええ、本当に。挨拶も、もう「こんにちは」の時間だもの。とりあえず、寝坊を怒られずに済んでよかった。

今私達は二人揃《そろ》って食堂で朝食兼昼食をいただいている。人様が作った料理、美味しいわあ。

朝食の後、お祖父様と再びお話し合い。まあ、夕べは遅くて全てを話し合えた訳ではないから。

「これからの事を、決めておこうと思うのだが、どうだろう？」

「そうですね」

そう、大事なのはこれからなのよ。何にしても、実家は取り戻さなくては。そうして、ウードが成人するのを、しっかり見届けるのよ。

私の結婚なんて、それからでもいいの。何なら、未婚のまま手に職持って生きていくのでもいいんだから。ショボい内容とはいえ、洗浄と治癒の異能はきっと私を助けてくれる。

そうした事を話し合うんだと思ったら、お祖父様の口からは意外な言葉が出てきた。

「まずは、お前達の衣服を整えよう」

「はい？」

服？　今？　首を傾《かし》げる私に、お祖父様が重い溜息を吐いた。

「サーヤ、お前は理解していないかもしれないが、フェールナー伯爵家は家格がかなり上だ」

「えええええ」

信じられない。いや待って。そういえば、私がまだ小さい頃……それこそ、お父様が生きてらした頃は、裕福な生活を送っていた。

でも、お母様が寝付いてからは、家の中のものが安物に替わったり色々と質素になったり。

叔父一家が来てからは金がない金がないって年中言っていたから、てっきりうちはお父様が亡くなった事で貧乏になった家だと思ってたわ。

「サーヤ、聞いておるのか？」

「え？　あ、申し訳ございません、聞いておりませんでした……」

「ふう。よい。家から逃げ出すなどと、普通ではない事をしたのだ。まだ疲れも残っていよう。その原因が我が家の出来損ないなのだから、儂《わし》が責めるいわれはない」

お祖父様、そんなにギリギリと奥歯を噛みしめたら、頭の血管がプチッといっちゃいますよ。

ともかく、伯爵令嬢と令息らしい装いをしなければ駄目なんですって。その為、午後から仕立屋を呼ぶそうよ。

それよりも、我が家の家格が結構高いって話は、本当なのかしら。確かに王宮に近い一等地に邸が建っているけれど。

ここに来て初めて知ったのだけれど、貴族って、爵位に応じて国から年金をもらえるんですって。爵位で金額が決められていて、伯爵位だと、大体日本円で五千万円くらいなんだとか。

そんなにもらえるの⁉と驚いたけれど、この程度じゃ全然足りないらしい。

何せちょっと社交の場に出ようと思ったら、着るドレスからバッグ、靴、帽子などの小物類、それに場に合わせたアクセサリーが必要になるから。

これらを、ワンシーズンで十着以上揃える必要があるんですって。ドレス一着だけでもらう年金の一割近くが飛ぶ計算。そりゃ年金なんてあっと間になくなるわ。

そうして足りない分を、王宮で働いたり、領地を運営したりして補うそう。中には子飼いの商人をバックアップして、商会のオーナーとして収入を得る貴族もいるらしいし。

ちなみに、ハスアック家は王宮で文官として働いているんだとか。領地も、狭いとはいえ良質の鉱山があるから、それなり裕福だって聞いたわ。

では、フェールナー伯爵家はどうか。実際のところ、よくわからないのよ。

何せ、そういった事をお母様から教えてもらう前に、亡くなられてしまったから。本来なら、フェールナー家の親族……お母様の両親や兄弟がいれば、そちらを頼るのが筋なのだけれど。お母様に兄弟姉妹はおらず、両親……私達の祖父母も既に亡くなっている。つまり、親族は皆無。親しく付き合っていた貴族家もないときては、叔父が意気揚々と乗り込んでくる訳だわ。

何で生計を立てていたかは知らないけれど、幼い頃の我が家は生活に困っているようなところはなかった。

それも、お母様が寝付くまでの話だけれど。

家財道具を全て現金に換える必要がある程、お母様の治療は大変だったのかしら。その割には、治療をしている様子はなかったのだけれど。

そもそも、お母様の死因は、何だったの？　さすがに子供すぎてわからなかった事が、ここにきて気になる。

怪我でなかった事だけは、確かだと思うんだけど。怪我なら、治癒を使った時に手応えがあるからわかるのよ。

でも、お母様にいくら治癒を使っても、全てが素通りするような感覚しかなかった。あれは、一体何だったのかしら。

いくら考えても、答えは出てこない。何だかもどかしいわ。そう感じるのは、私に前世の記憶があるからなのかも。普通のお嬢様なら、私可哀想とメソメソしているところじゃないかしら。

前世では、親より先に死んだんだと思う。私が、二人を見送った記憶がないもの。だとすると、とんだ親不孝者ね。ごめんなさい、前世の両親。今更だけれど、先立つ不孝をお許しください。

午後から来た仕立屋は、大量の布とデザイン画を持ってきた。ハスアック家御用達の仕立屋で、店主はあのナイスミドルの幼馴染みのおじさんだ。

今回は店のお針子だけでなく、売り子まで総動員で来たという。凄い人数。

採寸は弟と一緒の部屋で、衝立で隔てられたただけの状態。おかげで、お互いの様子が音声でわかるのよ。

「はい、腕を伸ばしてください。上手ですよー」

「身長は……はい、終わりました。では胸囲を測りましょう」

「足の大きさはこちらですね。きつくはないですか？」

微笑ましく聞きつつも、自分の採寸もあるので気が抜けない。子供の頃も、我が家でドレスを仕立ててもらった覚えがあるけれど、ほぼほぼすっぽんぽん状態で測るのよね……これだけは、何回やっても慣れないわ。

その後の布合わせやデザイン決めには、お祖父様だけでなく、お祖母様と父方の伯父……叔父にとっては長兄に当たる人物の奥様、つまり伯母様も立ち会った。

「これなんてどうかしら？」

「まあ、お義母様、この濃いめの色は少々時代遅れでしてよ。今の令嬢なら、このくらい淡い色でないと」

「それではぼやけてしまわなくて？」

「今年の流行は花のように、ですよ、お義母様。花に見立てたフリルとリボン、レースをふんだんに使わなくては！」

「そうなのね。あなた、何か意見はありませんの？」

「ん……このスカートが膨らんだ、小花柄のドレスなど、いいんじゃないか？」

「あら、可愛らしいこと。追加で、裾に蔦《つた》を刺繍《ししゅう》させましょう」

「サーヤさんに似合いそうですね」

着る当人の意見は無視して、次から次へと仕立てる服が決まっていく。いや、あの、そんなにいらないんですが……。

「何を言っているの？　若い娘なのだから、しっかり装わないと！」

「そうですよ、サーヤさん、若い娘が装うのは義務です」

ええええええ。何故かお祖母様も伯母様も、張り切っていて止められない。

唯一歯止めになりそうなお祖父様に視線をやるも、こっそり追加のドレスを仕立屋に注文している始末。

いやもう、本当にそこまでお金を掛けなくてもですね!?

私は自他共に認める貧乏性だ。前世も今世も、お金に困っている訳ではないけれど、そこまで裕福さを感じた事もない。

質素倹約。大好きな言葉だ。なのに。

「こんなに服作ってどうするのよおおおおお」

ハスアック家で与えられた部屋で、一人叫ぶ。手元には、山のようなデザイン画。これから仕立てられてくるドレスやら何やらの数だけ、仕立屋が残していったものなの。

完全オーダーメイドの上、全て手縫い。これから辿り着く恐ろしい現実に、お祖母様や伯母様は気付いているのかしら?

もの凄くお金が掛かってるのよおおおおおお!

ハスアック家とフェールナー家とは今の今まで付き合いすらなく、お祖父様お祖母様にだってここに来て初めて会ったのよ。

いくら孫とはいえ、そんな相手にこんなお金を掛けるなんて!

仕立屋ショックで色々ふらついたので自室で休んでいたら、メイドが呼びに来た。

「お嬢様、若旦那様がお戻りです」

「はい、すぐ行きます」

若旦那様とは、お祖父様の長男、私達の亡きお父様の兄である、ギルガン伯父様の事だ。ちなみに、伯父様は跡継ぎなのでこの邸で同居、伯母様との間に男の子が三人いて、一番上が十二歳。この三兄弟が、ウードのいい遊び相手になってくれて、大変寂しい。いや違った。助かってるんだわ。

何せ今まであの子には、同年代の遊び友達なんていなかったから。本当なら、家同士付き合いがある相手と子供を交えた付き合いをするらしいんだけど、フェールナー家には親しく付き合っていた家がなかった。

おかげで私もウードも貴族の家に友達と呼べる人がいないのよ。ボッチ令嬢と令息ね。いいんだい。私には弟がいるし、弟には私がいるんだから。

身なりを整えて玄関ホールに行くと、ちょうど伯父様が戻ったところだった。お祖父様もまだ現役の文官なんだけど、今は少しお休みをもらっている最中なんだとか。

逆に伯父様は忙しいらしく、ここ三日程帰宅出来なかったんですって。なので、私も顔を見るのは今日が初めて。

玄関ホールにいる伯父様は、ちょっと神経質そうな見た目の、四十代くらいの男性。髪の色はお祖父様似で、顔立ちはお祖母様似かしら。

お父様の兄弟って、顔立ちが全然似ていないのね。一番下の叔父はアレだし、お父様は柔和な顔立ちで性格もそのまま優しい柔らかな人だった。

あ、でも瞳の色は、伯父様とお父様が一緒だわ。何だか懐かしい。

「戻ったか、ギルガン」

「ただいま戻りました、父上。母上。今戻った、ネヴァーレア」

ちなみに、ネヴァーレアというのが伯母様の名前。

一番奥にいた私達に、伯父様の目がとまった。どうやら、手紙で私達の事は連絡済みみたい。

「彼女達が、そうなんですか？」

「うむ。ユーヤサントの娘、サーヤと、息子のウードだ」

視線で促されたので、伯父様に挨拶する。

「お初にお目に掛かります、伯父様。フェールナー伯爵が娘、サーヤ・イエンシラと申します」

「フェ、フェールナー伯爵が息子、ウード・ジーンリー、です！」

厳しそうに見えた伯父様の目元が、弟の挨拶で緩んだ。

わかる！　うちの天使は可愛いでしょう!?　そこらの子供とは可愛いの格が違うんですよ！　大声で叫びたいけれど、そんな事をした日には周囲から冷たい目で見られる事は確実。ここはぐっと我慢するのよ。

伯父夫婦、そして祖父母と一緒に、居間に向かう。前回は「客」として扱われたけれど、今日は「身内」扱いだ。だからこそ、私的な場である居間に通されたのだから。

「それで？　父上。帰ってそうそうこの部屋でこの顔ぶれという事は、何かあるんですか？」

「うむ。カムドンがやらかしていた」

「は？」

伯父様の言葉にお祖父様が返すと、ギルガン伯父が怪訝《けげん》そうな顔をする。

「あれとはとっくの昔に縁を切ったではありませんか」

「我が家とはな。あの時の女のところに婿入りし、その後ユーヤサントの婚家に押しかけたらしい」

「はあ？」

訳がわからないという伯父様の為に、お祖父様が昨日私が話した内容を教えた。みるみる伯父様の顔色が悪くなっていく。

「ちょっと待ってください。カムドンが、フェールナー家の後見人？　何の冗談ですか？　それは」

「冗談で済めばいいのだがな。ここにいるサーヤとウードは、カムドンに虐《しいた》げられていたそうだ。それに耐えかね、家から逃げ出してきた」

「何と……」

「可哀想に、サーヤはメイドの真似事までさせられていたというぞ。しかも、着る物も古着で庶民が着るようなものを着させられていた」

「信じられない……」

え、いや、古着は別に構わないんですが。でも、ギルガン伯父の目が、哀れな子を見る目になってるうううう。

いや、普通に考えたら、伯爵家の娘が古着……しかも庶民が着るようなものを着ていたら、十分虐待案件なんだわ。前世の価値観が残っている私の方が、ずれているのね。

ひとしきりお祖父様から話を聞いていた伯父様が、ふと何かに気付いた。

「待ってください、父上。カムドンが、後見人というのは、やはりおかしいではありませんか」

「儂もそう思う。あれは、後見人としての要件を満たしていない」

「ええ。それに、あれが婿入りした家は騎士爵家です。貴族といえど末端。それが伯爵家の後見人？　申請を通した内務の連中は無能の集まりですか？」

伯父様、発言が過激。

それにしても、何やら知らなかった事が次から次へと出てきて、情報が多すぎる状態なんですが。

まず、叔父はハスアック家とは絶縁中だそう。前世の絶縁とは違い、こちらの貴族の絶縁って、本当に親兄弟の縁を切り、戸籍からも抹消《まっしょう》してしまう事を言う。

つまり、あの叔父はハスアック子爵家から永久に名前を消されている訳。

一体、何をやらかしてそんな事になったのよ……まあ、あの叔父が悪いんだろうけれど！

次に、叔父は本来なら、我が家の後見人になれる人間ではないという話。どうやら、身分が関係してるみたい。これは後で確認しておかなきゃ。

私が頭を悩ませている間にも、お祖父様と伯父様の話は進んでいた。

「では、カムドンが書類を偽造したと、お前は考えるんだな？　ギルガン」

「あくまで可能性の一つです。ですが、偽造書類なぞ、普通なら簡単に見つかるはずなのですが。今の内務省は、色々ときな臭い話が聞こえてきますし」

「あそこは昔からだ。金や権力が絡むと、部署は腐敗しやすい」

「ええ」

何やら、話が変な方向に流れているのだけれど？　これ、私が聞いていても大丈夫な内容？

ともかく、叔父が我が家の後見人になったのには、裏があるらしい。ただ、これってどうも役所絡みのものだから、私個人で調べるのは難しそう。

何せ私、まだ未成年の一令嬢に過ぎないし。

内心恐々としていたら、伯父様が話を打ち切ってくれた。

「ともかく、フェールナー家の話は放っておいても問題ないでしょう。サーヤがもうじき成人するのなら、それをもってカムドンは後見人の座から下ろされる」

そうだった。その問題があったんだわ。それについては、お祖父様が伯父様に伝えてくれた。

「だが、あれはサーヤをトンスガン男爵に嫁がせるつもりだとか」

「はあ？　トンスガン？　あの六十の爺さんのところにですか？」

伯父様の顔が、不快そうに歪《ゆが》む。ああ、伯父様も知ってるのね。どうやら、叔父が私に用意した結婚相手って、相当有名な人物らしい。悪い方で、だけど。

伯父様は嫌悪の感情を隠そうとせず、話を続けた。

「カムドンは後見人を下ろされるのだから、サーヤの結婚相手を決める権限も失うでしょう。問題はないのではありませんか？」

「それがの、サーヤが成人してすぐに後見人を下ろせればいいのだが……」

「ずれ、ですか」

お祖父様と伯父様が、二人して溜息を吐いている。……どういう事？

内心首を傾げていたら、私の考えを読んだように伯母様が口を挟んできた。

「あなた、お義父様、サーヤさんにもわかるように話さなくてはいけませんよ」

それに、お祖母様が乗っかる。

「そうですよ。まったく、いつも二人だけでわかるように話して。あなたは昔から――」

「わかった。わかったから！」

普段のお祖父様の態度に対するお祖母様の愚痴に、お祖父様と伯父様が諸手を挙げた。こっちでも、降参する時はこういうジェスチャーをするのね。

旗色が悪くなったのを誤魔化す為か、お祖父様が咳《せき》払いを一つする。

「本来なら、サーヤが成人したら、フェールナー伯爵家は後見人を必要としない。だが、内務省を通じて正式な後見人になった場合、外すにも書類での申請が必要になるんだ」

「彼女が成人してすぐに申請しても、受理されるまでに時間がかかる。そのわずかな隙をついて、カムドンが後見人としての力を使い、結婚を強引にまとめてしまう可能性があるんだ」

何だってえええええええ!?


私が成人すれば後見人が必要なくなって、私の結婚話も消えるかと思ったら、まさか残るとは！　あの叔父……どこまで私を苦しめれば気が済むのよ。

苦い顔で補足説明をするのは、伯父様だ。

「今でも貴族家の結婚は親が決める事が多い。それ自体は我が子が苦労しないようにという親心もあるのだが、一部には子の結婚で自分達が……その、下々の言い方をすれば、いい思いをしようとする親もいる。とはいえ、後見人制度自体が古いものだ。法整備が今に追いついていない部分でもあるのだが」

おかげで、私も現在ピンチになっているという訳ですね。本当に、法の抜け穴はどうにかしてほしいわ。

お祖父様も、厳しい顔をしている。

「何にしても、王国法で定められている以上、サーヤが成人する前にカムドンの不正を暴き、後見人の座から引きずり下ろす必要がある」

お祖父様の言葉に、伯父様も頷いて同意した。

「不正をして後見人になったのなら、遡《さかのぼ》って奴の後見人としての全ての権限が剥奪されるんだ。当然、君の結婚も白紙になるだろう」

つまり、私は成人する四カ月後までに、あの叔父の不正の証拠を見つけなくてはならないのか……。

でも、不正の証拠って、どんなもの？　悩んでいたら、隣から弟の声が響いた。

「お祖父様！　後見人のふ、ふせい？　のしょーこってのを見つければ、姉様はお嫁にいかなくてもいいの？」

何て優しい子なんだ！　さすが私の天使‼

「ん？　そうだよ、ウード。お前の家にいた悪い叔父さんはな、本来なら後見人にはなれないんだ。きっと悪い手を使ったに決まっている」

「じゃあ、僕がそのしょーこを見つける！　見つけて、姉様を助けるんだ！」

ああああああ！　感動する！　私の天使！　お姉ちゃん、今の一言だけで、何でも出来るよ！　我が家の可愛い弟の発言に、お祖父様も感動している。

「うんうん、ウードはいい子だな」

「えへへ」

うふふふ。そうでしょそうでしょ？　我が家の天使は最高なのよ。つい、顔がにやついてしまうわ。

お祖父様にウードを褒められて喜んでいたら、伯父様が眉根を寄せた。

「実際問題、不正の証拠を見つけると言っても、難しいのではありませんか？　父上」

「ふむ……」

まあ、普通はそう考えるわよね。どこに不正の証拠があるのかすらわからないんだもの。

でも、こちらにはウードがいる。この子の目が、きっと見つけてくれるわ。

とはいえ、範囲は絞りたい。闇雲《やみくも》に探したら、この子が疲れちゃう。

どうやれば証拠に最短で行き着けるのか。考えていたら、お祖父様が意外な一言を口にした。

「申請書類が見つからなければ、カムドンの不正を追及出来るのではないか？」

「は？　……ああ、そういう事ですか」

え？　どういう事？　お祖父様と伯父様の二人でわかったような顔をしていないでほしいわ。

困っていたら、お祖母様が二人を一喝した。

「二人共！　また私達を置いてけぼりにしているわね!?」

「うぬ」

「母上……」

「あなた達だけでわかる話し方をするなと、つい先程言ったばかりではありませんか！」

お祖父様も伯父様も、お祖母様には勝てないらしい。

そのまま二人はしばらくお祖母様にお説教を受けましたとさ。


お祖父様と伯父様の話を要約すると、申請書類は確実に王宮にあるそう。何故なら、それこそ叔父が我が家の後見人であるという根拠になるから。後見人の申請書類って、後見人の任が解かれるまで保管しておくものなんですって。

この申請書が王宮になく、不正を行った者の手で廃棄処分になっているのであれば、叔父が後見人である根拠はなくなるのよ。

つまり、申請書類を見つけるか、もしくは廃棄されている証拠さえ見つければ、こちらの勝ち。ただし、これを四カ月後の私の成人の儀までに終えなくてはならない。

正式な後見人ではないという証拠さえあれば、叔父の後見人としての権限を停止する事が出来る。少なくとも、私の結婚を強行する権利は、叔父から取り上げられるの。

しかも、申請書類は魔法契約というものが施されていて、簡単に廃棄は出来ないんですって。この場合の魔法契約とは、書類を汚損させない為の保護のようなものだって、お祖父様が仰ってた。

つまり、捜索範囲は王宮という事。なら、私がやるべき事は、王宮に行って行動を起こす事だわ。

「ウード！　一緒に王宮に行って、申請書類を見つけましょうね！」

「はい！　姉様！」

うん、いい子。お姉ちゃんは、お母様との約束通り、君が伯爵家を継ぐまでしっかり見守るよ。その為にも、あの叔父を後見人の座から引きずり下ろさなきゃ。

手を取り合ってやる気に満ちる私達とは対照的に、お祖父様達はぽかんとしている。

「いや、サーヤよ、申請書類をどうやって探すというのだ？」

「王宮に行くと言っても、入るには許可が必要だぞ？　どうやって許可を得るんだ？」

あ、そうだった。何よりも、王宮へ行く事自体が、大きなハードルになるなんて……。

弟と二人、顔を見合わせて困っていると、お祖母様が助け船を出してくれた。

「大の男が二人も揃って、何を言っているんです？　王宮なぞ、いつも人手不足であえいでいると、常日頃愚痴を吐きまくっているのに」

「いや、そうは言っても……」

お祖母様の言葉にタジタジなお祖父様。伯母様も乗ってきた。

「そうですよ。この二人くらい、どこかの部署に潜り込ませてあげられないんですか？」

「それは……だが、危険が多いし」

伯父様も、伯母様には頭が上がらないらしい。

「二人はその程度、とっくに覚悟を決めていますよ」

お祖母様と伯母様が口を揃えて私達の援護をしてくれる。ありがたい事だわ。

隣のウードを見ると、目をキラキラさせている。うん、味方がいるって、嬉しい事ね。この勢いで、王宮に行けるようにお願いしてみましょう。

「お祖父様、伯父様、お願いです。私達二人を、王宮へ連れていってください」

「おねがいします！　姉様……ううん、姉上と二人で、ちゃんと見つけて、きます！」

弟と二人、頭を下げて頼み込む。でも待って。今、お姉ちゃん内心すっごくびっくりしてるよ？

ウードが、私の事を「姉様」ではなく「姉上」って！　男の子が姉を呼ぶ時、子供の頃は「姉様」だけれど、十二歳くらいからは「姉上」って呼び始めるって、お母様が仰ってた。

その時が、とうとう来たのね！　弟の成長が嬉しい反面、子供の時期を脱しそうな気配を感じてちょっと寂しい……。

ふと顔を上げれば、嬉しそうなお祖母様と伯母様。反対に、苦虫を噛み潰したような顔をしているのが、お祖父様と伯父様だわ。

少しして、お祖父様が重い溜息を吐く。

「……決して、無茶はしないように」

こうして、私とウードは王宮へ行ける事になりました。

# 第二章

王宮に入るには、許可がいる。貴族でもそうなのだから、庶民ならなおさらだ。

あの後、お祖父様と伯父様は私達に王宮での仕事をもぎ取ってきてくれた。

「本当にいいのかい？」

「はい。もちろんです。伯父様には、ご迷惑をおかけし、大変申し訳なく思っておりますが……」

伯父様と一緒の馬車の中、私達は庶民に見える服装を身につけている。しかも、性別を入れ替えて。つまり、私は男装、ウードは女装をしている。

どちらも黒髪のカツラを被り、私はそばかす、ウードは黒縁の大きな眼鏡を掛けた。

私はシャツに茶色ベースのチェック柄のズボンに同じ柄のベスト、ウードは茶色のふんわりスカートが広がるワンピース。襟元と袖先にちょっと入ってる白のレースが可愛い。

この子、女の子の格好を嫌がるかと思ったけれど、王宮に潜り込む為の仮装だと言ったら、何故かノリノリになったのよね。

そういえばウードって、陰から主人公を助ける忍者みたいなキャラが出てくる絵本、好きだったわ。あの中でも、筋骨隆々《きんこつりゅうりゅう》の男が華奢《きゃしゃ》なお嬢さんに化けていたのよね……。

いや、何でそんな絵本があるのよと突っ込みたかったけれど、あるんだから仕方ない。私のような転生者がいるくらいだもの、異世界の物語が何かの拍子で流れ着いても不思議はないわ。それに、その絵本のおかげで、ウードは嫌がらずに女の子の服を着てくれたんだし。

ちなみに今着ている服、どちらも子爵家に仕える使用人達の、子供の古着。わざわざ家から持ってきてもらったもの。

こんな格好をしたのも、叔父の目を誤魔化す為。実際に叔父の立場では王宮に入れないそうだけど、王宮には確実に叔父の協力者がいる。でないと、書類の不正なんて出来ないから。その協力者に王宮で見つかったら、どんな手を使われるかわからない。

だから、この格好。伯爵家の姉弟が、男女逆の格好をするなんてまず思いつかないもの。人の先入観って、怖いわね。

ハスアック邸で変装して見せた時の皆の反応、面白かったなあ。使用人の皆さんやナイスミドル、お祖母様や伯母様はウードの女の子バージョンを可愛い可愛いと手放しで褒めてたわね。私の方は……まあそれなり。ただ、男の子の格好の方が似合うという感想も、小声で聞こえてきたのは地味にショック……。

お祖父様と伯父様は、かなり複雑な反応だった。男子が女装など、という考えが先にあるんだろうけど、それを覆《くつがえ》すウードの可愛さよ。

最終的には、十分人の目を誤魔化す事が出来るだろうという結論になったから、よしとしておこう。

私達は、伯父様の伝手で王宮の下働きとして働く事になったの。私は雑用を、ウードは厨房で働く予定だ。

「厨房なら滅多な者はこない。危険にさらされる事はないだろう。その分、雑用のサーヤ――」

「ケーンです。お間違えなきように」

「……そうだったな」

私の王宮での偽名はケーンとなった。偶然だけど、前世の日本人にありそうな名前なので、呼ばれても反応出来ると思って。

それを言ったら、サーヤって名前も近いわよね。……何か、関係があるのかしら。

ちなみに、ウードの偽名はルウ。夕べ、ずっと『ルウ、ルウ』って自分に言い聞かせているの、お姉ちゃん聞いちゃった。可愛いいいいいいい！

ウードは、厨房で野菜の皮むきを担当するんですって。私は、本当に雑用だそう。ゴミ捨てとか書類を別部署に届けたりとか。

お茶くみはちゃんと王宮のメイドさんがやるので、手を出さなくていいんですって。口に入るものだし、よく知らない人間がまずいお茶を淹《い》れたら、モチベが下がりかねないものね。わかるわ。

王宮への行き来は、伯父様と一緒の馬車を使う。これが、王宮へ行く事の条件だ。

理由は危険だから。王都の治安はそれなりにいいけれど、子供が攫《さら》われる事件だって、ない訳ではないからだとか。

でも、大丈夫。私には可愛い天使がついているから！

家から逃げ出した時にも助けられたけれど、この子の「目」は特別なんだもの。

人の悪意を見るだけでなく、その時の最適解のようなものも見分けられるの。ハスアック家に辿り着けたのも、この子のおかげなのよ。

そして、ハスアック家で『証拠を見つける』と宣言した事。多分、あれも最適解なんだわ。

だからこそ、この子は私と一緒に王宮に行かなくてはならないの。きっと叔父の不正の証拠が見つかるから。

馬車は順調に王宮に到着した。

「さて、では君達の職場に――」

「ギルガン卿《きょう》！　お待ちしておりました！　緊急事態です！」

「何？　ああ、悪いが、少しここで待っていてくれ。すぐに終えて戻ってくる」

「お気になさらず」

「いってらっしゃいませ」

弟は、昨日教えてもらった挨拶をもう使っている。本当、賢い子だわー。

王宮の入り口で伯父様が連れていかれてしまったので、私達は端に寄って待つ事にした。

「何があったんだろうね？」

「ねー」

可愛く首を傾げる弟が最高です。この子を見ていれば、時間なんてあっという間に――。

「こんなところで子供が二人、何をしている？」

誰よ？　弟との貴重な時間を台無しにするのは。

声のした方、視線の先には仕立てのよさそうな、でも派手でない服を着た男性……男子？

少年と青年の間くらいの人物が立っている。

いや、本当に誰？　警戒して身構えると、側に立っていた兵士が彼にそっと耳打ちした。

「何？　ギルガン卿が？　なるほど、お前達が……」

彼は、じろじろと私達を見ている。

髪も瞳も茶色。この国で一番多い組み合わせだわ。そして、地味な色合いだけれど、彼の顔立ちはとても整っている。いわゆるイケメンね。おかげで、地味に見える装いすら抑えたファションに見えるわよ。イケメン効果、侮《あなど》り難し。

それにしても、王宮って怖いところなのね。こんな顔面のいい男がフラフラしているだなんて。こういう人こそ、どこぞの奥様にお持ち帰りされていればいいのに。

そうすれば、うちのウードが狙われなくて済むわ。

「おい！　聞いてるのか？」

「え？　いえ？　聞いてませんでした」

え？　何か言ってたの？　私の返答に、地味で派手な人は頭を抱えて溜息を吐いている。

「私がギルガン卿に代わって、君達の職場まで案内すると言ったんだ」

「え？　いえ、結構で――」

断ろうと思ったら、隣のウードが私の袖をくいくいっと引っ張る。そんな萌《も》え仕草、いつのまに覚えたの？　お姉ちゃん、感激しすぎて鼻血が出そう。

弟が内緒話をする仕草をしたので、耳を近づけた。

「あのね、一緒に行った方がいいと思う」

「……そうなの？」

私の確認に、弟はこくりと頷く。この子がそう言うのなら、そういう事なのよ。私のウードに対する信頼は、エベレストよりも高いんだから。

「わかりました。お手数ですが、ご案内をお願いしてもよろしいでしょうか？」

「あ、ああ。元々、私が言い出した事だしな」

そういえば、そうだったわね。

あの叔父のせいで、初対面の他人を警戒する癖がついた気がするわ。とはいえ、世の中親切な人ばかりとは限らない。警戒は大事だと思う。

私がしっかりしなきゃ。うちの弟を立派に育て上げる為にも。

「そういえば、ギルガン卿の遠縁という事だったが、出身はハスアック子爵領なのか？」

「いえ、私達は王都生まれです」

これは本当。

「王都生まれが、この年齢で王宮に上がるのか？　親は？」

「六年前に亡くなりました……」

「……悪かった。許せ」

随分と尊大な言い方ね。そこは普通「済まなかった」とかじゃないの？

その後も、あれこれと周囲の事を聞かれた。年齢やら何やらも。

「成人までまだ間がありますが、早く一人前になりたくて。いつまでもハスアック子爵家にお世話になる訳にもいきませんし」

「それで、王宮の仕事を紹介された訳か……ふむ」

嘘は言っているけれど、本当の事の方が多い。大体、全部本当の事を言える訳ないもの。実は伯爵家の姉弟で、王宮には後見人面している叔父の不正の証拠を探しにきました……なんて。

「まずは、そのちびちゃんが行く厨房からにしようか」

あ、今の一言でウードがお怒りモードだわ。うちの弟、ちびって言われるのを凄く嫌うのよ。

背が低い事、密かに悩んでいるらしいの。ああ、口をへの字にしちゃった。

いいのよ、あなたはまだ十歳にもならないんだから。今までの栄養事情が悪かった為に、成長に影響が出ているんだと思う。でも、もうそれも解消された。これからよ、これから。

男の子はね、十三前後でぐんと伸びるものなの。まあ、希《まれ》に二十近くで伸びる人もいるけれど、大体は十二、三で伸びるから。

……そうか、その年齢になったら、今の可愛らしさは失われてしまうかもしれないのね。

私の天使が！　ああ、でもきっとうちの弟なら、目の覚めるような美青年になるに違いないわ！　前世の男性アイドルも真っ青な、最高のイケメンになるわよ！　お姉ちゃんが保証する！


王宮の厨房は、地下にある。いや、大抵の貴族の邸も、厨房は地下にあるんだけど。火を扱うからか、天井が高く、石造りの壁で囲まれているのよね。

王宮の厨房は、さすが大量の食事を作る場所、広くて……汚かった。

「うわ、汚い」

だから、ついそんな本音が口を突いてしまっても、仕方ないと思うのよ？

なのに。

「おい！　そこのそばかす！　今何て言いやがった!?」

熊みたいな大柄な男が、大声を張り上げてこちらに迫ってくる。何あの腕。私の太股《ふともも》くらいの太さがあるわよ？　あんな腕で殴られたら、か弱い私なんて、一発であの世行きだわ。

「まあ待て。まだ小さな女の子もいるんだ。抑えろ」

「え……まあ、騎士様にそう言われちゃあなあ」

え？　この地味で派手な人、騎士だったの？　そういえば、腰に剣を佩《は》いている。

「それに、ここが……その、あまり綺麗でないのは、皆が知っている事だろう？」

「お言葉ですがね、騎士様。この汚れは厨房の誇りなんですよ」

あん？

「どれだけ汚れているかで、そこを使い込んだ年数がわかるってもんだ」

はあああああ？

「……ざけんな」

「あ？」

「ふっざけんな！　何が汚れは誇り、よ！　ただ掃除をサボっていただけでしょうが‼」

「何だとおおおお⁉」

「こんな汚い場所で作った料理なんて、汚くてお腹壊すわよ！」

「黙って聞いてりゃてめえ……」

いやいや、あんたは黙ってなかったでしょうが！　さっきからデカい声張り上げて。声で威《い》嚇《かく》しようったって、そうはいかないんだから！

「大体、こんな汚い場所で働いたら、うちの天使が汚れるでしょうが‼」

「て、天使？」

「ここにいるでしょ！　この愛くるしい天使が、ここの何の汚れかわからないくらいの汚れに染まったら、どうしてくれるの‼」

「いい加減に――」

「そこまで！」

熊のような男と言い合いになっていたら、派手で地味な騎士様が仲裁してきた。

「確かに、ここの汚れは見過ごせない。そもそも、ちゃんと掃除はしているんだろうな？」

「それについては、その、王宮の掃除係がやってるはずなんですが……」

自分でやってないの⁉　あれだけ大口叩《たた》いてたくせに！

ぎろりと睨むと、熊男が睨み返してきた。ムカつくー。そのはげ頭に悪戯《いたずら》書きするわよ⁉

睨み合う私達を見て溜息を吐く地味派手騎士様は、いきなり妙な事を言い出した。

「掃除係のメイドに話を持っていくのは後にするとして、そこまで言うのなら、お前はここを掃除出来るのか？」

「え？」

掃除？　ここを？　私が？　そんな……そんな簡単な事。

「は！　そりゃいい。その細腕で、ここを綺麗にしてみやがれ。喋《しゃべ》り方まで女みてえだしな！」

え？　あれ？　つい興奮して、素が出ていたみたい。でも、ここはスルーしておく。聞こえなかった振りをして、にっこりと笑顔で返した。

「わかりました。私が、ここの本来の姿を取り戻して差し上げます」

殊更丁寧に、嫌味ったらしく言ってやる。けけけけ、ハゲ熊め、頭から湯気が出そうな顔をしているわ。

ギラつく目で睨まれたので、こちらも負けないよう睨み返した。

そんな私達の脇から、呆《あき》れたような地味派手騎士の声が響く。

「はあ……本気でやる気になるとは。それで、いつやるんだ？　これからお前の職場まで案内しなくてはならないのだが」

「ああ、今すぐやりますよ。少しだけ、待っていてください」

「何？」

何せ私には、異能【洗浄】がある！　頑固な汚れも、私に掛かればあっという間に消えてなくなるんだから。

お母様には人に教えるなと言われたけれど、今回は特別。だって、このままこんな汚いところにウードを置いてなんておけないもの。

天国のお母様、天使な弟に免じてお許しください。

「そーれ！　汚れなんて、どこかに吹き飛んじゃえー！」

懺悔《ざんげ》しつつもノリよく声を掛けて、手を一振り。

まず、天井に光の点が出現し、そこから四角い線が広がっていく。線が通った後は、汚れが綺麗さっぱりなくなっている状態よ。

天井にこびりついた煤《すす》、壁に染みついた油汚れ、床にも何の汚れかわからないねっとりしたものが積もっていたけれど、それらも線が通るだけで全て消えていく。

天井の中心から走った線は天井、壁、床と全ての汚れを消し去り、床の中央で再び点になって、それから消えた。よし、これで綺麗な厨房になったわね。

胸を張って周囲を見回したら、ハゲ熊も地味派手騎士様も、他の厨房職員まで目を丸くしている。

はっはっは、ハゲ熊め、驚いたか！

「嘘だろ……こんな事って……おい！　今のは魔法か!?」

驚きの余りか、勢い込んでハゲ熊が聞いてくる。

「違いますよ。これは異能です。私は、掃除に特化した『洗浄』という異能を持っているんです」

私の一言に、一瞬その場が静まりかえった。次の瞬間。

「えええええええええええ!?」

厨房中に響き渡るような、人々の声。え……そんなに驚くような事？

そりゃ確かに異能持ちの人間なんて、私達以外に聞いた事がないけどさ。でも、こんなショボい異能ならそこらに転がってるんじゃない？　知らんけど。

地味派手騎士様も、驚いている。

「王宮にも異能持ちはいるが、洗浄などという異能は、聞いた事がないぞ？」

もしかして、洗浄って珍しい異能なの？　お母様が人に教えるなって言ったのは、これを見越していたから？　でも、洗浄しか出来ない、ショボい異能よ？

ショボくても、珍しいからと王宮に閉じ込められたりしないかしら。物語なんかでよくある、地下牢《ろう》か何かに閉じ込められて、こき使われるという……。

とりあえず、ここは誤魔化そう！

「異能自体、持っている人は少ないと聞きます。それに、異能持ちは自身の能力をあまり人に見せないとも聞きました。だとするなら、皆さんが知らないだけで、私のような異能持ちは他にもいるかもしれませんよ？」

「そう言われれば、そうだが……」

地味派手騎士様は、何やら考え込んでいる。よし！　このまま納得してちょうだい！

ハゲ熊は、改めて綺麗になった厨房を見回して、感動しているらしい。

「こんな綺麗なここ、初めて見たぜ……」

ちょっと！　それは駄目でしょ。食べるものを扱う場所が汚かったから、病気が怖いわよ。この世界、衛生観念とかまだないんだもの。

我が家では私が前世の記憶を持っているから、ウードと一緒に小さい頃から手洗いうがいは徹底していたけれど。

いざとなったら、人にも【洗浄】を使ったし。いや、綺麗になるのよ。それに、外で汚れた時なんかにも便利だから。子供って、平気で泥だらけになるじゃない？

うちの弟も、もっと小さい頃には庭で泥だらけになって遊んでいたもの。その度に、洗浄を使って本人と着ている服を綺麗にしたっけ。

ちょっと過去に思いを馳《は》せていたら、いつの間にか地味派手騎士様がこちらを見ていた。

「ケーン……だったな。お前、これからも定期的にここの掃除をしに来るように」

「へ？」

それは構わないけれど、勝手に決めてしまっていいのかしら。一応、私は内務省の雑用としてここに来たんだけれど。

そう、内務省。叔父が不正をした証拠があるかもしれない場所だわ。

「嫌なのか？」

なかなか承諾しない私に、地味派手騎士様がちょっと不服そうだ。この人、今まで相手から拒絶された事、ないのかしら。

「嫌ではありませんが、勝手に決めていいものかと思いまして。私は、内務省の雑用係として雇われるものですから」

「ああ、そういえばそうだったな」

騎士様ー。忘れないでー。


何故かその後、騎士様が話を付けると言って、厨房の掃除も私の仕事に組み込まれた。一日置きに掃除をするんですって。

まあ、ウードの顔を見るついでと思えばいいんだけど。

私が『天使』と呼んだせいか、厨房の人達も『天使ちゃん』って呼び始めたらしいの。偽名、考えるまでもなかったわね。

本人もまんざらじゃないみたい。いいのよ、あなたは本当に天使のようなんだから。

綺麗になった厨房にウードを置いて、私は地味派手騎士様に案内されて内務省への道を行く。

「それにしても、ギルガン卿もどうしてまたあの内務省の雑用などさせようと思ったのか……」

これは、私に言っているのではなく、独り言みたい。えー、騎士様の目から見た内務省って、近寄りたくないような場所なのかしら。「あの」って、そういうニュアンスを含んでるよね？

まあ、あの叔父の不正を通すような場所だもの。周囲から嫌われていても不思議はないわね。

内務省は、王宮でも中央付近にあるという。

「あそこは国の全ての機関と繋がっているからな。雑用もかなり多いだろう。横柄な奴がいたら、構わずギルガン卿に助けを求めるのだぞ?」

「わかりました」

「私も、この辺りはよく通るようにしておく。見かけたら声を掛けてくれ」

「はい。ここまで案内していただき、ありがとうございます」

頭を下げると、騎士様は片手を上げて去っていった。さて、ここからが本番だわ。

内務省の前には大きな扉があって、入るのに許可がいる。扉の両脇には、ごつい鎧《よろい》を着て大きな斧《おの》……槍《やり》……? ハルバードっていうんだっけ? あれを持った兵士がいた。

「本日からこちらで雑用として働くケーンと言います。取り次ぎをお願いします。これ、紹介状です」

胸元から、伯父様に書いてもらった紹介状を出して見せる。

「中を確認させてもらうよ」

「はい」

武装した兵士は、見た目とは違い紳士な態度だわ。

「なるほど。中で確認してくるから、ここで待っていてくれるかい?」

「わかりました」

紹介状を手にした兵士は、そのまま大きな扉の向こうへと消えていく。そのまま、私は扉の前で待つ事になったわ。

兵士は無駄口を利かず、直立不動でいる。仕事熱心なのはいい事よね。

そのまま待っていると、扉の向こうから兵士と一緒にひょろっとした男性がやってきた。彼は私を上から下まで見回すと、確認するように聞いてくる。

「君が、ギルガン卿の紹介で来た、ケーン君？」

「はい、そうです」

「こんな細い子で大丈夫かなあ……うち、結構体力使うのに」

いきなり不安になるような事、言わないでくれます？


大きな扉の向こうの内務省は、とんでもなく広かった。これ、全部が内務省なの？

「入ってきてわかったと思うけれど、ここに入るには許可がいる。基本、あの扉のこちら側を歩いているのは、全て内務省職員と思ってくれていい」

「はい」

職場までの道すがら、色々と教えてくれる彼はハント男爵と名乗った。領地を持たない貴族で、実家は伯爵家ですって。ちょっとくたびれた三十代半ばくらいの男性で、物腰は柔らかい。

文官試験に合格した際、実家が持つ称号の一つであるハント男爵号をもらい、独立したそう。説明の合間に、ちょっと世間話として水を向けたらあっさり教えてくれたわ。

本人曰《いわ》く「誰でも知ってる話だからね」との事。

内務省は王宮でも中央部分にあり、古い王宮を丸ごと使っている省なんだとか。王宮自体、何度も増改築を繰り返していて、今の形になったそう。

内務省がある中央部分……ここが中央宮で、そこから東に東宮、南に南宮、北に北宮、西に西宮となったんですって。だからか、今通っている廊下も、古い造りだけれど、風情があるわ。

外廊下のように開けた通路で、外からの光と風が入るのだけれど、ちょっと進むともう違う建物の壁が見えるのはいただけないわね。

でも、この通路は教会の回廊のようで、私は好き。

「王宮は増改築を繰り返しているから、入り口から内務省までの道も慣れないと迷子になるらしいよ。気を付けて」

「わ、わかりました」

どうしよう。ここまで地味派手騎士様に案内してもらったし、最初に厨房に寄ったから、入り口からここまでのルートがわからないわ……。

ま、まあ、王宮だし。通りすがりの誰かに聞けば、教えてもらえるんじゃないかしら！

あれやこれやを話しながら進む事しばし、内務省の大分奥まで来た気がする。心なしか、何だか空気が淀《よど》んでいるように思えるのだけれど。風通しはいいはずなのに。

それまでゆっくりとはいえしっかり歩いていたハント男爵が、いきなり足を止めてこちらを振り向いて、ずいっと顔を近づけてきた。何？　怖いんですけど？

「……ここから先が、君の主な職場だよ。正直、うちの雑用係は居着かなくてね……職場を見て、無理だと思ったらすぐにギルガン卿に伝えたまえ。無理はよくないから」

……どんな職場よ、本当に。

言いたい事を言ったハント男爵は、再び歩き出した。こんなモヤモヤした思いを人に持たせるなんて、酷くない？

ちょっと恨みたくなるけれど、初日から職場の上司によくない態度を取るのは如何なものかと思ってやめておいた。

内務省の奥であるここは、薄暗い。今日天気がいいから、ちょっと戻れば明るい日差しが差し込んでいるのに。日の光も、ここまでは届かないみたい。

「着いたよ。ここだ」

目の前には、またしても重厚そうな扉がある。ただ、ここの前には兵士達はいなかった。

ハント男爵が重そうな扉を開けてくれ、その後ろについて中に入る。あれ？　暗い……。

「ん？　ハントか？　その後ろのが、新しい雑用係だって？　大丈夫か？　そんな細っこい奴で」

またですか。てか、私の仕事って雑用なんだよね？　そんなに体力勝負な仕事なの？

思わずハント男爵を見ると、彼は困ったような顔で笑った。

「紙ってね、枚数が増えると重くなるんだ」

……つまり、書類を大量に持って移動する仕事が主なんですね？　雑用係だもんなあ。

それにしても、この室内は何でこんなに暗いんだろう。……あ、窓がないんじゃなくて、鎧戸を閉め切ってるんだ。

照明はランプだけ。しかも、かなり暗い。

「あの、ハント男爵様、ここって……」

「ああ、驚いたかい？　ここは、貴族の戸籍を扱う戸籍部なんだよ」

何ですってええええええええ!?


まさか、初っぱなから目当ての場所に潜り込めるとは思わなかったわ。これで、周囲の隙を突いて、不正の証拠となる叔父の後見人申請書を見つければ……見つければ……。

「見つけられるかああああああ！」

一人になった室内で、叫んでみた。ちなみに、この時間職員は昼食を取りに食堂へ行っている。私は、一人で留守番の真っ最中だ。

本当なら、チャーンスとばかりに室内を探るのにー。

「何この積み上げられた書類。掃除なんて、何年もしていないように見えるんですけど」

そう、この部屋、もの凄く汚かった。うずたかく積まれた書類、何年前のものかわからない廃棄した方がよさそうな紙類、インクの空瓶、折れたペン、散乱する書籍。

とりあえず、私の最初の仕事は、ここの掃除らしい。いや、本当はそこまで言われてなくて、さっさと床に落ちた書類だけでも、どこかにまとめてほしいって言われただけなんだけど。

でも、これは駄目でしょ。私の中の、異能が叫ぶ。

「ふ……ふっふっふ」

いいでしょう。やってやろうじゃないの。あの油汚れがこびりついた煤やら油汚れやらも綺麗に落とした私だもの。この部屋だって、あっという間に綺麗にしてみせるわ！

「洗浄！　マシマシー！」

別に声に出して言わなくても、異能は発動する。でも、言った方が気分が上がるし、そうした方が効率がよくなる……気がするんだよね。なので、汚れが激しい場所を掃除する時は、口に出す。

異能はすぐに発動して、床に落ちた本が浮かび上がり、倒れそうになっていた書類のタワーが舞い上がる。

床の埃《ほこり》は厨房の時のように一直線の光と共に消え、捨てるべきゴミ類は埃と一緒に光となって消えていった。

これ、凄い不思議なんだけど、私がゴミと認識したものは、光になって消えるのはどういう事なんだろう。ゴミ捨ての面倒がなくていいけれど。

あと、生物も消せない。虫が消えないのは困ったものだわ。ただ、光に押しやられて部屋から追い出せるからいいんだけれど。

ネズミくらいの大きさになると、それもなかなか出来なくなる。生物の大きさに関係があるのかしら。

床のゴミは消すけれど、床に散乱する書類は消さない。というか、どれも何か引っかかって消えないみたい。丸められたゴミに見えるものでさえ、消えないのは何でだろう。

もしかして、これ、全部魔法契約の紙なのかしら。

まあいいわ。書類は一箇所にまとめておきましょう。後で職員の人にいるいらないを選別してもらえばいいもの。

「ふう、こんなものかしら。あ、窓を開けて、換気しなきゃ」

何だってまた、窓があるのに締めきってるのやら。ご丁寧に鎧戸まで閉めてるから、部屋の中は真っ暗だし。何か理由があるのかしらね。

「掃除の一環で空気の入れ替えをしてましたーって言えば、いいわよね」

何せ今日は初日。そこまで怒られないでしょう。

「何をやっている‼」

「ひえ！」

洗浄の後、奥の机から雑巾で拭いていただけなのに、昼食から戻ってきた職員に怒られた。何でー？

「おお、この部屋がこんな綺麗に……」

「床が見えるぞ！」

「たった一時間かそこらの間に、あの部屋をここまで綺麗にするとは。凄いな」

「窓を、窓を閉めろ！　病気になるだろうが‼」

何やら、窓にこだわっているのは一人だけらしい。他の人達は、綺麗になった室内に感動しているのに。

「凄いよ君！　あの埃臭かった室内を、こんなに綺麗に出来るなんて！　しかも、僕らが食事に出ている間に！」

職員の中では若手らしき人が、両手を握ってきた。余程感動したらしい。

「あ、あの、お仕事ですから……」

「いや、仕事だけでこんなに出来ないよ。後、そこの室長。窓は閉め切った方が病気になりますよ」

「何を言っている！　明るい日光なんぞに触れたら、肌が黒く染まってしまうのだぞ‼」

「いいじゃないですか、健康的で。室長は日に当たらなすぎです」

言われて、騒いでいる人を見ると、確かに病的なまでに青白い。駄目よー？　適度に日光に当たらないと。ビタミン……何だっけ？が生成されないんだから。

「あああ、すぐに窓を閉めなくては……ふ」

あ、青白い人が倒れた。

「室長！　君！　人を呼んできてくれ‼」

「え？　あ、はい‼」

人を呼ぶって、どこから？　とりあえず、内務省の入り口に走り、兵士の人に人が倒れた事を伝えましょうか。


室長と呼ばれた青白い人は、そのまま担架で運ばれていった。

「まったく、日の光をあんなに嫌がるなんて、あの人、実は魔物なんじゃないの？」

「馬鹿！　滅多な事を言うな！　あの人、実家は侯爵家だぞ！」

「え？　そうなんだ」

へー、そうなんだー。職員の噂話《うわさ》によると、高位の貴族家の中には、迷信を信じて生活に取り入れている家も少なくないんだとか。

倒れた室長も、そういう家で育ったんだろうという話。ちなみにあの室長、伯爵家当主だそうですよ。ハント男爵同様、実家が持っていた爵位を独立時にもらったそうなの。実家では、三男なんですって。

戸籍部はあの室長が統率しているので、室長がいないと仕事にならないと周囲がぼやいている。

「普段、室長からの指示で動いているから、不在となるとどうしていいのか」

それもどうなの？　いい上司は、部下が動きやすい環境を作るものじゃないのかなあ。とするとあの室長、あまりいい上司とは言えないのかも。

職員が困っている中、ハント男爵が手を叩いて注目を集めた。

「今日の仕事はもう終わりだな。そういえば、この書類は？」

一応、書類は二種類に分けておいた。一つは机の上に積み重なっていたもの。もう一つは床に落ちていたもの。落ちていた方は、確実に不要な書類だと思うのだけれど。

それを説明すると、一番若手の職員と、ハント男爵が提案してくれた。

「なら、これは廃棄倉庫に持っていきましょうよ」

「そうだな。あそこなら、万が一必要な書類だったとしても、何とかなる」

廃棄倉庫？　首を傾げていたら、ハント男爵が微笑む。

「君はこれから行く事が多くなるだろう。案内ついでに、書類を運ぶのを手伝ってくれ」

「わかりました」

考えるのは後、今は目の前の仕事をしなくちゃ。

倉庫に持っていく書類を三人で分担して持つ。ちょっと重いけれど、より多くの書類を持ってくれたのはハント男爵と若手職員だ。

「廃棄書類の倉庫には、裏口から行くのが早いんだよ」

ハント男爵の先導で、内務省の建物を行く。戸籍部はかなり奥にあると思ったけれど、更に奥があるのね。王宮って、深い……。

戸籍部からどれだけ奥に来たか。脇に古い扉が見えてきた。

「あそこが裏口だ」

あれが、近道？　表に行くのと、代わらないくらい歩いた気がするんだけど。

内心うんざりしていたら、若手職員から声が掛かった。

「疲れたかい？」

「え？　あ、いえ……」

「ははは、隠さなくてもいいさ。重い書類を持って、ずーっと歩いてるんだから、若くても疲れるよねえ」

「君達、私よりも若いんだから」

若手職員の言葉に、ハント男爵が呆れた様子を見せる。

「嫌だなあ、男爵。若くても年食ってても、疲れは同じように感じますって」

「いや、私はそこまで年食っている訳では」

「あ、ほら。鍵をお願いします」

ハント男爵は、若手職員の「年食っている」という一言に反応したらしい。反論しようとしたら、先に話題を変えられてしまった。

どうやらこの裏口、鍵が必要な扉らしい。そしてその鍵は、ハント男爵が持っていた。

「一応、ここは旧王宮そのものだからね。裏口にも鍵が掛かっているんだよ。もっとも、内務省入り口から伸びている廊下を見ただろう？　あそこからも出入り出来るから、ここの鍵は実質不要なものなんだけどねえ」

それでも、鍵を掛けるのは防犯としては当然だと思います。

扉を開けた先は、裏庭のような場所。芝生は整えられているんだけれど、花壇や大きな木は一本もない。

その裏庭に、そぐわないものがある。大きな、レンガ造りの建物だ。入り口の扉は金属製……多分、青銅とかそのあたり？　で、大変重そう。

「ここが、廃棄用の倉庫だよ。中を見て驚かないようにね」

若手職員に言われた内容に首を傾げていたら、ハント男爵が倉庫の扉を開けた。ここは、鍵が掛かっていないらしい。

「うわ」

開け放たれた大きく重い扉の向こうには、おびただしい数の紙、紙、紙。そしてそれらを置く棚が上から下まで、奥から手前までびっしりとある。

これ、紙が本だったなら、大きな書庫よね。中は長年掃除をしていないようで、カビと埃の臭いがする。うへえ。

「さて、陰鬱《いんうつ》な場所からはとっとと離れよう。書類は適当に置いてくれ」

「適当……で、いいんですか？」

ハント男爵の言葉に、思わず言い返してしまった。そうしたら、とても真面目な顔で返されてしまったわ。

「別に厳正に置き場所を選んでも構わないが、この倉庫の中身を見ても、それを言うかい？」

「いえ……」

適当に置こうが、そうでなかろうが、これだけの書類の山の中じゃ変わらないわね。

近場の床に書類を置くと、埃が舞う。

「げほっ！　ごほっ！」

うう、埃吸い込んじゃった。喉が痛い。

「相変わらず酷い埃だな」

「ねえ、ケーン。ここも掃除出来ないかな？　ほら、うちの部室をちゃちゃっと掃除したように」

「こら、無茶を言うな。ここととあそこでは、広さが違うだろう。倍じゃ済まないぞ」

若手職員の軽口を、ハント男爵が窘《たしな》める。いや、でも、これくらいならやってやれない事はないと思うんだけど。

「埃を掃除するくらいなら、出来ますよ？」

「何⁉」

「ほ、本当に⁉」

言い出しっぺが一番驚いているのはどうなの？

「出来ますよ。少し、時間が掛かるかと思いますが……」

嘘でーす。本当はぱっと終わりまーす。でも、ここでそれを言ったら、ちょっとまずい気がするので言わない。

「では、明日の朝から頼めるか？　この倉庫はいくつかの部で共有しているのだが、焼却処分が間に合わなくてな……一番奥にある書類は、五十年前のものだと言われている」

「五十年⁉　そんなに古いんですか？」

私が驚く前に、若手職員に驚かれてしまった。人が先に驚くと、何か「スン」ってなるんだよねー。

それにしても、五十年前……ねえ。これは、私の可愛い弟を連れてこなくてはいけないかも。でも、厨房にいる弟を、どうやってここまで連れてくる？　許可を得ないと、内務省内部には入れないのに。

あ。ここ、いくつかの部が共有している倉庫だって話だったわよね？　なら、確かめておかなくては。

「質問をいいですか？」

「何かね？」

聞くなら、絶対ハント男爵よね。

「この倉庫って、内務省の建物からしか行き来出来ないんですか？」

「いや？　ここは中央宮でも裏手に当たるだけで、他の部署とも繋がっているよ」

ハント男爵の返答に、若い職員が付け加える。

「実際、内務省とは反対側の狭い場所を抜けると、厨房に出るよ。お腹が空いた時は、行くと何かしら食べ物がもらえるんだ」

厨房！　何ていいロケーション!!　すぐにでもウードに会いに行けるじゃない！

……って、そうじゃない。ウードを連れてきて、書類を見てもらえる、よ。

でも、そんな事は顔には出さない。そのくらいの事なら、私にも出来るんだからね。

「そうなんですね。覚えておきます。あ、この倉庫、部外者が入ったら、やっぱり怒られるんでしょうか？」

これも確認しておかなくちゃ。後で「内務省の人間以外、立ち入り禁止！」とか言われたら困る。

ハント男爵は、私の問いに笑みを浮かべた。

「さすがに中の書類を持ち出すのは駄目だが、人が立ち入るのまでは禁じられていない。ただ、置いてあるものがものなので、王宮の外の人間は入れられないよ」

つまり、王宮関係者なら入っていいって事ですねー。確認はしないけれど、そういう風に勝手に受け取っておきます！

厨房でお手伝いをしているうちの弟も、関係者って言ってもいいと思うの。いいはず。いいって事にしておきましょう！

倉庫の掃除として、明日一日もらう事に成功したから、明日はウードと一緒に倉庫漁《あさ》りをしましょうか。不正の証拠、見つかるかしら。


その日、ハスアック家に帰り、夕食の席で本日の報告をする。

「という訳で、内務省その他の廃棄書類が置かれた倉庫を掃除する事になりました」

「ほう、あの倉庫をか」

伯父様は、なるほどと言いつつ納得している。

「それで、王宮関係者なら倉庫に入れてもいいと許可をもらったので、この子と一緒に中を探そうと思います」

弟を見ると、向こうもこちらを見てにっこりと笑う。ああああああ、うちの天使最高うううう。

家に戻った時点で男の子の格好に戻っているんだけど、こっちの姿も凄く可愛いのでいい。

「しかし、ウードが行っても本当に大丈夫なのか？　その……」

お祖父様が言いたい事もわかるわ。うちの弟はまだ小さいし、足手まといにしかならないんじゃないかって思っているのよね。

でも、大丈夫。

「問題ありませんよ。この子は私の助けになりますから！」

胸を張って言い切っておく。詳しい事は、あまり言わない方がいいかしら。

ハスアック家の方々はいい人だと思うけれど、情報って、知っている人が多ければ多い程漏れやすくなるっていうから。

なので、知っている人間の数そのものを絞っておこうと思うの。そうすれば、もしお祖父様達が私達の何かに巻き込まれる事があったとしても、「知らなかった」と言い逃れが出来るもの。

叔父だけが敵なら、多分問題ないんだと思うのよ。でも、奴は王宮の誰か……特に、内務省の誰かの力を借りている。

その結果、力を貸した人間が、私やウードを消そうとするかもしれない。怖いけれど、多分、私達だけなら大丈夫。

何せこちらには、天使がついているのだから！

この子の悪意や害意を見抜く目って、本当に凄いのよ。ちらっと見ただけで、見抜いてしまう。私の洗浄や治癒よりも、余程凄いと思うわ。本当、うちの弟ってば可愛い上に有能なんだから。

ともかく、ハスアック家の方々には、ここに間借りさせてもらって、王宮に入る時の保証人になってもらっただけで、もの凄くありがたい話だもの。普通なら、実家の伯爵家を出た時点で王宮に入る手段なんてなくしてるのに。

その前に、親のいない未成年って時点で色々詰んでるのよね。

本当、どうしてこんないい人達と同じ血を引きながら、あの叔父はあんな酷い人間になったのかしら。

「どうかしたのか？　サーヤ」

「あ、いえ……」

言えない。目の前のお祖父様と伯父様と、あの叔父が本当に血の繋がった家族だったのか疑っているなんて。

それを言ったら、亡くなったうちのお父様だって、人の好い性格だったわ。お父様となら、目の前の人達が家族だと言われても納得出来るのだけれど。

私が言葉を濁した事で、隠し事をしていると思われたらしい。

「サーヤ、遠慮などする必要はないのだぞ？」

「そうだ。もう私達は家族なのだから」

ええと、だからこそ言いにくいのですよ。

困っていたら、お祖母様が助け船を出してくれた。

「あなた。ギルガンも。言いにくい事もあるのよ。大方、カムドンの事ではなくて？」

「ええと……」

お祖母様、本当に鋭い。叔父の名前が出た途端、お祖父様と伯父様が渋い顔になった。

「あなた達がそんな顔をするだろうから、サーヤも何も言えなかったのでしょう。大丈夫よ、サーヤ。聞きたい事があるのなら、今この場で聞いてしまいなさい」

優しいお祖母様の言葉に、テーブルについている全員の目が、こちらに向いている。聞いても、本当に大丈夫なのかしら。でも、この先ずっとこれを考えるのも嫌な感じよね。

よし！　女は度胸！

「あの、カムドン叔父と、お祖父様や伯父様は、本当に血が繋がっているのか、不思議で。後、何をやってあの叔父が実家との縁を切られたのかも、気になります！」

聞ける時に、全て聞いてしまいましょう。

私の発言の後、食堂はしんと静まりかえった。やっぱり、これ、聞いちゃ駄目なやつだったんじゃないかしら。

内心焦っていると、お祖父様が深い溜息を吐いた。

「そうか……そうだな。家の恥ではあるが、話しておいた方がいいだろう。まず、あれは紛うことなき我が家の者だ。あれがどうしてあんな人間に育ったのか、儂にもさっぱりわからん。長男も次男も普通に育ったというのに」

そう言い置いてから、お祖父様が全てを話してくれた。


その昔、あの叔父にはお祖父様が決めた婚約者がいたそう。お相手は、男爵家のお嬢様。家同士の繋がりで、決まった縁談だったんだとか。

しかも、相手は一人娘なので、男爵家に婿入りする事になっていたそうなの。

「正直、子爵家の三男が、男爵家の跡取りとして婿入り出来るのは破格の待遇だ。子爵家の三男なぞ、騎士として仕官するか、文官として王宮に出仕するか、教会に出家するかしか道はない。儂としても、我が子可愛さで組んだ縁談だったのだが」

どうやら、叔父は相手の事が気に入らなかったらしい。それも、爵位が男爵だからっていうだけの、つまらない理由で。

それというのも、少し前に叔父の兄である私のお父様が、伯爵家に婿入りする事が決まったから。

兄が伯爵家に婿入りするのなら、自分も伯爵家がいい。何なら、兄の代わりに自分が伯爵家に婿入りするから、兄が男爵家に入ればいいとまで言ったという。

冗談じゃないわよ。あんなのが父親になったかもしれないなんて！　いや、その場合、私は生まれていないと思うけど。遺伝子が違うんだし。異能だって意識だって、「私」にならないんじゃないかしら。

「ユーヤサントの婿入りは、フェールナー家からぜひにと請《こ》われたものだ。こう言っては何だが、先代伯爵に見初められたようなものでな」

ほほう。あれ？　先代伯爵っていうと、母方の祖父の事かな？　ええと、その場合は娘の婿として見初められたって事でいいのかしら。

お祖父様の話の腰を折るのも何なので、そのまま黙って話を聞いた。

「当然、カムドンがユーヤサントの代わりになどなれるはずがない。何度も話したのだが、カムドンは聞き入れないばかりか、悪い仲間と行動を共にするようになってな……」

そんな悪い仲間の一人に、今の妻であるボウォート騎士爵家の一人娘がいたという。

で、まあ、下世話な言い方をすれば、出来ちゃったと。この話は、私が生まれた頃の事だそう。つまり、その時出来たのが、あの娘って訳。

「正式な婚約破棄の前に、不誠実な真似をした以上、息子といえど繋がりを持ち続ける事は出来ん。その時点で縁切りをし、ハスアック家の籍から永遠に抹消したのだ」

それで、絶縁。当然ながら、その時以降は連絡どころか付き合いも全て断っているという。

その後、叔父は抵抗虚しくボウォート家の婿となり、そのまま騎士爵家当主になったと。おとなしくしていれば、男爵家当主になれたのにね。馬鹿な男だわ。

貴族籍を消された叔父が婿に入れたのは、騎士爵家だと貴族といっても庶民に毛が生えた程度の家だから。実際、騎士爵家に平民から嫁に入ったなんて話も多いそう。

ちなみに、被害者に当たる男爵家のお嬢様には、別の家から婿が入ったんですって。これにはハスアック家と、お祖母様の実家である某子爵家が手を貸して、とある伯爵家の四男を宛がったらしいわ。そんな事、出来るのね。

お祖母様によると、その某伯爵家は家格としては中くらいの家だそうよ。

「そちらの家とは、私の母が懇意にしていてね。孫の婿入り先を探していたそうなの」

いくら中位の伯爵家でも、四男ともなると婿入り先を探すのが大変なんだとか。

で、結果的に伯爵家と繋がりを持てる男爵家からも、息子の婿入り先が見つかった伯爵家からも感謝され、ハスアック家の汚名は返上される結果になったそうよ。

「そうだったんですね」

「薄情な話かもしれんが、あの時点で我が家と縁切りをさせておいて、本当によかった。とはいえ、その後サーヤに迷惑を掛けた事を考えるとな」

「手元に置いて、監視した方がよかったかもしれませんね」

お祖父様、お祖母様、手厳しい。でも、私もちょこっとそう思います。

それにしても、お祖母様の実家まで助力してくれるとは。貴族の家の繋がりって、凄いのね。

翌日、王宮へ到着して、まずはウードを送り届ける為に厨房へ向かった。手を繋いで王宮の廊下の端を歩く。

こういう場所では、中央を歩くのはお偉いさんと決まっている。弟が絡まれないよう、壁際にするのも忘れない。

歩いていたら、不意に肩を叩かれた。驚いて振り向いたら、あの地味派手騎士様。

「どうしたんだ？　こんなところで。迷子か？」

「違います。この子を、厨房まで送っていくんです」

「ああ、昨日のちびちゃんか」

あ、ウードがむっとした。もー、やめてくださいよ騎士様。弟がむくれたら可愛いけれど可哀想でしょー。

「騎士様、ちびちゃん呼びはやめてください。ちゃんと名前があるんですから」

「お？　そうか。では名前を……何だったか？」

「天使です！」

「は？」

「あ、違った」

いけないいけない。つい心の声が駄々漏れちゃったわ。

「ルウ、です」

ウードも、ちょっと高い声を意識して名乗ってから、ぺこりとお辞儀をする。ああ、可愛い。お辞儀の仕方も、ちゃんと一緒に練習したものね！

地味派手騎士様は、「ルウか。いい名だな」と言っている。これからは、ちびちゃん呼びはやめてくださいよ。

何故か、その後騎士様も一緒に厨房へ来た。

「どうしてまたいらっしゃるんですか？」

「お前、ここから内務省まで行けるのか？」

「うぐ」

実は、道順を覚えていないの。だって、厨房からだと複雑じゃない？　あんなの、一発で覚えられる人、いないわよ！

でも、今日の私には裏技がある。

「そ、それなら問題ありません。裏庭にある倉庫の掃除を頼まれましたので、今日はそちらをやる予定なんです。厨房の裏から回れば、迷いようがないですよね？」

「ああ、あの倉庫か……え？　あの倉庫を、お前が、掃除？　一人でか？」

「いいえ？　この子とです」

私が背中に軽く手を添えると、ウードがこちらを見上げてにこっと笑った。うふふ、この可愛さと、今日は一日一緒なのよ。

私の言葉に、地味派手騎士様は呆然としている。

「いや、二人とはいえこの子……いや、ルウとか？　もっと人手はいるだろう⁉」

あれえ？　この人、初日に厨房を綺麗にしたの見ているはずなのに、そんな事を言うの？

「騎士様、お忘れかもしれませんが、私は掃除がとても得意なんですよ？」

視線だけで、厨房内部を見る。昨日あれだけ綺麗にしたのに、もう煤で天井が汚れているって、どういう事⁉　どんな使い方してるのよ！　まったく。

しかも！　料理長の服もドロドロ！　もうちょっと気を付けて仕事してよね！

無言のまま、部屋全体とその場にいる人の服にも洗浄を使う。これでよし。

「もう少し、厨房の使い方や着ている服を汚さない調理方法を心がけていただきたいものですね」

さすがに、料理長も何も言わなかった。エプロンも何もかも、全て綺麗になったからねー。

地味派手騎士様は、周囲を見て驚いている。いやあなた、昨日も見たでしょうが。何でここで驚くんですか。

「凄いな……」

「昨日も掃除、見せましたよね？」

「いや、厨房もそうだが、着ている服まで綺麗にするとは」

ああ、そっちなのね。

「私の異能である洗浄は、洗濯にも使えますから」

「そうなのか⁉」

そこ、食いつくの？　私が無言で頷くと、地味派手騎士様が何やら考え込んでいる。ここは、そっと離れるのが無難かな。

「後で、迎えに来るね」

「うん」

ウードにこそっと耳打ちしてから、ゆっくり移動して厨房を後にした。

それにしても、厨房を抜けたら内務省に入れるって、あの門番さん達の存在意義はどこにあるんだろう？

いや、一応パッと見通れなさそうな程、狭いけれど。でも、大人でも通れる幅、あるんだけどな。


倉庫に入り、少し辺りを見回す。一日経《た》ったからって、埃臭さもかび臭さも変わらない。

「積み上げられた書類もね」

今にも倒れてきそうな書類の山が、あちこちに出来ているんですが。これ、崩れたら目も当てられないわよ。

「さて、埃とカビだけでも洗浄しておきますか」

異能を発揮し、倉庫の天井から掃除していく。掃除は上からが基本。厨房の時同様、天井の一点から周囲に洗浄の線を走らせる。線が通った後は、既にピカピカだ。

光のラインが倉庫の中央で点になった時点で洗浄は一旦終了。さすがにこの書類の山までは、どうにもならないもの。

掃除が終わっても、倉庫からは出ない。今日一日は、倉庫掃除に当てていいと許可をもらってるから、戸籍部の部屋へ行く必要はないから。

午後からは、弟を連れてきて書類を見てもらわなきゃ。怪しいものがあれば、あの子の目が教えてくれる。本当、凄い子よね、うちの天使って！


倉庫で半日を潰し、昼食を取りに厨房へ。ついでにウードをピックアップしなきゃ。

昼時の厨房は忙しいのかと思いきや、既にピークは越えていた。

「おう、昼飯食うだろ？　そこに取っておいたぜ」

「ありがとうございます」

どうやら、食堂へ出す料理とは別に、ここで食べる人達用の分は別で作っているようだ。まかないのようなものかしら。

それを、私ももらう。もちろん弟と一緒に食べるのよー。

厨房の端にある、がたついた木製のテーブルが食事の場だ。

「今日は何をしたの？」

「えっとね、お芋の皮を剥いたよ。中身が悪くなっているのがあったから、ナイフで割って見せて、中身はえぐって、皮を剥いたんだ」

ウード、食材の目利きも出来るものね。偉いわ。でも、中身が悪くなってる事まで、見抜けたかしら？

本日のまかないは、芋のスープと鶏肉を焼いたもの、葉物野菜、パン。なかなかのボリュームです。これなら、うちの弟のお腹も満足するはず。

実家にいた頃は、ろくなものを食べさせてあげられなかったものね。叔父からもらう食費が少なくて、大変だったから。

食材を買うお金がなければ、料理も出来ない。それをあの叔父に理解させてからは、少しだけ食費がアップしたっけ。それでも少しってあたりが、ケチ臭いったら。

ウードは育ち盛りの男の子。きちんとした栄養を取らなきゃいけないんですからね。成長期の栄養は、大事なのよ。

ハスアック家に移ってからは、しっかり食べられるようになったからいいけれど。お昼も、ここでこれだけのものを食べさせてもらえるのなら安心だわ。

食事を終えた後は、食器を流しに出して、心の中だけで「ごちそうさまでした」と言っておく。

さて、午後からは、ウードを連れて倉庫の掃除……という名の、不正の証拠探しです。

「料理長、この子はこの後、倉庫の掃除を手伝ってもらいます」

「おう、気を付けな。おっと、これを持っていけ」

手渡されたのは、小さめのバスケット。何かと思ったら、中には焼き菓子。おやつって事？

思わず料理長のはげ頭を見たら、何やら赤くなっている。

「……ガキが腹を空かせてるのは、好かねえんだよ」

やだ、この料理長、ツンデレ？　いや、別にツンはなかったわね。最初の厨房が汚い云々の時は、怒ってたけれど。あれは職場を貶《けな》されたと思って怒っただけで、ツンではないと思うの。

それはともかく、気遣いはありがたくちょうだいします。あ、水筒らしきものもある。

「ありがとうございます。もしかして、これはお茶ですか？」

「おう。喉も渇くだろうからよ」

本当、知ってみるといい人って、いるのね。


ウードと手を繋いで、厨房の裏手に出る。ここから建物の脇を通って少し行くと、あの倉庫がある裏庭よ。近いわね。

と思っていたら、その建物の脇から見知った顔が来た。地味派手騎士様じゃないの。

「こんにちは、騎士様」

「ああ、こんにちは。これから、倉庫へ行くのか？」

「はい」

「見ていてもいいか？」

「え？」

予想外の申し出だった。いや、だって、倉庫の掃除を見たいって、どういう事？

「この間の厨房のような掃除をするのだろう？」

「いえ、あれは午前中に終わらせまして。午後からは書類整理でもしようかと」

「そう……なのか……」

何故、そこで騎士様が残念そうな顔をするのかしら？　よくわからないけれど、ウードの「目」を知られると厄介な気がするから、このまま流そう。

「では、私達はこれで」

「ああ、待て」

まだ何かあるの？　うんざりした思いが顔に出たらしい、騎士様がちょっと引いてる。

「やはり、掃除を見せてほしい。あそこは廃棄書類を置く場所とはいえ、重要書類も多いからな。なくされると困るんだ」

「でも、置いてあるのは魔法契約が入った書類ばかりですよね？　持ち出せないんじゃありませんか？」

魔法契約が入った書類って、扱いが面倒だってお祖父様も伯父様も言ってたし。もちろん、私達も持ち出すつもりはない。

ただ、不正の証拠を見つけたら、お祖父様と伯父様に通報するだけよ？

しばらく見る見せないで言い合いが続いたけれど、騎士様の意思は固かった。結局、ついてくる事になってしまったわ。

「いいの？」

手を繋いで隣を歩くウードが、少し心配そうに聞いてくる。

これからやる事を見せてしまってもいいの？　言葉にはなっていないけれど、弟の言いたい事なら、お姉ちゃんわかっちゃうんだから。

本当、いい子よね、うちの弟は。

「何とかなるよ」

多分。どのみち、もう厨房で洗浄を使ってしまったし。だったら、おおっぴらに使ってしまってもいいと思うの。

ウードの目に関しては、バレないように気を付ける。私の洗浄と違って、ウードの目はわかりにくいから、多分大丈夫だと思うんだ。

厨房裏から倉庫まではすぐ。その道のりを、ウードと手を繋いでキャッキャとはしゃぎながら歩く。地味派手騎士様は、少し離れて後ろからついてきていた。

「たかが歩くだけで、そんなに楽しいのかねえ？」

わかってないですねえ、騎士様。ただ歩くのが楽しい訳ではないのですよ。誰と歩くかが大事なのです。

でも、言わないけれど。口に出して言うのは、これだけ。

「楽しいですよ、凄く」

何か呆れた溜息が聞こえてきたけれど、気にしないしー。

よく考えたら、ハスアック子爵家の遠縁とはいえ、身分は庶民と偽っている私達。王宮の騎士様相手に、気安すぎたかしら。反省。

倉庫に到着し、扉を開ける。ここ、鍵とかないのよ。不用心とも思うけれど、どのみち置いてあるのは廃棄する書類だけだからかも。盗まれて困るものはないんでしょうね。

「ん？　臭さが軽減されているな」

「埃とカビは掃除しましたから」

「ああ、なるほど」

言ったじゃないですか。聞いてませんね？　でも、これを口にするのは憚られるので、何も言わない。今の私は平民を装っているのだから。平民が王宮の騎士様に不敬な態度を取ったら、最悪その場で切り捨てられるんだもの。

倉庫の中には、相変わらず山のような書類。ん？　手前のあの山、見覚えがないんだけど？

私が厨房に行っている間に、増えたわね？

こんな感じで毎日のように廃棄書類が増えていたら、そりゃ倉庫だっていっぱいになるわよ。

「それにしても、相変わらずの書類の量だな……」

「そうですね」

あまり軽口を叩くのは、よくないと思うの。ものすっごい今更だけど！

何となく騎士様の視線を感じるから、ウードを連れて倉庫の奥へ行く。

「何か、見える？」

腰をかがめて彼の耳元で囁《ささや》くと、辺りをきょろきょろと見回してからそっと指差す。

「あのね、あそこ」

「ここ？」

「うん」

何かあるらしい。倉庫の奥だから、かなり古い書類が置かれている場所なんだけど。

弟が指差した場所を探る。書類の束がばさりと落ちた。あれ？　書類以外にも何かある。

「これ……手紙？」

「どうかしたか？」

「うひゃおうう！」

思ってもいなかった程、近くで騎士様の声がしたから驚いたわよ！　でも、私の悲鳴に騎士様も驚いている。

「何て声を出すんだ。何もしていないだろう？」

「いえ。思っていたより近くで声がしたので、つい」

てっきり倉庫の入り口にいると思っていたんだもの。仕方ないじゃない。

「ところで、その手にしているのは何だ？」

「え？　ああ、これは、この書類と一緒にあったもので――」

「見せろ」

またしても、びっくりした。命令し慣れている声だわ、これ。無言で手にした手紙を渡す。

騎士様は、それを無造作に開けて中身を読み出した。

「……何だ？　これは」

「何か、ありましたか？」

「よくわからん内容だ。明後日がどうの、靴がどうの。それよりも、これは本当に手紙か？

一体、誰から誰に宛てたものなんだ？」

いや、知らんがな。そう思っていたら、右袖をくいくいと引っ張られる感触が。見れば、ウードがこちらを見上げている。可愛い。

じゃなくて。

「どうしたの？」

「それ、洗浄してみて」

「え？」

彼の一言に、私だけでなく騎士様も驚いている。いや、手紙に洗浄って。洗浄なら、倉庫丸ごとしたばかりなのに。

「全部綺麗にしてみて」

私がなかなか洗浄を使わないのにしびれを切らしたのか、弟がもう一度私にお願いしてきた。もう、そんな可愛い顔でおねだりされたら、お姉ちゃん嫌って言えないじゃない。

よくわからないけれど、うちの弟がご所望ですからね。ぜーんぶ綺麗になっちゃいなさーい。

手紙をしっかり意識して洗浄を使うと、何と手紙が光り輝いた。って事は、本当に何かあったって事？

内心首を傾げていたら、騎士様が再び手紙に目を落として驚いている。

「どうかしたんですか？」

「先程と、内容が変わっている」

「え⁉」

どういう事？　洗浄に、そんな効能あったかしら。

しかも、今の手紙の内容は、騎士様が眉をひそめるようなものらしい。

「この手紙の事、他言無用にしてくれ。私はこれで」

「あ！」

騎士様は、あっという間に倉庫から走り去ってしまった。

「何だったの？　あれ？」

「姉上、まだ汚れ、あるよ？」

「本当に？」

さっきの手紙のように、洗浄を使える書類……かどうかはわからないけれど、とにかく何かはあるという。

「んじゃ、いっぺんに洗浄を使っちゃおうか？」

「うん！　あ、でも、そうすると汚れてたもの、どこにあったかわからなくなっちゃう」

それもそうね。なら、奥からウードが指摘した書類を全部、一箇所に集めておきましょう。それを後でまとめて洗浄すればいいんじゃないかしら。

私が提案すると、彼も安心したように微笑んだ。

「姉上、凄い」

「凄いのはあなただよ。私の天使」

「えー？　えへへ。そうかなあ」

褒めたら、照れてるー。そんな姿も可愛いわー！

ウードが示す「汚れ」た書類を棚から出し、倉庫の奥に持っていく。汚れ専用スペースを作って、そこへ積み上げておいた。

いやあ、倉庫中のあちこちに汚れた書類があったわー。これ、全部訳ありの品なのかしら。

私達がせっせと倉庫の中で作業をしている間も、走り去った騎士様は戻ってこなかった。まあ、いても邪魔でしかないから、いなくてもいいけれど。

倉庫中から汚れた書類を抜き出すのは、それなりに大変だ。でも、途中からはちょっと楽しくなっちゃった。

だって、洗浄する前って書類の文面もでたらめなものばっかりで、よくこんなので通せたわねと思うもの。これも、何かの不正の証拠だったりするのかしら。

「文面に何か仕掛けをするくらいだから、まあ後ろ暗い事はあるんでしょうねー」

「姉上？　どうしたの？」

「ううん、なんでもないの。次は？」

「ええとね」

ウードがその小さな指先で新たな「汚れ」を指し示そうとした時、倉庫の開けっぱなしにしていた扉から、誰かが入ってきた。

「ケーン！　いるか!?」

あ、地味派手騎士様だ。何だか慌ててるように見えるのだけど。

「騎士様、ここです」

「おお！　いたか。少し、訊ねたい事がある！」

「何でしょうか？」

その前に、ちょっと落ち着いてほしい。何でこんなに興奮しているのかしら？

と思っていたら、騎士様がずんずんこちらに来る。圧が強い圧が。思わずのけぞるように後ずさったら、更に距離を詰められた。

背中に壁……じゃない、書類を保管している棚が当たる。つまり、これ以上後ろには逃げられない。

鬼気迫る騎士様がいるから、当然前にも逃げられない。なのに、騎士様は詰め寄る事をやめようとしないんだが⁉

内心焦りまくっていると、騎士様の手が伸びてきた。殴られる⁉　思わず頭を庇うと、バン！　っと左耳の側で大きな音がした。

そっと見ると、騎士様が右手を私の顔の脇に突いている。これが、噂の壁ドンってやつ？

あ、後ろは棚だから棚ドンかしら。

いや、待て待て待て！　何事おおおおお⁉

顔を近づけてきた騎士様から、目が離せない。本当に、どうなってるのこれ⁉

涙目になりそうになったら、至近距離の騎士様が口を開いた。

「あの手紙、どうやって見つけた？」

「へ？」

手紙？　何の事？

「先程、私が持っていった手紙があっただろう⁉　あれを、どうやって見つけたのだ⁉」

ひぃいいいいい！　怖いよぉおおおお！

「姉上を離せ‼」

あまりの事にあわあわしていたら、ウードが右脇から騎士様の腰にタックルしたー！　不意打ちだったからか、騎士様がふらつく！　その隙に、ウードが私の手を引っ張って棚から離れた。

天使いいいいいいい！　いつの間にそんな事出来るようになったのぉおおお！　お姉ちゃん感激しかないんだけど！

「ありがとう、天使！」

「姉上は、僕が護るんだから！」

そう言いながらも、ウードの手は震えている。そうだよね。自分より大きな男性相手に、タックルするなんて怖いよね。

まだこんなに小さいのに。思わず弟の体をぎゅっと抱きしめた。お姉ちゃん、あなたがいれば何でも出来るよ。きっと、そのうち空だって飛べるんだから！

感動しつつ、二人でお互いを抱きしめ合っていたら、後ろから低い声が響いた。

「姉上？　僕？　どういう事だ？」

あ。騎士様がいるの、忘れてたわ。

あの後、倉庫の中で騎士様に詰問されて全部話す羽目になりましたとさ。

「では、君達はフェールナー伯爵家の遺児だと？」

「ええ」

「後見人に、父方の叔父……確か、亡くなったフェールナー伯爵の夫は入り婿だったはず。その弟では、伯爵家には関わりがないのでは？」

そう言われても、見せられた証明書は、確かに本物だって、商会の会頭が言っていたし。

「でも、叔父は後見人の証明書を持っていました」

「偽造か、あるいは……だが、証明書を偽造したりしたら、極刑だぞ。それを知らなかったのか？　ハスアック家の人間が……」

騎士様、何やら眉間に皺を寄せてブツブツ言ってます。

私と弟は、こんなに早く秘密がバレるとは思っておらず、ぐったりと疲れている状態。いや、疲れているのは、騎士様に根掘り葉掘り聞かれたからよね。

神様、私達、そんなに悪い事したんですか？　していないのなら、善良な神の子に対し、この仕打ちはあんまりだと思います。

「そこ、何を祈っている？」

「神様に、この理不尽を嘆いています」

「理不尽って」

これを理不尽と言わずして、何を言うと？　じとっと見たら、何やら視線を逸らされました。

騎士様、自覚、ありますね？

視線で追い詰めてみる。本来の身分なら、騎士より伯爵令嬢の方が上だもの。

セネリア王国では身分制度ががっちり決まっていて、爵位持ちの貴族の子女は、家の爵位の二つ下の家の当主と同じとみなされる。

つまり、私の場合は男爵家当主と同程度。準男爵や騎士爵相手なら、身分上は上になるのよ。

なので、この強気の態度。騎士様もわかっているのか、無礼云々は言ってこない。

と思ったのに。騎士様、大きな溜息を吐きましたよ？

「そちらにばかり、秘密を話させるのは悪いな。私も、自分の身分を明らかにしよう」

そう言うと、胸元に手を置いた。途端、騎士様の髪と瞳の色が変わる。輝く金髪に、深い緑の瞳。その姿からは、高貴さが溢れ出ている。これ、魔法？

それに、この人絶対騎士爵家の人間じゃないわ！　一体、誰なの？

思わずウードとお互いを抱き寄せて警戒したら、騎士様……じゃないんだろうけれど、とりあえずそう呼んでおく。彼に苦笑された。

「まさか、素の姿を現しても、まだ気付かれないとは」

「どういう事ですか？」

「サーヤ嬢、君、王族の肖像画を見た事ないな？」

おうぞくのしょうぞうが。思わずひらがなで考えてしまったけれど、あれだよね？ 王族の方々を描いた、絵の事だよね？

待って。それを見た事があるのなら、目の前の人物の素性がわかるって事？ それって。

「私の名は、セリアン・ナレスト・メルー・セネール。セネリア王国第一王子であり、王太子でもある」

王子様あああああああ⁉

騎士様改めセリアン王太子殿下は、普段から別人の騎士になりすまし、王宮の中を歩き回っているという。

「素性を隠す事で、王族への素直な反応が見られるのが楽しくてな……王宮内で私が姿を偽る事があるのを知っているのは、一部の者だけなんだ」

「ソーナンデスカ」

「それに、堅苦しい思いをする事もないし」

「ソーナンデスカ」

「希に、不正を見つける事もある」

「ソーナンデス……え?」

不正?　それって。

「君が見つけた手紙、あれは過去の不正の証拠だ。だから、どうやって見つけたのか知りたかったんだが」

「わ、私達、不正になんて関わってません!」

ここで犯人やその一味に間違われたら、大変な事になる!　咄嗟に弟の体を引き寄せて抱きしめた。向こうも、抱きしめ返してくれる。

必死で違うと言い募る私に、殿下は困ったような笑みを浮かべた。

「わかっている。あの手紙にある不正が行われたのは、今から二十年前だ。その頃、サーヤ嬢はまだ生まれていない頃だろう?　関わっているはずがない」

「え?　そうなんですか?」

なんだー、よかったー。

「だからこそ、どうやって見つけたのかが気になったのだが……そうか、フェールナー家特有の能力か」

フェールナー家特有の能力？　内心首を傾げたし、隣のウードが不安そうに私を見上げてくるし。

ここで、「実は弟が見つけましたー」なんて言ったら、あっという間にこの子を連れ去られてしまいそう。この倉庫だけであれだけの不正書類を見つけたのだもの、他も探せばざくざく出てくるんじゃないかしら。

そんなのに、うちの弟を使わせる訳にはいきません。

なら、ここは愛想笑いで知らん振りしておこうっと。私からは何も言ってないしー。相手の勘違いには気付かなかったって事にしておけば大丈夫！

「サーヤ嬢、私は王族として、君に伝えなくてはならない事がある」

「はい？」

何だろう。もしかして、叔父が不正に後見人に就いた事ですか？　でも、あれは王族の方がどうこうってものじゃないだろうし。

殿下の次の言葉を待っていたら、何かを言いかけて、やめてしまった。

「確か、君はもうじき成人するんだったな。では、その儀が終わってから、話そう」

「はあ」

私の成人の儀まで、残り二カ月ちょっとだから、確かにもうじきだわ。つまり、それまでに叔父の不正を見つけないと、あのスケベジジイの嫁コースが確定する！

おおう、頑張らなくては！

決意も新たにしていたら、殿下がじっとこちらを見ている。と思ったら、今度は倉庫を見回しながら、とんでもない事を言い出したんですが？

「この倉庫、他にも不正の証拠が眠ってそうだな」

「え」

ドキッとした。実際、ウードが見つけた「汚れ」は、一箇所にまとめてある。後で洗浄しようと思ったら、その前に殿下が戻ってきてあの騒動だもの。

「サーヤ嬢、正式な依頼として、仕事を引き受けてはもらえないか」

「ええと」

何だか、嫌な予感がするんですが、断ってもいいですか？

殿下に依頼された仕事は、「王宮中の『汚れ』を洗浄する」事。当然、倉庫の書類も含まれてましたー。ウードを護れたのはいいけれど、私は逃げそびれた形だ。

その代わりと言ってはなんだけど、我が家の事情を知った殿下が、叔父の不正の件を調べてくれるんですって。これは大きい。

もし不正の証拠が見つからなくても、私を無理矢理結婚させるのだけは阻止してくれると約束してくださったし。

貴族の結婚って、王家の承認が必要だもの。その王家の方が大丈夫って言うんだから、スケベジジイの嫁になるコースだけは、回避出来そう。

とりあえず、ウードが見つけた書類に関しては、その場で洗浄して全て渡しておきました。

王宮中の洗浄は、明日からですって。今日はもう帰っていいそうよ。

「何だか疲れたね」

「姉上、大丈夫？」

ああ、心配そうに見上げる顔もまた可愛い！　本当、うちの弟ってば何でこうも可愛いのか。

もう存在自体が神がかってる！

おっと、いかんいかん。危うく意識が飛ぶところだったわ。

「今日はもう帰っていいって事だから、帰りましょうか」

「でも、伯父様に黙ったままで、いいの？」

「あ」

そうだったわ。王宮内で何かあったら、まず伯父様に報せる事って約束だったわね。でも、伯父様の職場って、どこかしら。そこを聞くのを忘れていたわ。

しばらく考えて、決断する。

「帰ってから、伝えましょう」

「そうなの？」

「だって、伯父様の職場、知らないもの」

「あ」

ウードもやっと気付いたわね。そうなのよ。連絡しようにも、どこにいるかわからなかったら、連絡のしようがないわよね。

こういう時、スマホがないのが不便だわー。

「という事で、今日はまだ日も高いし、歩いて帰りましょうか」

「うん！」

本当は馬車で帰るように言われているけれど、まだ日も高いし、何だか今日は歩きたい気分だから。王宮からの道はわかっている。それに、いざとなったらうちの弟がいるもの！

一応、私とウード、それぞれの職場に声を掛けてから王宮を出た。

「足、大丈夫？　靴擦れとかしたら、すぐに言うのよ？」

「うん、平気。僕、この靴に慣れたよ」

姉の私に心配掛けまいと微笑むその姿！　もう、本当にうちの天使ってば何ていい子なの！

王宮からハスアック子爵家へ戻る道の途中、王都の広場を通る。ここには連日、出店が出ていて夜遅くまで人通りが多い。

人が多い方が安全……と前世なら考えそうなものだけど、今世は人が多い方が犯罪が発生しやすいのよ。人の目って、案外犯罪抑制には効果ないみたい。

そんな広場を通りかかった際、隣から小さな音がした。弟のお腹の音だわ。結局、焼き菓子は食べずに終わってしまったものね。

籠ごと持っているけれど、立ち食いするようなものではないし、王宮の厨房で作られた焼き菓子なんて、外で食べるものではないわ。

どこからクレームが入るか、わかったものじゃない。

「お腹、空いたね。何か食べて帰ろうか」

「でも」

「私一人で食べて帰ると、伯母様達に悪いでしょ？　一緒に怒られてくれる？」

心配そうに見上げてくるウードに言えば、驚きで目を丸くしている。可愛い。

「うん！」

「じゃあ、何にしましょうか」

露店で買い食いする程度なら、お財布に余裕がある。一応、何かあった時の為にって、お祖父様からお小遣いをもらってたんだー。

多分、こういう時の為に、流しの辻《つじ》馬車……タクシーのようなものを拾えって事だったんだろうけれど。いいんだ。ウードのお腹には代えられない。

「前みたいだね」

「え？」

露店を選んでいる最中、ウードが笑顔で見上げてきた。

「前は、お買い物に行った時、市場で食べてたでしょ？」

「ああ……そうだったわね」

ほんの少し前の事なのに、もう何年も前に感じる。それだけ、今が充実しているって事なのかも。

最終的に選んだのは、揚げパンの店。甘いいい香りに、二人して惹《ひ》き付けられた結果だ。

二人で揚げパンを買って食べ、歩いて帰ったら門番に驚かれた。

「お二人とも！　馬車はどうしたのですか⁉　若旦那様は⁉」

「ええと」

王太子殿下に素性がバレて、明日から新しい仕事を任される事になりましたーって、ここで言っていいのかしら。

とりあえず、王宮から歩いて帰ったと知られたらお祖父様に怒られそうなので、ここは誤魔化しておきましょう。

「このすぐ近くまで辻馬車で帰ってきたんだけれど、そこからは歩いたの。中に入ってもいいかしら？」

「は！　失礼しました。どうぞ」

門番が門を開けてくれたので、二人で中に入る。あれー？　一人が玄関まで付いてくるよー？　まさかこのまま、お祖父様に報告されたりとか、しないよね？

予想は的中しましたー。

「何だって辻馬車なんぞで帰ってきたんだ？」

「ええと、事情があって早く帰る事になりまして」

「ほう？　その事情とは？」

お祖父様が怖い。この場に弟がいなくてよかった。まだ幼いあの子は、今は別室でお祖母様と伯母様に今日の出来事を話している。お二人には、本当に可愛がってもらっていてありがたいわ。

お祖父様からの質問に誤魔化そうかと一瞬思ったけれど、これ、バレた相手が相手だから、話しておかないとかえってまずいかもしれないのよね。何せ、バレた先は王太子殿下だもの。

なので、全部話す事にしました。

「実は、倉庫で不正の証拠とやらを見つけてしまいまして、そこから王太子殿下に私と弟の素性がバレました」

「な⁉」

「それから、殿下より新しい仕事を任されるそうです。内務省のお仕事がどうなるのかは、ちょっと私ではわかりませんが」

「で、殿下から……そもそも、どうして殿下がサーヤ達を知る事になったんだ?」

そういえば、それを話してなかったわね。私は初日に騎士に扮した王太子殿下に案内された事を話す。お祖父様、頭を抱えちゃったわよ。

「……殿下が姿を偽って王宮内を見て回っているという話は聞いた事があるが。まさかサーヤが犠牲者になるとは」

「犠牲者って」

言いすぎでは?とも思うけれど、騎士だと思って軽い扱いをしていたら、実は相手は王太子殿下でしたーって、大分怖い話かも?

まあ、最初から身分に関わらず、丁寧に接していれば回避出来る話だけれど。でも、貴族って身分を振りかざして生きてるようなところ、あるし。

ましてや王宮に出入りするような家だと余計かも。となると、王太子殿下のあれは、「悪戯」じゃ済まないレベルの話じゃないかしら。

とはいえ、私は庶民の身分を偽っていた訳だし、最初から「騎士様」として対応していたから、問題ないと思うのだけれど。

でも、お祖父様の考えは違った。

「サーヤは甘い」

「え」

「王族を敵に回す事の恐ろしさを、もう少し実感すべきだ。いいか？　王族相手では、たとえ相手に責があろうが――」

その後、みっちり一時間以上お祖父様に説教されました。つ、疲れたわ……私の天使、どうか癒やして……。

お祖父様からの説教の後、帰宅した伯父様にもしっかり叱られました。その場で、王太子殿下との事もお祖父様から全て暴露され、更に大変な事に。

「いいか？　サーヤ。決して殿下相手に粗相のないようにな」

「はい……」

おかげで、王宮行きの馬車の中でもこう言われているのですが。もー、勘弁してください。

王宮に到着した時なんて、これで地獄から解放されると内心喜んだくらいよ。

でも、本当の地獄はここから始まるのだけれど。

# 第三章

王宮って、広いのよねー。そして、そこを全部見て、汚れたところは洗浄するんですって。どんだけよ‼　ああ、安請け合い……でもないけれど、引き受けるんじゃなかったわ。相手は王太子殿下だけれど、あそこはきっぱりＮｏと言っておくべきだったのよ……。

唯一の救いは、ウードが一緒だって事。当然、この子がいなきゃどこが汚れているかなんて、私にはわからないものね。

「さて、じゃあ、どこから始めようか？」

「えーとね、あっち！」

「はーい」

現在の私は、王宮内のメイドのお仕着せを着ている。ウードは普通に貴族の子息が着るような服。つまり、男装も女装もやめています。カツラも被っていないので、元の髪色だ。

王太子殿下曰く「この姿なら、元の職場の人間に会っても、わからないだろう」との事。

確かにね。私達はどちらも自分の性別は別の格好で職場にいたから。男の子が女の子の格好をするとは、こっちだと誰も思いつかないみたいだし。でも、男の子の格好って楽なんだけれど。

実家に戻る事が出来たら、家でくらいはズボン姿を通そうかしら。うん、それがいいわ。

「二人共、最初に行くのは南宮でいいんだね？」

「はい、スイシェムガン様」

「……マーバルでいいと申しましたのに」

困った顔を向けてくるこのイケメン騎士は、王太子殿下の護衛を務めるスイシェムガン様。伯爵家の嫡男《ちゃくなん》で、殿下のご学友として長くお側にいる人なんだって。

赤毛に青い瞳、大柄だけれど細マッチョでそこまで圧迫感はない。前世感覚で言えば、爽やかスポーツマンタイプ。

そのイケメン騎士様が、ちょっと困ったような顔でこちらを見下ろしている。なので、こちらも「困ります」といった風に、言ってみた。

「一介のメイドが、伯爵家の嫡男様を名前でお呼びするのはちょっと……」

「そういうところは、徹底しているんですねえ」

苦笑されたけれど、人間どこからボロが出るかわからないんですよ。ええ、殿下にバレた時のようにね！　なので、念には念を入れておかないと。

なのに。

「ですが、メイド達も私の事は『マーバル卿』と呼びますよ？」

「……わかりました。では、マーバル卿で」

穏やかに見せかけて、押しが強い。

スイシェムガン様ことマーバル卿は、私達が王宮内を自由に移動出来るよう、案内してくれるそう。父君は外務省の重鎮《じゅうちん》で、次期外務大臣と目されているくらいの大物だそう。軍関係じゃないのね。意外だわ。

外務関係の重鎮のご子息であり、王太子殿下の側近中の側近ともなれば、王宮内で出入り出来ない場所の方が少ないそうよ。権力万歳。

これも、殿下のご配慮……って程じゃないわね！　何が何でも王宮中を掃除させようって思いが透けて見えるわよ！

あの殿下、結構腹黒なんじゃないかしら？　口に出しては言わないけれど！　私だって、王族に対する陰口がどういう結果になるかくらい、わかってます。

そう考えると、マーバル卿ってお目付役というか、監視役でもあるのかしら。

ともかく、弟の指示通り、洗浄しまくりましょう！


あの倉庫や厨房で異能を使った結果、私の洗浄は、本来の汚れ以外にも、何やら人の悪意やらその結果までを暴く……というか、綺麗にする能力があるみたいなの。

人にも洗浄が効くとか、どんだけよ。さすが異能、でたらめな力だね！

家にいた頃は、洗浄はあくまで掃除洗濯をする異能としか思ってなかったから。試しに使っておけばよかったわ。本当、それだけが悔やまれる。

それはそうと、王宮ってこんなに「汚れ」だらけとは。

「ここの不正は備品の横領でしたね」

「ソーデスネ」

横領というか、インク瓶を二つ程持ち帰った人が判明した。どうやって判明したかといえば、私が洗浄した途端、本人が自白し始めたのよ。

どうやら、軽い気持ちで持ち帰ったらしいわ。実際、その職場のほぼ全ての人が何かしらを持ち帰っていたから、自分もと思ったみたいなの。備品持ち帰りは、立派な横領です。

いやあ、自白祭りは凄かったの一言です。マーバル卿の顔も凄かったけれど。それはともか
く、こんな細かい不正……とも言えないようなものばかりが見つかってるわ。

ちなみに、備品を持ち帰っていた人がいたのは商工省、農務省。実は今日一日で、ここしか
回れなかったのよね。

お昼休憩を挟んで、一日王宮を歩き回って疲れました。ウードもお疲れのようで、午後から
は喋る頻度も少なくなっていた。

「マーバル卿。そろそろ弟が疲れたようなので、今日はここまででよろしいですか？」

「ああ、そうですね。気付かずに、申し訳ありません」

「いえ、お気になさらず」

言ってる側から、弟が眠そうにしていた。洗浄を連発した私が疲れてるんだから、目を酷使したウードも疲れて当然だわ。しかも、私より体力のない子供なんだもの。

「ごめんね、気付かなくて。明日からは、もっと緩いスケジュールで回ろうね」

「ううん……うん……」

眠すぎて、返事がちょっと変になってる。いや本当、無理はさせちゃ駄目だわ。

マーバル卿のご厚意で、伯爵家の馬車を貸してもらえた。ウードは馬車に乗っている短い間寝ていたせいか、子爵家に到着した今はすっきりした顔だ。

どこの家のものであろうとも、ハスアック子爵家まで馬車で帰ったからか、今回は怒られなかった。その代わり、マーバル卿との事を根掘り葉掘り聞かれたけれど。

何もありませんよ。殿下から受けたお仕事に関して、お力添えをいただいてるだけなんですから。

なのに。

「スイシェムガン家の令息とは、本当に何もないんだな？」

「伯父様、帰ってきて早々、何の話ですか……」

王宮から帰った伯父様にまで、そんな事を言われるなんて。うんざりしていたら、一通の手紙を渡された。

「これは？」

「スイシェムガン家令息、マーバル卿からの手紙だ。私には、口頭で通達があった」

「どういう事ですか？」

「読んでみるといい」

そう言われては、読まざるを得ない。本来手紙なんて人前で読むものではないんだけれど。

差出人は、確かにマーバル卿。宛名は私。あの方、字が綺麗なのね。

ペーパーナイフで封を切り、中を読んでいく。

「……これ、どういう事ですか？」

思わず、目の前の伯父様に、先程と同じ疑問をぶつけた。

「書いてある通りだ」

「ええええ」

手紙には、明日からの送り迎えはマーバル卿が馬車で行うと書いてある。いや、本当にどういう事？


翌日、本当にマーバル卿が迎えに来た。

「おはようございます」

朝の挨拶も爽やかだわあ。おっと、私も挨拶をしないと。

「お、おはようございます、マーバル卿」

「おはよーございます」

どんな時でも、挨拶は大事。ウードは朝から元気にご挨拶だ。これにはマーバル卿もにっこり。

「いい挨拶ですね」

そーでしょそーでしょ？　うちの天使は最高なんだから。

三人で馬車に乗って出発。まずは、最初に聞いておきたい事がある。

「あの、どうして迎えに来てくださったんですか？　お手紙には送り迎えとありましたが、マーバル卿ご自身がいらしたのも、疑問です」

失礼かとも思ったけれど、ここではっきり聞いておきたい。もしかしたら、殿下の思惑が絡んでいるかもしれないから。

それならそれで、お祖父様達に伝えておけば安心……してくれるかしら？　何か別の心配を掛けそうな気がするけれど。

それでも、聞く事は悪い事じゃない。

私の質問に、マーバル卿はこれまた爽やかに答えてくれた。

「ああ、その事ですか。昨日、弟君が大分疲れているように見えましたから。基本的に、行き帰りはギルガン卿と一緒なのでしょう？　行きはいいとして、帰りに時間が合わず弟君が辛い思いをするのは、どうかと思いまして」

何と。ウードの為とは。

「弟の事をそこまで思いやってくださって、ありがとうございます」

「いいえ、実は私にも彼と同じ年の弟がいまして。他人事には思えません」

「え？　マーバル卿にも、弟様がいらっしゃるんですか？」

「ええ。末っ子なので、家族から甘やかされたからか、随分と甘えん坊に育ってしまいましたが」

とか言いながらも、マーバル卿の顔は嬉しそうな笑顔だわ。弟様の事、とても大事なんですね。わかる、わかります！　その気持ち！　可愛い弟は宝ですよね‼


王宮までの短い時間、マーバル卿とはお互いの弟談義で盛り上がった。隣にいたウードが、ちょっと恥ずかしそうにしていたけれど、そんな姿も可愛いわー。

王宮に着くと、何故かいつもとは違う場所に案内される。増改築を繰り返した王宮は五つの建物で構成されていて、今向かっているのは東宮……つまり、王太子専用の宮殿。この国でも、王太子は東宮なんだ。

マーバル卿に案内され、到着した先は大きく重厚な扉がある部屋。扉の両脇には、武装した兵士達が立っている。

彼等はこちらを見ると、綺麗な敬礼を見せた。

「おはようございます！　マーバル卿」

「おはよう。彼女達も一緒に入る。殿下からは許可をいただいた」

「は！」

マーバル卿の言葉を疑う事もなく、兵士の一人が扉に向けて大きく声を出す。

「マーバル卿、おなりでございます！」

『入れ』

中からは、くぐもった声。この扉、分厚そうなのに、中に声が届くんだ。入室許可を受けて、兵士の一人が扉を開く。

その向こうには、大きな窓と、それを背にした大きな机、そこに座る殿下と、見覚えのない男性が一人。黒髪、眼鏡で神経質そうな印象。前世で言えば、インテリ枠ね。

いや、枠って何よ枠って。別に彼等は乙女ゲームの攻略相手じゃないんだから。乙女ゲームなんて、プレイした事はないけれど。そういうのを扱ったマンガは、読んだ事あるから。

「おはよーございます！　殿下」

あ、挨拶。ウードは私が言わなくても、きちんと挨拶が出来るいい子。私も見習わなきゃ。

「おはようございます、王太子殿下」

「おはよう。昨日はお手柄だったな」

「えー……」

あれ、お手柄っていうのかしら。どれも小さな不正……不正って言っていいのか？ってくらいのものだったし。

内心首を捻る結果だったので微妙な反応になったけれど、インテリ眼鏡氏からは過ぎるお言葉が。

「それに、倉庫で見つけていただいた諸々の方も、調査が進んでいます。こちらは、相当大きな話になりそうですよ」

くっくっくと笑う眼鏡氏。腹黒い。

「ああ、こいつの事は知らなかったな。私の側近でアフレート。実家はウーラツェガー侯爵家で、こいつはそこの嫡男だ」

うお。凄いところの方がいるものね。私ですら知っている家の名前だわ。

ウーラツェガー侯爵家は、代々宰相を輩出している家柄で、今の宰相閣下も侯爵家当主だったはず。

そこの嫡男という事は、将来の宰相候補って事ね。その彼が、殿下の側近……今から、次代の王の周囲が固められているんだわ。

それを言ったら、マーバル卿もそうよね。何だか、改めて凄いところに来ているんじゃないかしら、私。

「私の事は、どうぞアフレートと呼んでください、フェールナー伯爵令嬢」

マーバル卿の事も名前で呼ぶようにした以上、これを断る理由がない。

「わかりました。私の事も、サーヤとお呼びください」

これで、間違ってないよね？　一応、伯爵家も侯爵家同様上位貴族の括《くく》りに入るから。とはいえ、侯爵家と伯爵家だと、越えられない高い壁があるけれど。

内心ちょっとビビっていたら、隣の弟が袖を引っ張ってくる。あれ？　これって。

彼に視線をやれば、困ったような怖がっているような顔。

「どこ？」

「あの人……」

短く聞けば、ウードも短く答えた。この子がこう言うって事は、殿下やマーバル卿じゃない。マーバル卿なら、ここに来るまでに反応しているし、王太子殿下相手ならちゃんと「殿下」って言うはず。

なら、「汚れている」相手はただ一人。

でも、どうしよう。ここにいるって事は、殿下の味方なのよね？　その人を疑うのって……。

「姉上、お腹の辺り」

弟が追加で情報をくれる。うん？　お腹の辺り？

不正をしている人の「汚れ」って、大抵頭の周辺にあるそうなの。悪い事を考えるのは頭だからなのかしら。

でも、眼鏡氏……じゃなくて、アフレート卿の「汚れ」は、お腹の辺りだという。もしかして、病気？

「あ、あの！」

「どうした？」

殿下とアフレート卿が何やら気安そうに話していたところに割って入るのは、正直胆力がいった。でも、このまま放っておいて、アフレート卿に何かあったら大変だもの。

「そ、そちらの方なんですが」

「何か、見えたのか？」

殿下、鋭すぎます。隣のマーバル卿から、息を呑む音が聞こえた気がした。

「その、腹部に汚れが……」

言った途端、男性三人の視線がアフレート卿の腹部に。途端、ウードが叫ぶ。

「駄目！」

え？　どういう事？と慌てていたら、目の端でゆっくりとアフレート卿の体が傾いでいった。

「アフレート!?」

「大丈夫か!?」

殿下とマーバル卿が駆け寄る。扉の向こうからは、「何事ですか!?」と聞く兵士達の声。

「姉上！　早く！」

え？　ええええ？　これ、洗浄しちゃっていいの？　あ、でも治療の方が先？

「あの人、汚れが体中に広がっちゃってる！」

おっと、ウードからの再度の指示が。弟の言葉に、慌てていた心が一挙に静まった。よし、先に洗浄ね！

「失礼します！」

一応、一声掛けてからアフレート卿に洗浄を使う。体中の汚れが消えますように。そう念じて洗浄を使うと、アフレート卿の体が内側から光り輝いた。

その光は体の中心から端へと向かうように移動し、体全てを覆って消える。膝を突いていたアフレート卿は、自分の手を見つめているよ。

「これは……」

不思議そうな一言に、慌てたのは殿下の方だった。

「サーヤ！　一体、アフレートはどうしたというのだ!?」

いや、それを私に聞かれましても……。

「あの、そちらの方は、何か悪いものでも召し上がられましたか？」

何となくだけど、病気ではなく人為的な何かに思える。呪いとか……。

毒、とか。

私の言葉に、三人が三人とも目を丸くしている。そうだよねえええ、殿下の側近たる者が、悪いものを食べる事なんてある訳がない。うん、普通なら。

でも、殿下には通じたみたい。早速聞いてくれている。

「アフレート、昨日から今日まで、いつもとは違う場所で飲食した記憶はあるか？」

「いつもと違う場所と仰いましても……あ、昨日は、北宮様の元へ参った際、お茶を一杯いただきました」

「母上の⁉」

え？　北宮様って言ったら、王妃陛下の事よね？　何故そう呼ばれるかというと、住まう宮が北にあり、北宮と呼ばれているから。そこの主なので、北宮様。

確か我が国の王妃で王太子殿下の母君は、長く病に伏せっているはず。王族の病名は公表されないので、どんなご病気かは知らない。

王妃陛下のご実家は隣国ギエネシェドン王国の公爵家で、現在の国王陛下の従姉妹に当たられる。

当然政略で嫁いでこられたんだけれど、陛下との夫婦仲は大変良好って聞いたけれど。

その王妃陛下のところで飲んだお茶が、さっきの「汚れ」の、原因？　それって、王妃陛下のすぐ側に危険な何かがあるという事なのでは？

「サーヤ、少し、ここで待っていてくれ。誰か！　誰かいないか！」

「ここに！」

おお、扉が開かれて、兵士と共に少し地味だけれど、仕立てのいい服を着た男性が入ってきた。侍従とか、そんな感じかなー。

「母上の宮へ、先触れを出せ」

「承りましてございます」

侍従らしき人は、一礼すると扉の向こうへ消えていく。兵士によって、部屋の扉は再び閉められた。

室内には、嫌な空気が漂っている。ウードは怖いのか、私の手を握ってきた。

大丈夫だよ、お姉ちゃん、何があってもあなたの側を離れないからね。

しばらく殿下の執務室で待つ事になったんだけれど、室内の空気は最悪。ピリピリしているから、ウードが怖がってる。これは、よくないわ。

「あの！」

こんな環境下に幼く感受性が鋭い弟をずっと置いておくなんて、冗談じゃない。

「何だ？」

不機嫌そうな殿下の声に怯《ひる》みそうになるけれど、これは弟の為！　頑張れ私！

「こんな空気の悪い室内にいたら、私も弟も疲れてしまいます。どこか、別のお部屋に行かせていただけませんか？」

私の言葉に、男性三人がはっとしたような顔になる。気付いてなかったんですかねえ？

三人をじーっと見ていると、殿下が焦ったように咳払いをした。

「その、配慮が足りなかった。許せ」

「お気になさらず」

この返答が正しいかどうかはわからないけれど、殿下達がほっとした様子なので、間違ってはいなかったらしい。

それに、先程まであったピリピリした空気は消えている。隣に座るウードを見ると、少し落ち着いたみたい。

「大丈夫？」

「うん」

おうふ。天使の笑顔！　やっぱり最高です！

ウードが落ち着いたのはいいけれど、これから王妃陛下のところへ行く事になるんでしょうね。何せ、アフレート卿の「汚れ」は王妃陛下の宮殿でもらってきたそうだから。

複数ある宮殿で、北宮は「女王の宮殿」とも呼ばれるそう。何せ、主が時の王妃陛下だし、他にも王太后陛下や王女殿下が住まう宮殿なので。

現在は、王妃陛下しかいらっしゃらないそう。殿下には、兄弟姉妹はいらっしゃらないから。

南宮は政治関連のあれこれが集まっていて、西宮は国王、王太子以外の男性王族が住まう場所。

中央宮は主に内務省がある宮殿で、他にも細々した部署が配置されている。

その内務省で、叔父の不正が行われた訳なんだけど、これ、本当に王太子殿下に不正を暴けるのかしら。ちょっと心配。

空気が変わってからは、ウードもやっとリラックス出来たみたい。今はマーバル卿にお願いして、剣を見せてもらっている。

「わあ！　大きい──」

「ははは。ウード君には、ちょっと早いかな。剣を覚えるのなら、体にあったものを使うといい」

「はい！」

うちの弟も、やっぱり男の子なのねえ。剣や騎士に憧れがあるみたい。そんなウードの様子を、殿下もアフレート卿も微笑ましそうに見ている。

そんなまったり空間は、部屋の外からの声で破られた。

「緊急でございます……」

「入れ！」

殿下が即反応し、扉が乱暴に開けられた。そこにいたのは、扉を護る兵士と、さっき王妃陛下の元へ行った侍従さん？

「で、殿下！　北宮様容態急変にて、急ぎ北宮へ！」

「何だと!?」

王妃陛下の容態急変って。もしかしなくても、王妃陛下の身が危ないって事？


三人が部屋を駆け出す際、何故か私も手を取られ、部屋から連れ出された。え？　待って！

天使、私の天使はあああ!?

「ウード君は私が」

背後からの声にちらりと振り替えると、マーバル卿に抱えられているウードの姿が！　ああ、私じゃ腕や腰の力が足りなくて、もうあんな風に抱っこは出来ないのにいいいいいい！

内心マーバル卿に嫉妬《しっと》しつつ、殿下に引っ張られ……というか、引きずられていると言った方がよさそうね、これ。そんな状態で、王宮の廊下を突き進む。

ちなみに、引きずられているのに何故痛みも何もないのかと言えば、おそらくアフレート卿が魔法で何かしてくれたらしい。私の体、浮いてるわ。って事は、卿は魔力持ちなんだ。

そういえば、殿下の変装？も魔法を使ってたわね。

いいなあ、魔法。異能も助かるけれど、どうせならこういう楽しい魔法が使えるようになってたらよかったのに。そうしたら、ウードを抱えて星空の空中散歩とか出来たのになあ。

そりゃ魔力を持っていれば、全員が全員魔法を使える訳じゃない。でも、まず魔力を持ってないと話にならないもの。私多分、魔力はないんじゃないかなあ。異能持ちだし。

お母様の話では、異能を持っている人は魔力なしの場合が多いんですって。希に異能と魔力両方持っている人もいるって話だけど、魔法を発動出来た人はいないんだとか。

現実逃避をしている間にも、王宮の中を凄いスピードで駆け抜けていく。周囲からは、不審な目で見られているけれど、殿下は気にした様子もない。うん、これ、後で何か言われるのは私の方だものね。

時折突き刺すような視線を感じるから、どこぞのお嬢様が王宮に来ていたのかしら。殿下のお妃様の座を狙っているとか？　何せ殿下のお妃様になれば、ゆくゆくは王妃陛下になるのだし。

それはお嬢様達だけでなく、家の名誉と権力にも繋がるから。どこかの馬の骨に持っていかれる訳には、いかないよねえ。

そんな高貴なお嬢様とかに睨まれたら、後が怖いわ。殿下達の目が届かないところで、いじめられるかも。

もっとも、多少の事ならくじけないけれどね！　伊達《だて》にあの叔父の元で六年も耐えていないんだから。

そういえば、王太子殿下が婚約したって話は、聞いた事がないわね。いや、十歳からの約六年間は、邸で下働きばかりしていたから、私が知らないだけかも。

あの叔父じゃあ、噂話を聞ける場に行く事すら出来なかっただろうし。夜会や舞踏会の招待状が一通もこないって、親子揃って荒れてたもの。

東宮を出て、一度中央宮へ入り、北上して北宮へ。その間、ずっと殿下に引きずられている。

アフレート卿に宙に浮かされ、運ばれていく私の心中を少しは察していただきたい。

いや、母君が危ないって時に、殿下にそんな配慮をする余裕はないだろうけれど。なら、置いていってくださいよ。

周囲にいるお二方も、もう少し成人目前の淑女《しゅくじょ》の体面というものをですね。

とはいえ、確かに一刻を争う事だもの。そして、アフレート卿が北宮で「汚れ」を受けた以上、王妃陛下も同じ状態にある可能性が高いわ。

つまり、呪いか、毒か。あるいはその両方を使われていると思われるのよ。

自分の考えに、ちょっと身震いする。だって、それってこの国の王家、引いては隣国の王家にも戦争を仕掛けるような事だもの。

私は、平和なこの国で寿命を迎えたいのよ！　戦争なんてまっぴらごめんなんだから！　戦いたい連中は、そいつらだけで闘技場で戦っていればいいのに！

この世界に、闘技場があるかは知らないけれど。

殿下に引きずられ続け、到着した北宮は上を下への大騒ぎだった。そんな中、王太子殿下に引きずられながら、宙に浮かぶ私。周囲の突き刺さるような視線も、当然なのかも。

王妃陛下の寝室は、北宮でも奥まった場所にある。王宮全体の北にあるとはいえ、日当たりのいい宮殿なので寒さなどは感じない。

ただ、何となく建物自体が薄暗いかな……あれ？　これってもしかして。

ちらりと背後を振り返ると、マーバル卿に抱えられたままのウードが、真っ青になっている！　マーバル卿、抱えて走ってるから、上下の揺れが凄いですよ！　乗り物酔いの状態になってる！

ちょ、ちょっと待って！　このままじゃ弟が倒れちゃう！　下ろしてあげてぇぇぇぇぇ！

私の心の声も虚しく、私を引きずった殿下はとうとう王妃陛下の部屋に到着した。

「母上！」

部屋に入ると、奥にある大きな窓には分厚いカーテンが掛かっている。本来なら部屋いっぱいに日差しが入るところだろうに、カーテンで遮ってもったいない。

お母様の時もそうだったんだけど、どうしてこの国では病人の部屋って閉めきるのかしら。外気を入れた方がいいように思うんだけど。

殿下は部屋に入っても速度を落とさず、ずかずかと奥へと向かっていく。部屋の奥には扉があり、その向こうへ行く気らしい。

扉の脇にはドレス姿の女性。女官か、侍女だと思う。年齢は三十代後半から四十代くらい。多分、王妃陛下と同年代なんじゃないかしら。

その女性が、慌てて扉を開ける。ああ、この人からも「何？　この子」って視線が突き刺さるうううう。

奥の部屋は、寝室らしい。扉を背に右の壁際にベッドヘッドがある大きなベッドがあり、左にはこちらと同じく大きな窓があるんだろうけれど、やっぱりカーテンが閉めきられている。

薄暗い部屋の中、寝台脇に立っていた女性が、驚いた様子でこちらを見た。

「殿下……まあ、その、手にしている方は、一体」

「それは後だ。母上の容態は⁉」

「医師によると、もうあまり時間が残されていないと……」

王妃殿下付きの侍女なのかしら。沈痛な面持ちで最後まで言えないでいるわ。周囲のメイドや女官達も、同様のよう。

この部屋……弟を振り返ると、青い顔でかすかに頷いている。やっぱり。

殿下にこの部屋ごと洗浄していいかどうか聞きたいんだけど、この人私の手を離す事なく王妃陛下のベッド脇に来ちゃったわよ。おかげで、横たわる王妃陛下を見ちゃった。

青白い顔で、頬がこけている。長く病に伏せっているんだったわね。

その姿に、ふとお母様の最期の姿が重なった。お母様も、こんな風に痩せてガリガリになって亡くなったのよ。

まるで、生きる力を全てなくしたかのように。

「母上……母上！　気を確かに！」

「……セーリャ？　ああ、あなたなのね」

「母上！」

王妃陛下が目を開け、目の前にいる殿下を見ている。セーリャって、殿下の愛称か何かかしら。そういえば、殿下の名前は「セリアン」だったわね。

「あなたの、顔を見られて……よかった……」

「しっかりしてください！　母上！　もう大丈夫です！　母上は、きっとよくなります‼」

「ありがとう、セーリャ」

王妃陛下は、ご自分の死を悟ってらっしゃる。でも、殿下はまだ諦めていない。だからこそ、私をここに連れてきたんだろうから。

母君しか目に入っていない殿下に、許可をもらうべきかどうか。ちらりとアフレート卿を見ると、軽く頷かれた。

「殿下、ご許可を」

「あ？　……ああ、そうだったな。サーヤ、頼む」

あれ？　いつの間にか「嬢」が抜けたような。まあいいわ。緊急事態につき、聞かなかった事にします。

では、洗浄！　部屋どころか、この北宮全体を綺麗にしましょう！　だってこの建物全体が、薄暗くて陰鬱なんだもの。あと、王妃陛下のお体からも、「汚れ」が全部消えますように！

いつものように、一点の光から徐々に四方に広がり、部屋全体を……いいえ、この宮殿全てを包み込んでいく。

「なんと……」

「まあ」

「綺麗……」

感嘆する声が聞こえる。王妃陛下の侍女の方々という、高い身分の人達の前で、異能を見せてしまって大丈夫なんだろうか。

いい。どのみち、ここで異能を使わないという選択肢はないんだから。

その異能が、力が足りないと訴えてくる。能力が意識を持っているのでなく、メーターのようなものを感じる程度だ。ともかく、足りないならもっと力を込めないと。

どんどんと、私の中の力のようなものが吸い上げられていく。それこそ、底を突く勢いで。

あれ？　これ、ちょっと危険なのでは……。

「サーヤ!?　おい！　しっかりしろ！」

「姉上ええええええ！」

洗浄は無事に終わったんだけれど、何だかダルくて凄く眠いの。それに、意識が遠のくわ。

ああ、ウードが叫んでる。どうしてそんなに必死なの？　大丈夫、あなたの怖いものは全部お姉ちゃんが追い払ってあげるから。これまでも、ずっとそうしてきたでしょ？

でも、今はちょっと寝かせて。凄く眠いの。大丈夫よ。寝て起きたら、いつものように元気になっているから。

だからまた、たくさんお話し、しましょうね？


ふわふわと、暗い空間に漂っていたみたい。そこからいきなり意識が浮上して、目が開いた。

あれ？　私、どうして……。

「姉上！」

あら？　天使？　私のすぐ側に、愛しい弟の泣き顔が……泣き顔？

やだ、ウードったら泣きべそかいて。誰かに虐められたの？　誰にやられたのか、お姉ちゃんに教えて。仕返ししてくるから。

そう言いたいのに、声が出ない。あれ？　気がついたら、体まで起こせない。どうなってんのおおおお!?

その後、弟の泣き声を聞いて入ってきた白髭《ひげ》のおじいちゃんが、弟を部屋の外に出してから説明してくれた。ウードは部屋の外でメイドさん達に慰《なぐさ》められているよう。ちなみにこの人は王宮の医師らしく、倒れた私を診察してくれたらしい。

今の私の状態は、異能を使いすぎて倒れた結果だとか。異能は魔法のように魔力は使わないけれど、確実に何かの力は使っている。それを、生命力とか魂の力とか言う人もいるけれど、詳しい事はわかっていない。

その力を使いすぎると、魔法を使う人が魔力切れで倒れるように、異能を使う人も倒れるそうだ。最悪、命を落とすんだとか。私は本当に危険な状態だったらしい。

「ここに運ばれてきた時には、呼吸が止まっていてね。いやあ、焦ったよ」

待って。何か今、目の前のおじいちゃん先生が凄い事を言ったんですが⁉

「あの、それって」

「うん、ここも止まっていてね。本当に危なかったんだ」

ここと言っておじいちゃん先生が指差したのは、自分の胸。つまり、心臓？　私、心肺停止状態だったの？

震えが走ったら、おじいちゃん先生がまた笑う。

「大丈夫。安心しなさい。僕がちゃんと治したからね」

「そうなんですか？」

「うん、その証拠に君、今喋れるでしょう？」

あ、本当だ。さっきまで、声すら出せなかったのに。

不思議に思っておじいちゃん先生を見ると、優しい笑みを浮かべている。

「僕はこの異能で王家に仕えているんだ。回復の異能だね」

わー。私達以外の異能持ちの人、初めて見たー。

感動していたら、先程まで優しい笑みを浮かべていたおじいちゃん先生が、ちょっと怖い顔でこちらを見る。

「異能は魔法より加減が難しい。それは、僕もよく知っているよ。でもね？　自分の体の事なんだから、ちゃんと制御出来るようにならないと、いけないよ？　それと、限界を知っておこうね？」

「はい、気を付けます」

おじいちゃんだけど、さすがは王宮の医師。凄腕ね。先程まで出なかった声が、楽に出るようになってる。体も、先程までとは違って動かせるようになった。

私の返答に、先生が優しく笑う。

「ん、よろしい」

何だかその笑顔に癒やされるなあ。うちのウードとはまた違う癒やしだわ。

まだ少し眠気が残っているようで、このまま寝てしまおうかしらと思っていたら、おじいちゃん先生が今思い出したという様子で言ってきた。

「それはそうと、お嬢さんの容態を気にしている小僧達がいるから、安心させてやるといい。

まあ、少しは心配するのもいい薬だがね」

「小僧？」

はて。誰の事？　首を傾げていると、白髭のおじいちゃん先生はにやっと笑った。

「小僧のうち、一人には王宮中を引きずられたのだろう？　文句の一つも言っておやり」

殿下達の事ね！　まあ、このおじいちゃん先生にしてみれば、殿下達なんてまだまだひよっこも同然。そりゃ小僧って言われるわ。

白髭おじいちゃん先生が部屋を出た後、ウードが真っ先に飛び込んできた。

「姉上！」

「ウード、心配掛けてごめんね」

「ううん。姉上が無事でよかった……」

あああああ、泣く天使も可愛いけれど、可哀想だから泣き止んでええええええ。

「ウード、本当にもう大丈夫よ。ほら、この通り」

力こぶを作る真似を見せたら、やっと弟が笑った。泣いた烏がもう笑ったじゃないけれど、涙目で笑う天使も可愛いいいいいいい。

二人でキャッキャしていたら、部屋の入り口から済まなそうな顔をした男性三人がこちらを覗《のぞ》き込んでいる。

「……殿下方、そんなところにいないで、ご用があるのなら入ってきてください」

「あ、ああ」

王族に対して大分ぞんざいな言い方だけれど、おじいちゃん先生に小僧呼ばわりされてたからなー。今はこれでいいんじゃないかしら。

体調が戻ったら、ちゃんとした態度を取ります。

入ってきた三人は、何だかいたたまれない様子でいる。そういえば、彼等にも心配を掛けたのね。

「皆様には、ご心配をお掛けしたようで、大変申し訳なく――」

「いや！　……悪いのは、私の方だ。許せ」

あれー？　謝罪しようとしたら、逆に謝られちゃったんですけど。いや、高位貴族の「許せ」って、横柄に聞こえるけれど、最大限の謝罪の言葉なのよ。

王侯貴族は、簡単に「ごめんなさい」しちゃいけないんですって。面倒臭いわよね、本当に。

「ええと、お気になさら――」

「気にするに決まっている！　サーヤは死にかけたんだぞ!?」

あ、知ってるんですね。それもそうか。先程のおじいちゃん先生は、王宮に仕えているって言っていたものね。なら、王家に報告する義務がある。

当然、殿下達にも報告がいったんでしょう。

その後、何故か逆ギレした王太子殿下にこんこんと説教された。考えなしに異能を使った結果なので、甘んじて受けておく。

今回の一番の問題は、異能を使いすぎて倒れるところを男性陣三人と一緒に、うちの弟が見ていた事だ。

「弟も、とても心配していただろうが」

「う……それについては反省しきりです……」

本当に、うちの天使を泣かすなんて、何やってんのよ自分。

でも、あの時は仕方なかったと思うの。王妃陛下のお命が掛かっていたのだし。でも、あんなに異能から力を要求されるように感じたのは、生まれて初めてだった。やっぱり、広い場所を一度に洗浄したから？

内心首を捻っていたら、殿下が咳払いをした。

「サーヤに依頼したのは私だが、何も自分の限界を超えてまでやれとは言っていないぞ。そこは考えてほしいところだが、結果的に母上の北宮に張り巡らされた大々的な呪術が解呪された。助かった。改めて、礼を言わせてほしい」

「じゅ……じゅつ……」

いや、確かにそうかなー？とは思ったけれど、本当に呪い……しかも、更にたちの悪い呪術だったなんて。

私が倒れている間、北宮の周辺に異変を感じたアフレート卿が探った結果、素焼きの人形のようなものが出てきたらしい。それも、全部割れた状態で。これが、呪術の道具だったそう。

呪術って、呪いの上位版って、昔に聞いた事があるわ。まだお父様もお母様もいらっしゃった頃、セネリア王国の北の地に、呪術を使う大盗賊《とうぞく》団が出たんですって。

彼等は盗みに入る際にも、逃げる時にも、隠れるのにも、呪術を使っていたそうよ。その大盗賊団を討伐する為に、王都からも多くの騎士や魔法士達が北に向かったの。

これは、この国の人なら子供でも知っている、有名な話。その時、大規模な呪術を扱える人はいなくなったって話だったんだけど。まさか、生き残り？

「殿下、呪術というと、昔、北で暴れた大盗賊団が有名ですけれど」

「……ああ、あれか。あれとは系統が違うらしい。誰が仕掛けたのかは予想がつくが、証拠がない以上こちらとしても動く訳にはいかないんだが」

呪術にも、系統なんてあるのね。

てか殿下。そこで意味ありげにこちらを見るの、やめていただけます？

「殿下、彼女は異能の使いすぎで倒れたばかりですよ？　これ以上の無茶は、さすがの陛下も黙って見過ごすとは思えません」

「いや、そういう訳では――」

「大体、女性に無茶を強いるのはよくありませんよ」

アフレート卿！　まともな意見をありがとう！　そして殿下、やっぱり私に洗浄を使わせようとしていましたね⁉　さっきのしおらしい態度はどこいったの？

ちょっと殿下を睨んでいたら、マーバル卿の口からとんでもない言葉が飛び出てきたんだけど。

「そうそう、北宮様からの伝言です。ぜひ、サーヤ嬢を北宮で預かりたいとの事ですよ」

「はい⁉」

どういう事⁉

北宮。それは、王家の女性が住まう宮殿にして、この国最高峰の芸術が集う場所。外観からして女性好みに曲線を多用したデザインで、ちょっと前世のアールデコを思い出させる。大変優美な宮殿でーす。

それはいい。王宮の一部なんだし、王妃陛下始め、王女殿下や王太后陛下が住まう場所でもあるんだから、優美な事はいい事だわ。

問題は、私が今日からここの住人になるという事だけです！

「どうしてこうなった……」

しかも！　私の心の癒やし、我が家の天使とも引き離されたのよおおおおお！

私が異能を使いすぎて倒れた日、当然のようにハスアック子爵家にも連絡がいったんですって。お祖父様達、驚いただろうなあ。

王宮でお仕事中だったギルガン伯父にも連絡が行ったので、殿下達の後に部屋まで見舞いに来てくれたのよ。

ちなみにあの部屋、南宮にある客室でした。急な来客や何かの為の部屋が、常に調えられているんですって。さすが王宮。

北宮で倒れた私をその場で緊急治療し、南宮へ運んで本格的治療を施したんですって。

それはともかく。その場で殿下から私とウードの身柄を王宮で預かる旨、通達があったそうよ。私の知らないところでね！

で、昨日はそのまま客室に泊まり、翌日の今、北宮に来ております。

「こちらでお待ちください」

「はい」

洗浄をしたせいか、初めて北宮に来た時のあの薄暗さはもうない。

きょろきょろと辺りを見回していたら、王妃様への目通りの支度が調ったよう。先程の侍女……何と侯爵夫人ですよ……の方が報せに来てくれた。

年下の、それも伯爵家の娘に過ぎない私にも、とても丁寧な態度で接してくださる。ああ、高位貴族の奥方って、こんなに品が違うのね。

「では、こちらへ」

「はい、ありがとうございます」

案内されたのは、王妃様の私室を通り越した寝室。いくら呪術を消したとはいえ、まだ体調が戻っていないのだとか。

それだけ、長い間苛《さいな》まれていたんでしょう。お労《いたわ》しい事。

「初めまして……ではないのだけれど、私にとっては初めましてなので、こう言わせてね。セネリア王妃アデディエラです」

「フェールナー伯爵が娘、サーヤ・イエンシラにございます。王妃陛下にお目通りがかないました事、望外の喜びにございます」

「まあ、そんなに堅苦しく構えないでちょうだい。何せあなたは、私の命の恩人なのだもの」

「お、恐れ入ります……」

コロコロと笑うアデディエラ王妃陛下は、年齢より若く感じる。確か、王太子殿下が今年十八だったはずだから、少なく見積もっても四十近くの年齢のはず。それ以上かも？

なのに、目の前の王妃様は病み上がりでやつれているとはいえ、三十代前半に見えるんですが？　何か、王族特有のアンチエイジングとか、あるのかしら……ちょっと興味が湧くんですけど。

でも、さすがに口には出来ない。言ったが最後。そのくらい、私だってちゃんとわかってますから－。

私が北宮に居を移す事は、王妃陛下の強い希望だったという。当然、一伯爵令嬢……しかも、実家がごたごたしている娘を北宮に入れるなどあってはならない！と反発が強かったんですって。

うちの事情って、ある程度は社交界でも噂として出回っているそうなの。それでも誰も、助けてはくれないのね！

もっとも、正式な後見人という立場が、それだけ強いって事でもあるんだけれど。

まあ、そういうあれこれを知っている人達が、もの凄く反対したそうですよ。王宮にもめ事を持ち込むかもしれないからって。

でも、王妃陛下から「お願い」された国王陛下が、即決したんですって。さすがの貴族達も、国王陛下の決定には逆らわないから。

国王陛下、どんだけ王妃陛下に甘いんですか。いや、仲がいいのはいい事なんですけれど。

私のここでの待遇は、王妃陛下の客人なんだとか。それでいいのかしらとも思うけれど、王妃陛下に親しい人であればある程、あの時の光景を見ているせいか、私への態度がとてもいいのよ。

「サーヤさん、こちらはいかがかしら？　領地から取り寄せたレース編みのリボンなの」

ありがとうございます、ヒューベック侯爵夫人。大変素敵なリボンに、汚したら身がすくむ思いがしそうです。

「こちらはいかが？　我が領特産の真珠を使ったネックレスですよ」

素敵なネックレスですね、レモガン伯爵夫人。ですが、私だと付けていく場所がないのですが。

「こちらは、我が領特産の果物から作った焼き菓子なの。干した果物がたくさんで、栄養的にもいいのよ」

大変美味しゅうございます、マンルール侯爵夫人。なので、そんなじっとこちらを見ないでいただきたいのですが。

構い倒されて、そのまま倒れ込みそうですううう。いえ、善意からとわかってはいるのですが。

何せ構ってくるのが王妃陛下の側近の方ばかりで、身分も伯爵夫人以上という高位さ。同じ伯爵家でも、我が家よりうんと家格が上ですよ。侯爵家ともなれば、爵位自体上ですからね。

笑顔のまま困っていたら、王妃陛下が助けてくださった。

「皆さん、そんなに構っては、サーヤが疲れてしまいますよ」

「そうですわね」

「許してちょうだい、サーヤさん」

「私達、あなたともっと仲良くなりたくて」

ありがとうございます。そのお気持ちだけで、十分嬉しいです。

でも、そんな時間の中でも、お仕事はお仕事。

「母上。ご機嫌はいかがですか？」

北宮に我が物顔で来て、王妃陛下を母上と呼べるのはただ一人。王太子殿下だ。

殿下に兄弟がいない訳は、ご出産なさった王妃陛下が、その後すぐに体調を崩されて寝付くようになったから。

多分、その頃から呪術を使われていたんでしょうね。

「まあセーリャ。あなたが来たという事は、サーヤを連れていってしまうのね」

殿下の顔を見た途端、王妃陛下が不満そうに頬を膨らませる。いや本当、そんな姿も可愛らしい方です。

そんな王妃陛下に対し、息子である王太子殿下は苦笑いだ。

「お許しを。これも国の為です」

「大仰だこと」

「そうでもありませんよ。現に、この北宮も彼女のおかげで綺麗になったではありませんか」

「そうねえ」

私の洗浄で呪術だけでなく、普段掃除し切れないところも綺麗に出来たから、しばらく北宮は綺麗なままだと思いまーす。

北宮を出て、王太子殿下の後ろを歩く。今は騎士風の格好ではなく、一目で王族とわかる服装だわ。

無言で歩いていたら、いつの間にか人気《ひとけ》のない場所へ。ここ、どこかしら？

辺りをきょろきょろと見ていたのが悪かったのか、殿下が足を止めた事に気付かず、背中に追突してしまったわ。

「ぶへ」

「どこを見ている」

「も、申し訳ございま――」

「いい」

ちょっと痛む鼻を押さえて謝罪すると、途中で遮られる。しかも、何故か両肩を掴《つか》まれてしまったのだけれど。はて？

「あの、殿下？」

「改めて、礼を言う。君に、心からの感謝を」

殿下は俯《うつむ》きながら言い、そのまましばらく動かなかった。

殿下の腕って長いから、お互いの間に距離が出来ている。そのせいか、身長差があるのに、俯いている殿下の顔は見えなかった。

まあ、気持ちはわかるわよ？　多分、王妃陛下は助からないと誰もが思っていたんだろうし。

あの容態が、呪術のせいだと気付いた人はいないんだから。

そんな、近いうち確実に亡くなると思っていた身近な人が、今元気で笑っているんだもの。

感慨深くなっても当然だと思う。

しばらくそうしていたけれど、やっと殿下が再起動してくれた。

「さて、行くか」

「はい。今日はどこですか？」

「まずは南宮だ」

南ねー。内務省以外の省庁が集まっている場所だわ。

盛大に汚れてそうね。

# 第四章

洗浄には、目で見て汚れを確認する必要があります。その為には、「見る」事が出来る人が必要という訳で……。

「姉上！」

「ウード！」

ああ、私の天使！　たった三日顔を見なかっただけで、天使成分が足りなくなった気がする。

でも、北宮って基本、男子禁制なのよね。

北宮の待遇はいいけれど、あなたと引き離されたままなのは辛いわ！

ウードは今年十歳になる。男子は七歳から準成人のような扱いで、男子禁制の場には立ち入れない。なので、この愛くるしい弟を北宮に連れていく事は出来ないのよ。

もちろん、招く事は可能だし、許可を得て短時間の滞在なら出来るんだけれど。そうじゃない。そうじゃないのよおおおお。

「ああ、私の癒やし……」

「あ、姉上？　苦しいよ？」

我が家の天使をぎゅっと抱きしめていたら、当人から困惑の声が上がった。

ごめんね？　でも、もう少しだけお姉ちゃんのしたいようにさせて？　今まですっごおおおおおく我慢したんだから！

愛しい弟にすりすりしていたら、隣から何やら低い声が響く。

「……随分と、仲がいいんだな？」

殿下でした。というか、何でそんな当然の事を聞かれたんでしょう？

「当然ではありませんか。私達はもうお互いしか家族はおりませんもの」

そう。父も母も亡くなって、頼れる親族もろくにいない。ハスアック家はよくしてくれるけれど、長年疎遠にしていた影響からか、これ以上迷惑掛けたくないのよね。

出来るだけ早く、自立しなくては！

そんな私の内心など気付くはずもない殿下は、何故か黙り込んでしまったわ。それに、どこか痛そうな顔をなさってる。痛みがあるのなら、治癒を使いますか？

でも、聞く前に殿下は苦い笑みを浮かべた。

「そう……か。そうだったな……」

「弟と二人きりな事は、もう慣れました。私達は、過去を振り返らず、未来を見て進むのです」

お、ちょっと格好いい事言っちゃったわね。でも、本当に、振り返っている暇はないのよ。やらなきゃいけない事がたくさんあるんだから。

殿下が黙ってしまったのは、母君の事があったからかしら。もう大丈夫。王妃陛下も、これからは元気になっていくだけですよ。

その日は南宮の一部で、王都の壁の修繕に関わる贈収賄《ぞうしゅうわい》事件が発覚しましたとさ。

日中は殿下と共に王宮内を歩き回り、あちこちを洗浄しまくる。その度に不正が見つかるので、殿下の機嫌がいいんだか悪いんだか。

大変地味な作業ですが、こんなもんだと思う。証拠が見つかった後の裏付け作業の方が、大変そうだもの。

あの作業やってる人達、ちゃんと寝てるのかな？　たまに見かけると、いつもフラフラなんだけど。

今日も南宮の中を歩いている。隣の殿下がぼそりと呟《つぶや》いた。

「不正が見つかって正されるのはいい事なのだが、不正を行う者達が多すぎてな……」

「心中お察しいたします」

本当に。日に日に殿下がくたびれていくのを見ているから。殿下達は、ちょっとお休みしてもいいんじゃないですかね？

ついでに、私は一度子爵家に戻ってお祖父様達と話をしたいのですが。

だって、私の成人の儀は刻一刻と近づいているんだもの。一応、殿下が結婚だけはなしにしてくれるって言ってたけれど、それも含めて報告しておきたいのよ。

なので、殿下が迎えに来た時に、王妃陛下同席の元、話を切り出してみた。

「一度、ハスアック子爵家に戻りたいのですが」

言った途端、室内の空気が固まったのは、何故でしょう？

「どういう事です？　サーヤさん。もしや、北宮の待遇が気に入らなかったのですか？」

「いえ、まさかそんな」

「では、私達が鬱陶しかったのかしら。許してちょうだい」

「そんな事は決して！」

「やはり、無理にここにとどめ置いたのが悪かったのね。でも、私、子供はここにいるセーリャだけでしょう？　娘が欲しかったのよ」

「ええと、そういう訳ではないので、皆様落ち着いて――」

「では、どういう訳だ⁉」

あれー？　どうしてこうなった？

ヒューベック侯爵夫人、レモガン伯爵夫人、王妃陛下、王太子殿下に詰め寄られる。私、そんなに悪い事、言いましたか？

そこに、パンパンと手を叩く音が響いた。

「皆様、落ち着いてくださいまし。サーヤさんが何も言えませんよ？」

その場をいさめる言葉を発してくださったのは、辺境伯家出身のマンルール侯爵夫人。

「気持ちはわかりますが、お若いお嬢さんを追い詰めるような事は感心しません。殿下もですよ。淑女の扱いがなっていませんね。東宮に申し入れて、そのあたりのお勉強を――」

「わかった！　もう言わん！」

「それはようございました」

凄い、マンルール侯爵夫人。何という手腕！　それにしても、王太子殿下ともなると、女性との付き合い方も「お勉強」する必要があるのねー。大変。

「さて、サーヤさん」

「はい！」

マンルール侯爵夫人って、何だか厳しい先生のような方。なので、名前を呼ばれるだけで、背筋が伸びるのよ。

「ハスアック子爵家に帰りたい理由を、簡潔にお願いします」

「はい。あの、私、もうじき成人年齢に達するのですが」

話の途中で、王妃陛下が嬉しそうに言葉を発した。

「まあ、そうだったのね。サーヤの成人の儀は、盛大に執り行いましょう！」

えええええ？

驚く私を余所に、マンルール夫人はにっこりといい笑顔を王妃陛下に向ける。

「アディエラ様。それはまた後程。それで、成人の儀の相談をしに、子爵家へ？」

「いえ、あの……身内の恥をさらす事になりますが、我が家は両親亡き後、父の弟という人物が後見人として入り込んでいるのです」

「あら」

「まあ」

王妃陛下も側近の夫人方も、そろって眉をひそめている。まあ、そうだよね。司会進行役のマンルール夫人も、眉間に皺を寄せているわ。

フェールナー家が入り婿を取ったというのは、社交界では有名な話だそうで。その入り婿である亡きお父様の実家がハスアック家という事も、知られた話。

でも、今現在、我が家に後見人としてハスアック家の末子が入り込んでいる事は、殆ど知られていないみたい。ただ、後見人と被後見人の間でゴタゴタしている、という噂だけが出回っているようなの。

何だか、悪意を感じるわね。は！　頑張って王宮のあちこちを洗浄しまくれば、この悪意ある噂も消えるんじゃないかしら。というか、ぜひ消えてください。

単純な考えでいると、マンルール夫人が何かを思い出すように口にする。

「ハスアック家の、ギルガン卿ではないですよね？　では、勘当された後、ボウォート騎士爵家に婿入りしたカムドン氏ですか」

凄い。マンルール侯爵夫人ったら、すらすらと叔父の情報が出てくる。

「騎士爵家の、しかも婿入りの当主が、伯爵家の後見人ですって?」

そうなんですよ、ヒューベック侯爵夫人。

「そんな馬鹿な」

私もそう思います、レモガン伯爵夫人。

「申請が通るはずないではありませんか」

それが何故か通ってしまい、正式な後見人として認められてしまったのですよ、王妃陛下。

憤る王妃陛下と三夫人を横目に、殿下がまだ女性陣が知らない話をする。

「母上、カムドンという男は、不正で後見人の座に就いているようです。実は、彼女が王宮に来た本当の理由は、その不正の証拠を探す為なのです」

「そうなの？　サーヤ」

「はい」

王妃陛下に答えると、またしても夫人方と一緒になって眉をひそめられた。代表して聞いてきたのは、マンルール侯爵夫人。

「では、その証拠が見つかったのですか？　それを伝えに、ハスアック家へ?」

「いえ、そうではなくて」

うまく答えられない。これ、どう言えばいいのかしら。

悩んでいたら、王太子殿下が今日一番の爆弾発言をした。

「サーヤは、カムドンに無理矢理余所の家に嫁に出されそうなのですよ」

これに最初に反応したのは王妃陛下だ。

「何ですって？　サーヤ、それは本当なの？」

ひいいいい！　王族に詰め寄られるの、怖い！

座るソファの背もたれにぴったり背を付けて、これ以上のけぞれない程のけぞる。逃げたい。

この窮地から救ってくれたのは、またしてもマンルール侯爵夫人だった。

「落ち着いてください、陛下。殿下、それは確かな事ですか？」

「本人に確認するといい。しかも、相手はあのトンスガン男爵だそうだ」

殿下の一言に、室内の温度が一気に下がったような気がする。皆様、トンスガン男爵をご存知なんですね。

「よもや、あの爺さんにこのように若いお嬢さんを」

ヒューベック侯爵夫人、お手にしている扇が折れそうです。

「殿下、その後見人を名乗る者は、今すぐ捕縛するべきでは？　証拠などなくとも、不正を行っているのは確実ではありませんか」

レモガン伯爵夫人、それはさすがにマズいのでは？　叔父の背後に、誰がいるのかまだわかりませんし。

笑顔で恐ろしい発言をする二人の夫人を横目に、マンルール侯爵夫人が冷静な声を出す。

「皆さん、落ち着いて。後見人が決めた結婚なら、場合によっては成人後も有効となりますね。つまり、サーヤさんはその結婚を阻止する為に、ハスアック家に戻るのですか？」

「いいえ、そちらは王太子殿下が阻止してくださるとお約束してくださいました。その事も含めて、祖父や伯父に報告をしておこうかと」

「そう」

マンルール侯爵夫人も、王妃陛下達も黙り込んでしまった。

結局、ハスアック子爵家に戻っていいの？　駄目なの？　どっちー？


あの後、無事帰宅許可が出ました。よかったわ、本当に。

ハスアック子爵家までは、マーバル卿が馬車で送ってくれる。そういえば、送迎をしてくださるって話でしたね。

「姉上、お祖父様のところに帰るの？」

隣に座るウードが、こちらを見て首を傾げる。ああん、可愛いが溢れてるうううう。

しかし、そんな内心をここで暴露する訳にはいかない。

「そうよ。一時的だけれどね」

「いちじてき……」

まだちょっと難しかったかな？

「今日帰って、明日王宮に来たら、またしばらく帰れないの」

「そうなの……？」

あうん。弟の眉が八の字になっちゃったわ。お姉ちゃん、凄い罪悪感。

しょぼんとしていたら、マーバル卿が笑う。

「ウード君、しょげることはないよ。もう少ししたら、お祖父様のところへ帰れるからね」

「本当⁉」

ウードの機嫌が直ったのはいいけれど、私じゃなく他人が笑顔にしたっていうのは、嫉妬の対象。マーバル卿、いい人だけれど、私の天使はあげないからね！

もっとも、この方にも同い年の弟さんがいらっしゃるそうだから、年下男児への対応に慣れているだけかもね。でもジェラシー。

と思っていたら、馬車がいきなり停まった。

「ふぎぇ！」

「きゃあ！」

私の口からはカエルが潰されたような声が出たのに、ウードの口からは可愛らしい悲鳴が。

ああ、そんなところまで可愛いだなんて。

いやいや、私の方が年頃の乙女にあるまじき声ですよ。反省。

「何だ？　一体」

マーバル卿が、警戒している。この急停車は、やっぱり何かあったの？

「姉上。外に『汚れ』がある」

「何ですって？」

この子が言う『汚れ』。こんな人通りの多い場所に呪術が使われるはずがないわ。対象を絞り込めないもの。

なら、可能性は一つ。人の害意か悪意ね。という事は、もしかしてこの馬車は襲撃されている⁉

「外を見てきます。お二人はここから出ないで！」

「え？　あ、ちょっと！」

マーバル卿は、言うが早いか馬車の外へ飛び出していってしまった。残されたのは、私とウード。

そして、外からは何やら金属同士がぶつかり合う音と、人の怒号。マジかー。

ふと、隣を見る。怯《おび》えるかと思ったら、ウードは平気のようだわ。

「ウード、怖くないの？」

「うん。だって、マーバル様がいるもの！」

マーバル卿……こんなにうちの弟に信頼されてたの？　いつの間に？

「姉上、マーバル様、凄いんだよ！　お城でたくさんの人に囲まれても、全員やっつけちゃうんだ！」

「まあ、凄いのね」

お城、囲まれる……もしかしなくても、騎士の鍛錬場ってやつかしら。え。そんなところに、ウードは行っていたの？

「ウード、そこにはマーバル卿に連れていかれたの？」

だとしたら、ゆゆしき事態だわ。ウードはまだ十歳になる前。誕生日は私の後だから、まだ九歳。そんな小さい子を、鍛錬場に連れていくなんて！

でも、ウードの口からは意外な言葉が出てきた。

「マーバル様に、剣のお稽古をしているところが見たいってお願いしたら、連れていってくれたんだよ」

えええええ。ウード自ら望んだのおおおお？　お姉ちゃん、君には筋骨隆々になってほしくないなあ。

いや、それがこの子の望みなら、反対はしないんだけど！　しないけれど……でも、ちょっと。

車内であれこれ話していたら、外から金属がぶつかる音が響く。その音が、思っていた以上に多い。マーバル卿が強くても、相手の数が多かったら、負ける事もあるかも。

「ねえ、ウード。お外は汚れでいっぱい？」

「うん」

そう。なら、綺麗にしないとね。

王宮であちこち洗浄しまくっていたら、少し異能の制御能力のようなものがパワーアップしたのよねー。

具体的には、前は「汚れ」そのものか、汚れている場所を確認しながらでないと洗浄出来なかったんだけど、今は見なくても出来る。

そこに「汚れ」があるとわかっていれば。

「と言う訳で、馬車の外はぜーんぶ綺麗になっちゃいなさーい」

「なさーい」

ウードも唱和してくれてる！　ああんもう。

いつもなら光のラインで汚れを焼き切るような感じなんだけれど、パワーアップしてからは範囲内を光で覆って焼き尽くす感じになったの。

おかげで、馬車の外が一瞬ピカッと光ってしまったわ。

「ウード、汚れはもうなくなった？」

「うん！　やっぱり、姉上は凄いね！」

えー？　そう？　照れるなあ。

しばらくして、疲れた様子のマーバル卿が馬車に戻ってきた。そして、すぐに馬車が動き出す。

「……サーヤ嬢、何か、しましたね？」

そこ、「しましたか？」ではなく、「しましたね？」なんですか。確定なんですね。いえ、やりましたけれど。

「ちょっと、お掃除を」

私の言葉に、マーバル卿は目の前で大きな溜息を吐きつつ、俯いて頭を抱えてしまった。あれー？　もしかして、やってはいけなかったのかしら？

「あの、マーバル卿？　勝手な真似をした事をお詫《わ》び申し上げます」

「いいえ、あなたが悪い訳ではありません。従者や御者にも怪我はありませんでしたし。いくら彼等が手練れとはいえ、さすがにあの人数が相手では我々の方が不利でした」

苦い笑みを浮かべるイケメンは、やっぱりイケメンね。ちょっと引っかかる発言もあったけれど、スルーしておこう。深く突っ込んだら、やぶ蛇《へび》になりかねないもの。

ウードも外の様子が気になっていたのか、マーバル卿に質問している。

「マーバル様、悪い人はたくさんいたんですか？」

「ああ。二十人以上はいたよ」

「そんなに？」

ウードじゃないけれど、そんなに⁉　私達は、護衛なしの馬車一台。御者と従者を入れても、最大で六人くらい乗れる計算だ。

その六人に対して、三倍以上の人数を使うだなんて。殺意が溢れていない？

しかも、この辺りはまだ王宮の近くなのに。騒動を聞きつけたら、きっと王宮から騎士がやってくるはず。そんな場所で、襲撃？

思わず馬車から外を見たら、マーバル卿に笑われた。

「もう襲撃者はいませんよ？」

む。備えあれば憂いなしというのですよ。

「わかりませんよ？　物陰や屋根の上に隠れていたり――」

「姉上、あっちの建物の上」

「え？」

マーバル卿に反論していたら、まさかの弟からの言葉。小さな愛くるしい指が示すのは、窓からまっすぐ先にある四階建ての建物。

隣の建物との隙間がないくらいぴったり建っているそこの屋根の上、何かがきらりと光った。

よし！　【洗浄】ね！　どうして洗浄が敵に効果があるのかわからないけれど、とにかく洗浄を行うと、敵の戦意が消えるらしいのよ。

終わってほっとしていると、マーバル卿が驚いた顔でこちらを見ている。

「何故、あんな離れた場所にいる射手の事が見えるのですか？」

「え？　射手？」

射手って、弓とか鉄砲を撃つ人の事よね？　この世界だと、弓かしら。

ただの弓と侮るなかれ。魔法と併用すると、かなり遠くの的を射貫く事が出来るんですって。

しかも、威力も上がるんだとか。鉄板を矢でぶち抜くとか聞いたけど、本当かしら？

「……射手がいると、わかっていてじょ……洗浄を使った訳では、ないのですか？」

「ええと、それは弟が汚れがあると言ったので」

というか、目の前にいたんですから、聞いてらっしゃいましたよねえ？　ちょっと非難めいた視線で見たら、マーバル卿は口元を手で覆って何やらぶつくさ呟いている。

「そんな、いくら……とはいえ、そこまでわかるものなのか？」

何となく、触れちゃいけない気がしたので、そのまま放っておいた。


無事ハスアック子爵家に到着。従者が門番に言って門を開けさせ、馬車ごと中に入る。

出迎えてくれたナイスミドルがマーバル卿訪問に驚き、すぐにお祖父様に報せに走ったらしい。私達は、自室で着替えてくるように、ですって。

着替えてから客間に行くと、お祖父様とマーバル卿が歓談している。

「おお、来たか」

「ただいま戻りました、お祖父様」

「ただいまかえりました」

ウードも元気にご挨拶。お祖父様だけでなく、マーバル卿まで微笑んでいるのには、ちょっと警戒心が働くわね。

「では、ご挨拶も終わりましたし。私はこれで。明日の朝、お迎えに上がります」

「わかりました、よろしくお願いいたします」

内心首を傾げている私を余所に、マーバル卿は部屋を出て、お祖父様も見送りの為に部屋を後にした。

残されたのは、私とウードの二人だけ。

「何だったのかしら？」

「ねー？」

そうよね、ウードもわからないわよね。

その後、戻ってきたお祖父様が、何やら複雑な顔をしている。

とりあえず、帰ってきた理由を話しておかないとね。場所を邸の居間に移し、お祖父様だけでなく、お祖母様と伯母様も同席してもらった。

「ええと、まずは王宮での現状を報告しておきます」

そう言い置いてから、北宮での出来事をさらっと話す。さすがに北宮が呪術で呪われていたとは言えないので、王宮から発表されている内容をそのまま伝えておいたわ。

曰く、長らく王妃陛下を悩ませていた病を、私の治癒の力で治したというもの。もちろん、王宮発表には私の名前も、使った異能の事も伏せられている。

それも踏まえて、他言しないよう前置きをしてから、異能で王妃陛下をお救いした事を話した。

その後王妃陛下の側にいる事を伝えると、とても驚かれたわ。こちらには、急病で倒れたので、しばらく王宮で預かる、治療もさせると伝えられていたそうなの。

「まさか、異能の使いすぎとはな……」

お祖父様が唸《うな》っているわ。私も、まさか力を使いすぎて倒れるとは、思ってもみませんでした。でも、これは凄く大変な事だそうだから、これからは使いすぎには注意しないと。

「それで、サーヤはしばらく王宮に滞在する事になったというのだな？」

「はい。王妃陛下からぜひにと言われまして。王太子殿下からも、後見人の件が解決するまでは、王宮にいた方が身の安全を護れるだろうと」

その意味もあるけれど、でもこちらは建前。本当は、呪術を使った犯人がまだ見つからないから。

もちろん、私が捜索に加わる訳ではないけれど、呪術であれ毒であれ、退けられる力を持った私は、とても便利な存在なのよ。

それに、私としてもこのまま王宮に居続ける方が、便利という事もある。まだ、叔父の不正の証拠が見つかっていないのだもの。

どうにか、この手で見つけたいのよね。

お祖父様は、建前だけ聞いて何やら納得している。

「王太子殿下のお力で、サーヤの無理な縁談は立ち消えになるとはいえ、まだ安心するには早い。護りが固い王宮ならば、安全だろう。明日王宮へ戻る時は、マーバル卿が迎えに来てくださると言うし」

「ははは」

なるほど、確かにその方が安全かも。つい先程の襲撃もあるものね。

詳しい事はマーバル卿が教えてくださらなかったけれど、あの方が私を送る事になったのも、襲撃を警戒したからじゃないかしら。

だって、今考えたらあの方、冷静に対処してらしたもの。それに、馬車に戻った時の『我々の方が不利だった』という一言。

王宮を出る時、周囲に護衛の騎馬はいなかった。なら、マーバル卿が仰る「我々」とは誰なのか。

もちろん、車内に残された私達じゃないのはわかっている。となると、怪我がなかったという御者と従者じゃないかしら。

普通、御者や従者は戦闘能力を持たない。使用人だもの。まあ、マーバル卿の家はそうなんだと言われてしまえば、それまでなんだけど。

逆に、そういう家の方だから、私達をハスアック家に送り届ける役を与えられた、とは考えられないかしら。考えすぎ？

でもねえ。叔父のお仲間が王宮内にどれだけいるかわからない以上、警戒はしておくべきだと思うのよ。

我が家の天使の為にも！

# 第五章

翌朝、宣言通りマーバル卿が馬車でお迎えに来てくださった。まあ、昨日襲撃されたばかりだもの、これは仕方ないでしょ。

行きではさすがに何もなし。この時間帯、人通りも多いものねえ。

とはいえ、この人混みに紛れて襲撃を……なんて事も、あるのかも？

「ウード、汚れが見つかったら、すぐに教えてね？」

「はい！　姉上！」

いいお返事。朝からうちの弟は最高です。

王宮に辿り着くまでに、「汚れ」は見つからなかった。いい事なんだろうけれど、身構えていた分ちょっと肩透かしを食らった感じ。

王宮に到着すると、すぐに東宮に通された。

「おはよう。何事もなかったようだな」

王太子殿下の執務室には、アフレート卿もいる。朝からお仕事ご苦労様です。

「おはよーございます！」

「おはようございます。昨日の事は、ご存知なんですね」

挨拶と一緒に、襲撃の件を聞くと、殿下もアフレート卿も渋い顔だ。

「マーバル卿のおかげで、傷一つありませんよ？」

首を傾げると、何故か殿下の鋭い視線が私達の背後に立つマーバル卿に向けられた。

「襲撃された事自体が問題だ！　……怖い思いをさせた。許せ」

「問題ありません」

私がさらっと言うと、殿下とアフレート卿、それに立ち位置を殿下の隣に移したマーバル卿まで目を丸くしている。そんなに驚く事かしら？

「馬車の中で護られていましたし、洗浄も効きましたから」

「いや、しかし」

「正直なところ、実家で後見人もどきにあれこれ言われたりされたりした方が、痛かったし辛かったので」

本音を暴露したら、何故か執務室内がしんと静まりかえってしまった。あれ？　思ってた反応と違うんですが？

特に殿下、何故背後に暗雲を背負っているんでしょう？　いえ、そう見えるだけなんだけど。

ウードも怯えているから、多分間違っていない。

殿下の口から、低い声が漏れ出た。

「サーヤの叔父とやらは、暴力まで振るったと？」

「え？　ええ、まあ」

あの一家は機嫌が悪くなると、私に当たる。叩かれるのなんてしょっちゅうだったし、蹴られた事も何度もあった。

しかも叔父の娘は、ウードの見目がいい事に目を付けて、何とか自分の側に置こうとしていたのよね。その度に妨害したけれど。

ウードは次期フェールナー伯爵となる身。形だけでも結婚してしまえば、騎士爵家の娘から伯爵夫人に成り上がれるんだものね。そりゃ必死にもなるわ。

そうか……あのままあの家にいたら、無理矢理あの娘と既成事実を作られるコースもあったんだわ。ああ、考えただけで怖気立つ！　やっぱりあの時家を出たのは正解だったんだわ。

うちの天使にはね！　あんな父親に似た性悪娘ではなく、もっと心根の美しい、清らかなお嬢さんが似合うのよ！　それに、私と同い年で弟の隣に立とうだなんて、おこがましいにも程があるわ！

思い出してムカついていたら、私以上にムカついた顔をしている三人が目の前にいました。

ウードが空気に呑まれて目を白黒させてるから、やめてくださる？

弟を引き寄せて抱きしめていたら、やっと三人がこの部屋の空気の悪さに気付いたみたい。

「怯えさせたようだな。許せ。だが、カムドンだったな？　悠長な事を言ってる場合ではない。今すぐ引っ立てろ！」

「殿下、落ち着いてください。奴を餌に、その背後にいる者を引っ張り出しませんと」

王太子殿下の命令に、アフレート卿が冷静に返す。ああ、落ち着いた人が場に一人でもいると、安心するわね。

「だが！　奴はサーヤに暴力を！」

「今ここで私も一緒に聞きました。許しがたい事ですが、それとこれとは別です。サーヤ嬢、あなたも、殿下同様今すぐあなたの叔父を捕まえろと言いますか？」

アフレート卿の視線が、こちらに突き刺さる。何というか「殿下の意見に賛成はしないよな？」と全身で言っているようなものなんですが。

その視線にちょっと腰が引けていたら、マーバル卿まで参加してきた。

「そうですね。実際に暴力を振るわれたのは彼女です。本人の意見は尊重した方がいいのでは？」

「サーヤ、どうなんだ？」

わあ。最後は王太子殿下ですよ。にしても、こんな形でこっちに飛び火するなんて。いや、元々私達の問題だったわ。

私は咳払いを一つして、自分の考えを述べる。

「殿下のお心には、大変感謝いたします。ですが、ここで叔父を捕まえてしまったら、全てが水の泡になるかと。どうせなら、偽物後見人に手を貸した人にも、鉄槌を下していただきたいと思います」

ええ、辛く苦しかった約六年の私達姉弟の時間分、黒幕にも辛い思いをしてほしいのよ。

これは、正当な復讐《ふくしゅう》だと思うわ！

「汚れは、いっぺんに落としたいと思います！」

私の言葉を聞いて、またしても三人が目を丸くしているんだけど、どういう事？　あなた達が私の意見を聞いてきたんじゃないの。失礼しちゃうわ。


結局、殿下がちょっと頭に血が上っただけという事で、叔父捕縛は先送りになった。

「とはいえ、あの縁談の方は先に潰しておいたぞ。今後、騒動が収まるまでフェールナー家に縁談を持ち込む者はいないだろう」

なんと！　承認をしないという消極的な方法ではなく、より積極的な形で縁談を潰してくれたとは。あー、よかったー！　もうそれだけでありがたいです！　そこ、一番の懸念事項だったから。

これで叔父の不正をゆっくり探す事が出来るわ。何せ、私が成人して叔父を後見人の座から引きずり下ろしても、エロジジイに嫁がなくていいんだもの。

ほっと胸をなで下ろしていたら、殿下が咳払いをした。

「ともかく、襲撃者に関してはこちらで調べておく。まあ、目星はついているんだがな」

やっぱりー。でも、何故私達が狙われる事になったのかしら。

「殿下、差し支えなければ、その目星というのを伺ってもよろしいですか？」

何故そこで、嫌そうな顔をするのよ。しかも、殿下以外の二人まで。駄目なら駄目って、言えばいいのに。

そのままじっと三人を見ていたら、殿下が音を上げた。

「以前、倉庫で『汚れた』書類を見つけただろう？」

「ええ」

あれの前に厨房や内務省の部屋を洗浄したけれど、まさか倉庫で色々不正の書類が見つかるとは思わなかったわ。【洗浄】の新たな使い方を知った時だったわね。

「それが、何か？」

首を傾げる私に、何故か殿下達三人が苦笑い。え、ちょっと待って。わかっていないの、私だけ？

「サーヤ嬢。不正が見つかれば、当然処罰される者達が出てきます」

アフレート卿の説明に、無言で頷いた。悪い事をしたら、罰が下る。当然の事よね。

「その、処罰された者と親しい者や、処罰は免れたけれど似たような事をしていて職を追われた者、または処罰が比較的軽かった者などが、不正を見つけた存在を嗅ぎつけた。そうなったら、どうなります？」

「逆恨みで、相手をどうにかしようと、考える?」

「その通りです」

あああ、アフレート卿の輝く笑顔が憎い。いや、アフレート卿が悪い訳じゃないんだけれど。

昨日の襲撃は、つまり逆恨みの結果なのね。そんな心根だから不正をして、処罰されるんじゃないの。自分が悪いんだから、こっちを恨むんじゃないわよ、まったく。

逆恨みの結果である以上、こちらが気を付けても意味はないと思う。ただ、自衛は大事ですね。

そんな話を、北宮に戻って王妃陛下の前でしたら、にっこりと微笑まれた。

「ここにいれば、安心安全よ」

結局、私とウードはまたしても王妃陛下のお膝元、北宮にお世話になっている。もっとも、ウードは今回が初めての北宮滞在だけれど。

これまでは東宮で預かってもらっていたのよ。ウードは幼くても男の子。男子禁制の北宮に寝泊まりさせる訳にはいかなかったから。

では、何故今は北宮にいるのか。これには、マーバル卿の助言があったんですって。何でも、私と弟を引き離すのはよくないと、殿下に訴えてくださったんだとか。ありがとうございます！

ただ、やはり北宮は基本男子は滞在出来ない宮殿。短時間ならいざ知らず、ここで過ごすとなると些《いささ》か問題がある。

なので、ウードにはもう一度女の子の格好をしてもらう事になりました。

「それにしても、ルウは本当に可愛らしい事」

女の子の格好をしたウードを眺めて、王妃様が微笑んでらっしゃる。女装ついでに、偽名も復活させる事になった。

「ええ、本当に。これ程愛らしい子も珍しいですよ」

そうでしょう？　そうでしょう？　ヒューベック侯爵夫人も、そう思いますよね⁉

「本当に。我が家は男の子ばかり四人ですけれど、まあ、どの子もやんちゃで手が付けられなくて」

あー、高位貴族のお坊ちゃま達も、下町の男の子達と変わらないんですね。

うちの弟は余所の子と比べても、おとなしくて聞き分けのいい子なんですけどねえ。

でも、それはそれで心配にはなるんですよ。本当、保護者なんて勝手なものですねえ。

「我が家は女の子が生まれたというのに、まるで男の子のようで困ったものです」

マンルール侯爵夫人のところは、女の子が三人立て続けに生まれた後に、末っ子長男が生まれたんですって。で、上の三人のお嬢さん方が、それぞれかなりのお転婆だそうで。

王妃陛下の側近三夫人にも、お子様に関しての悩みがおありなんですねぇ。

午前中は王太子殿下に付いて王宮中を洗浄し、午後からは王妃陛下の側で過ごす。そんな日々が五日程過ぎた頃。

午後のお茶の時間に、王妃陛下、側近三夫人、私、弟で北宮の庭がよく見える部屋でお茶を楽しんでいた時に、それは起こった。

「アデディエラ様！」

いきなり、王妃陛下がお倒れになったのよ。えええぇ？　もう呪術は消えてるはずなのに。

どういう事⁉

「お気を確かに！」

「すぐに侍医を！」

北宮は、一挙に慌ただしくなった。

診察が済んで、王妃陛下がお倒れになった理由が判明したみたい。どうやら、長く寝たきりでいらしたので体力が低下してしまい、起きていられる時間が短いのだとか。

そこに加えて、どうも私達が北宮に来たのが嬉しいらしく、その、はしゃいで体力を消費してしまったのが、お倒れになった原因だとか。

「恥ずかしいわ……」

ご自身の寝台で横たわる王妃陛下は、真っ赤な顔を手で覆って恥じている。いえいえ、大事がなくてよかったです。

あ、そうだ。

「気休め程度ですが、私、洗浄以外に治癒もそこそこ得意なのです。使ってみても、よろしいでしょうか？」

「まあ、そうなの？」

「はい。さすがにいきなり王妃陛下に治癒を使うのは畏れ多い事ですので、どなたか水仕事をされているメイドさんはいませんか？」

大抵、水仕事をしている人って手が荒れているでしょう？　それを治癒で治せば、異能の力を信じてもらえるし、危険がないってわかってもらえるんじゃないかしら。

実は手荒れ、自分のを散々治したので慣れているのです。ええ、実家にいた時は、下女の仕事まで全部させられていたからね！

てっきり、北宮の水仕事をやるメイドさんを呼んでくるのかと思ったら、何とその場でマンルール侯爵夫人がドレスのポケットからナイフを取り出し、ご自身の指先を突いた。

えええええええ!?

「ちょ！　マンルール侯爵夫人！　何なさってるんですか!?」

「あら、サーヤさんが治してくれるのでしょう？　はい、どうぞ」

いやいやいや、はいどーぞじゃないですよ！　とはいえ、血が垂れる指先をそのままにしておく訳にもいかず、急いで治癒を使う。

洗浄の場合、強い光で汚れを焼き切るイメージだけれど、治癒の場合は柔らかい光で傷を包み込む感じになるの。

体調が悪い人に使うと、全体が淡く光るのよね。お母様が寝付いた頃は毎日のように使っていたけれど、体調は私の治癒程度では治るようなものではなかったわ。

私に、もっと力があれば、あるいは。

「サーヤ？　どうかして？」

「え？　ああ、いえ、何でもありません」

おっといけない。王妃陛下に声を掛けられて、我に返ったわ。うっかり、過去の事を思い出しちゃった。今は目の前の事に集中。

「マンルール侯爵夫人、傷はいかがですか？」

「綺麗に塞《ふさ》がっているわ。大したものね」

先程ナイフで突いた指先は、傷一つ残らず美しいまま。よかった。自信はあったけれど、高位の貴族夫人の指に傷が残ったりしたら、大変だもの。

ともかく、これで治癒の異能は確かにあると証明出来たので、いよいよ王妃陛下の治癒に入る。

「治癒と言っても、回復魔法程の効果は得られません。本当に気休め程度とお思いください」

「ええ。お願い」

王妃陛下の体全体に、治癒の異能を広げていく。んんん？　何かこれ、大分重くないかね？

「サーヤさん、大丈夫？　額に汗が」

「だ、大丈夫、です」

集中しているので、誰が声を掛けてくれたのかわかっていない。何となくだけれど、今手を抜いたら、駄目な気がして。

気合いを入れていたら、いつの間にかウードが側にいた。

「姉上、洗浄も使って。うんと奥に」

え？　それって、王妃陛下の中にって事？　訳がわからないけれど、ウードがそう言う以上、必要な事なんだと思う。私の異能がそう喚いている！

治癒と洗浄を同時に使うと、深いところでパキンと軽い音を立て、何かが割れたような気がした。


結果的に、今回の治癒だけで王妃陛下の体調はもの凄くよくなったらしい、です。侍医の先生が驚いてらしたそう。

顔色がよくなった王妃陛下……アデディエラ様と呼ぶように言われてしまったわ。そのアデディエラ様が、ニコニコして私の前にいる。

「これもサーヤのおかげね」

「お、恐れ入ります……」

これ、下手に謙遜とか出来ないのが辛い。でも、こういう時に使う便利な一言、「恐れ入ります」があるから大丈夫！　……多分。

昨日【治癒】アンド【洗浄】を行ったアデディエラ様は、夕べはよくお休みになられたようで、今朝の目覚めは最高だったという。

どうやら、呪術の影響で長年眠りが浅かったそうなの。眠れないのって、辛いのに。呪術を使った奴は、眠りが浅くなる呪いを受けるといいんだわ。

そういえば、アデディエラ様に呪術を使った犯人も、まだ見つかっていないのよね。大きな事件だけれど、さすがに事が事だから表沙汰にする訳にもいかないそうよ。内々で動いているのも、調査が進まない要因だってマーバル卿がぼやいてらしたわ。

北宮での待遇は、もう本当に素晴らしいの一言。身の回りの品も出てくる食事も饗されるお茶も、全てが一級品。これに慣れてしまったら、自宅での生活が大変になるんじゃないかしら。

特に母を早くに亡くしている為、淑女教育が不十分だと知れると、アデディエラ様と側近の三夫人方から教育を受ける事になったの。

私は、結婚願望がないんですけど。ウードがお嫁さんをもらったら、我が家縁の教会で修女にでもなろうかと思っているのですよ。

それをちらっと漏らしたら、皆様目を丸くなさったわね。

これで淑女教育は打ち切りになると思ったのに、何故か更に熱が入る事に。曰く「教育は、受けておいて損はありませんよ」だそうです。

いや、それはわかっているんですが。それに、四人の教育は大変わかりやすく、かつ実践的で話を聞いてるだけでも楽しいのよ。困ったものだわ。

毎日の食事やお茶の時間も、ちょっとした授業になるのだけれど、決して詰め込み型ではないの。まるで体験型のゲームをしているよう。

弟も楽しんでいるし、これはこれでいいのかもしれないわね。


王宮の【洗浄】も、まだ続いている。最近は不正の洗い出しだけでなく、普段は手入れがしづらい場所の掃除も頼まれるようになっています。

まあ、元々掃除用の異能ですからねえ。いいんですけどー。

掃除担当のメイドさんとかに嫌がられないかと心配したけれど、そんな事はなかったわ。逆に「あんな大変な場所の掃除をしてくれて、感謝します！」とか言われてしまったわ。

そして、相変わらず王宮を歩く際は、殿下が先導してくれる。おかげで目立つ目立つ。時折怖い視線にさらされたりもするけれど、癒やしの天使のおかげで何とかなってるわね。

でも、その弟も嫌な視線を感じると、顔を曇らせるのよ。それだけは、ちょっと困るわ。

私の弟には、いつでも笑顔でいてほしいもの。

「王宮内で、鋭い視線にさらされる時があるんですが、あれ、どうにかならないんですかねえ？」

ある日、王太子殿下の執務室の掃除を頼まれ、綺麗にし終わった後に殿下、マーバル卿、アフレート卿が揃ったところで、そんな愚痴をこぼしてみる。

本日、ウードは北宮でお留守番だ。今日の掃除場所が王太子殿下の執務室だとわかっていたので、ウードの「目」は必要ないと思って。

今頃、アデディエラ様や三夫人方に遊んでもらってる事でしょう。よく考えたら、凄い贅沢な話よねえ。ウード、末代まで語り継ぐのよ。

我が家の誉れとなりそうな話に思いを馳せていると、殿下が何やら真剣な様子で話し始めた。

「サーヤ、少し話を聞いていいか？」

「もちろんですが……一体、何の話をするんですか？」

は！　もしや、うちの弟の可愛さについて？　それなら、余裕で一時間くらい喋っていられる自信がありますよ。

期待したのに、殿下の口から出てきたのはまったく違う内容だった。

「その……洗浄の異能は、いつ頃使えるようになったんだ？」

なーんだ、異能の話ですか……残念。

「異能でしたら、気付いたら使えてました。多分、四歳くらいじゃなかったかと」

「そんなに幼い頃からか⁉　……まさか、フェールナー伯爵家では、幼子に掃除をさせていたのでは――」

「違います！　両親が生きていた頃は、ちゃんと使用人がいました！」

お父様もお母様も、使用人には優しくて、使用人の皆も私達にとてもよくしてくれていたのに。

私の態度に、殿下が慌てる。

「ゆ、許せ。亡きフェールナー伯爵夫妻を悪く言うつもりはなかったんだ……その、サーヤの洗浄の威力は、よく知っているつもりだから……」

まあ、あんな異能を持っている子供がいたら、使いたくなる大人がいても不思議はないかもしれませんね。

でも、うちには一人もいませんでした！　それは断言します。

「子供の頃って、色々と汚すじゃないですか。飲み物をこぼしたり、庭で転んで泥だらけになったり」

そんなものよね、小さい子って。でも、王太子殿下もアフレート卿もマーバル卿まで、同意してくれないのよ！

「覚えがないな。お前達は？」

「ありませんね」

「剣の稽古で、汚れる事はありました」

お坊ちゃま共め！　あ、一人は王子様だったわ。

「ともかく！　普通の子供というのは、汚すものです。で、幼心に汚れた衣服や転んですりむいた膝小僧などを何とかしたいと思っていたら……」

「思っていたら？」

ちょっと溜めたら、殿下がのってきてくれた。

「異能が使えるようになっていましたー」

「そんな単純な話か？」

殿下が訝しんでいるけれど、これ以上は私にもわからないのよ。ただ、前世の記憶を思い出すと同時に、使えるようになったってだけで。

でも、さすがに前世云々は言えないでしょ。ヤバい子って思われるのが落ちだもの。

異能自体は、持っていても迫害されるようなものではない。何せこの世界、魔法があるから。

魔法とはまた違う、特別な能力という括りで異能がある。

もっとも、私の異能は洗浄と怪我を治す程度の治癒ですが。あ、疲れも取れるんだった。

そんなショボい能力なのに、お母様は驚いてらした。……ん？　あれ、驚いていたの？

ちょっと違うような気がするんだけど。

驚きじゃない、あれは……哀れみ？　異能を持った事で、辛い人生を歩むと思ったから？

何だか、余計にわからなくなってきたわ。

わからない事は、考えない。突き詰めたって、いい事ないもの。転生した理由も同じ。なってしまったものは仕方ない。受け入れるだけ。異能も、持っているものは仕方ない。受け入れましょう。

それはともかく、この場では沈黙しておく。殿下としても、私が言わない以上、疑ったとしても聞けないでしょうし。私、一応、王妃陛下の命の恩人なので。

あ、そういえば。

「殿下、話は変わりますが」

「また急だな。何だ？」

「先日、アデディエラ様に治癒の異能を使ったのですが」

「ああ、話は聞いている。よくやってくれた」

上から目線。いや、王族なんだから、これが当たり前なのかしら？　やっぱり慣れないわね。じゃなくて。

「その時に、治癒と一緒にアデディエラ様の内部に洗浄を使ったんです」

「何？」

殿下の様子が、いきなり変わった。仕方ないと思うわ。母君であるアデディエラ様の体内に、【洗浄】を使うような何かがあったって事だもの。

あの時は、やった方がよさそう、程度の勘でやったけれど、結果があれだものね。

「洗浄を使った時に、何か軽いものが割れるような感触があったんです」

「軽いもの？」

殿下が、何かに気付いたような表情になった。

そう、軽い割れ物といえば、先日北宮全体を洗浄した際、北宮の周囲で見つかったという、素焼きの人形がある。呪術を仕掛ける道具になったものだ。

「……母上の体内に、呪術の道具が仕掛けられていたという事か？」

「わかりません。ですが、もしかしたら、まだ呪術が仕掛けられ続けているのかも」

怖い話だ。というより、何とも言えない執念を感じる。そこまでして、アデディエラ様を亡き者にしようというのか。

一体、誰が、何の為にそんな事を企んでいるのか。

いや、これは私が考える事じゃない。私に出来る事は、事実を話すだけ。後の事は、殿下達に任せましょう。

アデディエラ様を洗浄した結果、私が聞いた何かが割れる音。これについては、殿下が調査すると請け負ってくれた。

とはいえ、北宮って男子は滞在出来ないんだけれど。アディエラ様の息子である王太子殿下ですら、長居は出来ないのに。

あ、うちの弟は別です。あの子は可愛いので。それに天使ですから。特別待遇でいいんです。そう決めました。

それにしても。

「私、何しに王宮へ来たのかしらね？」

「姉上？」

思わず、寝台の上でウードを抱きしめながらつい愚痴る。現在、北宮で私は弟と同じ部屋で暮らしているの。

ここ、宮殿だけあって広いし、部屋はたくさんあるから別々の部屋を用意してくださったんだけれど、万一の事があったら嫌だから、一緒の部屋にしてもらったのよね。

もちろん、表向きはそんな事は言わない。だって、北宮のセキュリティを疑うような考え方だもの。アディエラ様も三夫人も、気分を悪くしちゃうわ。

なので、表向きは「愛する弟と一緒の部屋で！」って言っておいた。まったくの嘘じゃないし、大丈夫大丈夫。

それにしても、本当、私ってば何しに王宮に来たんだよって話よね。叔父の不正を見つける為に来たはずなのに。

何だか、すっかり王宮お掃除人になってるんですが。いやや、そのおかげで色々な不正が見つかり、結果王太子殿下が叔父の不正を見つけてくれるって話になったし。あのとんでも爺さんとの結婚もなしにしてくれるっていうから、いいんだけれど。

このまま、成人まで王宮にいて、王家の力で叔父を追い出し、家を奪還するでもいいと思う。王宮や殿下としては、後見人詐欺のような不正を働く人間が王宮にいるのは、気が休まらないかもしれないけれど。

私としては、家の奪還は自分の手によるものでなくていい。叔父一家には痛い目を見せたいとは思うけれど、過剰な仕返しも考えていない。

何故と言われれば、多分後見人の座から追い出される事こそ、叔父一家に対しての一番の報復だから。元の生活に戻るのは、きっととても惨めでしょうね。

その惨めさを抱えながら、この先ずっと生きていけばいいんだわ。

私は、フェールナー家を取り戻し、ウードと二人で安寧に過ごせれば、それでいいの。不当に取り上げられたものを、取り返したいだけ。

王家がそれを代わりにやる対価として、王宮内の「掃除」をしろと言うのなら、喜んでやるわよ。

翌日、朝食の席に行くと王太子殿下がいた。

「おはようございます、アデディエラ様、殿下」

「おはよう、サーヤ」

「おはよう」

三夫人は朝食の席にはいない。普段は、アデディエラ様と私、ウードの三人だけなのだ。三夫人も同席してくれればいいのにー。

あの方達を壁際に立たせたまま、食事をするのって凄い気まずいのよ。皆様、うちよりずっと家格が高い家の方々ばかりだもの。

それはともかく、殿下が朝から北宮に来ているという事は、何かあるという事ですね？　とはいえ、話を聞くのは朝食後になりそう。

面倒臭いんだけど、王宮では下の身分から上の身分の人へ何かを聞いてはいけない事になっている。この場合、私はアディエラ様や王太子殿下に「何かありましたか？」と聞いてはならないの。

なので、殿下から話を切り出すのを待たなくてはいけない。そして、殿下は育ちがいいので、食事中に仕事の話をする事はない。

予想通り、食後のお茶を飲んでいると、殿下が切り出してきた。

「サーヤ、今日の場所は少々手こずる」

「どこですか？」

「中央宮……内務省だ」

あそこですか。

# 第六章

内務省は、一応王宮における私の古巣になる。古巣って程、滞在してはいないんだけど。

でも、ここで倉庫の掃除を命じられ、その結果が今なんだから、何とも不思議な感じだわ。

今日は王太子殿下とウード、それに何故かアフレート卿とマーバル卿も一緒だ。ウードはフード付きの長いマントを羽織っている。

寒いからじゃなくて、北宮では女の子として過ごしているから。でも、今日は男の子の格好をしているので、それがバレないように。

今はもう、フードは下ろしている。可愛い顔がよく見えて、お姉ちゃん嬉しいわ。

いつもはいないアフレート卿が、今日に限っている。ちょっと不思議に思っていたら、何故か内務省までの通路の途中、アフレート卿がブツブツと呟いている。

「この時を待ちに待ちましたよ。内務省……覚悟してもらおうか」

「あの、マーバル卿、アフレート卿はどうかしたんですか？」

一番気安いマーバル卿に、こそっと聞いてみた。

私の質問に、彼は困ったような笑みを浮かべている。

「その……アフレートは内務省の人達とは不仲でしてね。向こうは東宮付のアフレートを嫌っているし、アフレートはアフレートで内務省の仕事の遅さを嘆いているんです」

ほほう。敵対とまでは言わないけれど、お互いがお互いを嫌ってる訳ですか。そういえば、前世の職場でも、総務を嫌う営業職の男性とか、逆に営業を嫌う製造部門の人とか、いたわね。

それぞれ理由はあるんだろうけれど、相手の立場に立ってみると、どうしようもない事とかもあるし、何とも言えないわ。

で、アフレート卿は今回の【洗浄】で、内務省の不正が山のように出てくる事を期待しているそう。

いや、いくら嫌いな部署とはいえ、不正が山と出てきちゃ駄目でしょ。それを期待するのも、どうかと思いますよー。

内務省は、中央宮に囲まれるように存在している。国内でもかなり古い建物で、昔はここが王宮だったんだとか。

その後、王宮は増改築を続け、今の姿になったそう。

その内務省に入るには、手続きが面倒なのよね。でも！　こちらには最強のパスがある。王太子殿下だ！

「これは殿下。内務省に用事でしょうか？」

「ああ。通せ」

「は！」

初日に見たあの大きな扉。そこを護る兵士達に対して、ほんの一言で通れるとは。さすが王族。素晴らしい。

内務省は地上三階建てであり、ざっくり言ってしまうと国の内向きのあれこれを統括している省。その中身は大きく三つに分けられる。

まず一階にあるのが貴族と庶民に関わる部署。戸籍部もここだね。二階にあるのが貴族関連のみの部署。そして三階が王都及び王宮に関わる部署。

不正があるとしたら、三階かしら？　王都とか王宮って、予算がたっぷりついてそうだから。不正をするにしても、旨味《うまみ》が多いんじゃないかな。

そんな事を考えていたら、先を歩くアフレート卿が振り返った。

「サーヤ嬢、君、内務省を一気に洗浄する事は出来るか？」

「え」

建物丸ごと一気にですか。多分、やってやれない事はないと思うの。何せ、ここより広い北宮も出来たんだから。

ただ、やった後に倒れる可能性が――。

「やめろ！　アフレート。その事は説明しただろうが！」

「ですが殿下！　一気にやらねば敵が逃げる可能性があります！」

「それでもだ！　サーヤ、アフレートの話は聞かなくていい！」

「いいえ、サーヤ嬢。出来るのなら一度に終わらせてしまいましょう。あなたも、何度もここに来るのは面倒ではありませんか？」

「いい加減にしろ！」

目の前で、王太子殿下とアフレート卿の言い争いが始まってしまった。これ、どうすればいいの？

縋る思いでマーバル卿を見上げたら、彼は彼で困った顔でこちらを見ている。

「これ、どうしようね？」

えー？　それ、ここで私に聞く？

「それ、私が聞きたいのですけれど」

いや、本当に。どうしたらいいのかしら。


さすがに内務省の内部で、王太子殿下とその側近が言い争っている姿をさらすのはよくない。なので、とりあえず場所を移す事にした。

ええ、あの倉庫ですよ。だって、内務省から簡単に行けるし、人、来ないし。ここなら、思う存分言い合い出来るんじゃないですかねえ？

なのに、二人して何故か床に正座して、私の前でうなだれているんですが。てか、この国に正座の文化ってあったっけ？

「何なさってるんです？　お二人とも」

「いや、その、迷惑を掛けた。許せ」

「私も、殿下と同じです……」

どうやら、倉庫に来た途端、頭が冷えたらしい。

「謝罪していただく必要はありませんが、お二人とも、冷静になられましたか？」

「ああ」

「ええ」

ならよかった。

「では、内務省の『掃除』に参りましょうか」

「え？」

王太子殿下とアフレート卿が、揃って驚いている。あ、マーバル卿もだ。はて、私、そんなにおかしな事、言ったかしら？

ああ、先程まで、その件で言い争っていたから？　いや、そんな【洗浄】した程度でそうそう倒れたりは……しましたが。

でも、今回に大丈夫だと思う。北宮より、こちらの方が狭いから。

「今日ここへ来たのは、内務省で『洗浄』を使う為ですよね？　あら？　私、おかしな事、言ってませんよね？」

「え、ええ」

マーバル卿に一応確認したら、ちょっと頼りないけれど認めてくれた。

「内務省は、不正の温床かもしれないんでしょう？　うまくすれば、私が求めている後見人の不正書類も見つかるかもしれませんし。やらないという選択肢はありません」

間違った事を言った覚えはないのに、どうしてそんなおかしなものを見る目をするのかしら。乙女に対して失礼ですよ。


倉庫から外に出ると、ウードが顔を曇らせている。

「どうしたの？　何か見える？」

ウードは、内務省の建物を指差した。

「凄く、汚れてる」

ああ、そうなのね。内務省は、汚れだらけなんだわ。

「さっき、中を歩いている時は、言わなかったよね？」

「あの時は、よく見えなかったの……」

しょぼんとするウードも可哀想可愛い。でもやっぱり笑顔でいてほしいから、ぎゅっと抱きしめる。

「そうだったのね。じゃあ、全部綺麗にしてしまいましょう」

「うん！」

うふふ。やっぱり君には笑顔が一番。男性三人からの微妙な視線を感じるけれど、気にしたら負けなんだわ。姉が弟を可愛がって、何が悪いんだってのよ。

倉庫を出て内務省に戻る途中だったから、まだ中庭にいる。ここからなら、内務省全体が見渡せるわね。

そういえば、以前埃とゴミを消した戸籍部は物理的に汚かったなあ。あそこも、不正の温床なのかしら。

あら？　何故だか、内部構造まで見えるような？　……気のせいね、きっと。

でも、この広さなら一度に洗浄出来るわね。何せ北宮より小さいから。さすがは古い王宮。昔はこの狭さでも、王宮として機能出来たのね。今はとても無理だろうけれど。

異能を使う回数も大事だけど、一度に広範囲の洗浄をするのも、きっと異能の制御を覚えるのに役に立つ……はず。

はっきり言えないのは、異能の研究って魔法の研究程進んでいないから。でも、経験則はある。広範囲を洗浄した後は、何だか異能が強くなってる手応えのようなものがあった。

このあたり、全部感覚なのはさすが異能って感じ。先天的、故に直感的。魔法が道具を使いこなすイメージなら、異能は自分の体を使いこなすイメージ。

同じ動作を繰り返せば、その動作を難なく使いこなせるようになる。でも、更に上を目指すなら、少しだけきつい事をやらないと。内務省を一度に洗浄するのは、いい体験になると思う。

多分、これは間違っていない。私はこの直感を信じる。

それに、倉庫と違って綺麗にした後の書類を調べるの、私じゃないし。いやあ、楽でいいですねえ。

「では、いきます！」

「え？」

「ちょ！　ここでか⁉」

アフレート卿や王太子殿下の慌てる声が聞こえるけれど、気にしたら負けだって、誰かが言ってた！　誰かは覚えていないけれど。

内務省の建物全部を囲んで壁を作り、その中で洗浄の光が全ての「汚れ」を焼き切るようにイメージする。

んじゃ、せーの！

「洗浄！」

私の掛け声と共に、内務省の建物全体が薄い金色に光る。そのまま、内部が光っているのがここからもわかったくらい。

感触的に、まだ力を入れても大丈夫。一度使いすぎで倒れたせいか、異能に使う力が増えているように感じる。一度骨折した骨が、太くなるようなものかな？　限界も、何となくわかるようになったし。

あともう少し。まだ大丈夫。うん、この規模の広さなら、このくらいの力で十分なんだ。

視線の端で、王太子殿下とアフレート卿が何やらオロオロしている。どうしたのかしら？

もう少しで洗浄が終わるから、待っててくださる？

建物内から漏れる光がなくなれば、洗浄終了の合図。前に建物丸ごと洗浄をしたのは北宮だったけれど、あっちは終わる前に私が倒れちゃったのよね。

でも、今回は大丈夫。家にいた頃より、ずっと異能がパワーアップしているのを感じるんだもの。前なら、これくらいでも倒れてたんじゃないかしら。

でも、今の私は倒れたりしないわ！　私がそう、感じるから！

やがて建物から金色の光がでなくなった。

「終わりましたよ」

後ろを振り返ったら、ニコニコしているウードが飛びついてきた。

「姉上、凄く綺麗になった！」

「本当？」

「うん！　さすが姉上！　凄い！」

えへへー。そう？　もう、今なら天使の言葉だけで空まで飛べちゃいそう。

弟と二人でうふあははと笑い合っていると、ふと殿下達の姿が目に入った。何だか信じられないものを見るような目でこちらを見ているんだけど。

「どうかしましたか？」

「どうか……じゃない！　サーヤこそ、体に異常はないのか⁉」

「ええ、もちろん。この通り」

殿下の言葉に、私はその場でくるりと回って見せる。その私の肩を、殿下ががしっと掴んだ。

「お前は！　北宮全てを浄化した際に、力の使いすぎで倒れたんだぞ⁉　忘れたのか！」

え、いや、だから、パワーアップしたのでもう平気だと思うのですが。

言い訳は通用しそうにないわね。ここは、素直に謝っておきましょう。

「ええと、ご心配お掛けしました。この通り、何ともございません」

「……本当だな？」

「ええ」

何故、そこでそんなに疑うのかしら。首を傾げたら、王太子殿下が深い溜息を吐く。

「頼むから、異能を使う時は広範囲はやめてくれ」

「え？　でも」

「約束だ。いいな？」

これ、約束というよりも、命令なのでは？

それと、私の異能は【洗浄】ですよ？　勝手に【浄化】なんて言葉に換えてほしくはないんですけれど。

洗浄が終わった内務省内部に入ると、何故か人があちこちで倒れている。え？　まさか、洗浄の影響？　でも、今までこんな事、一度もなかったのに。

内心震え上がっていたら、アフレート卿がくつくつと笑い出した。

「倒れている連中は、先程の浄化でまとめて『綺麗』にされたのでは？　だとすると、こんなに不正に荷担している連中がいるという事になりますが。他に倒れている理由が思いつきませんしねぇ。いっその事、内務省は一度解体して、作り直した方がいいのではありませんか？」

「やめろ、アフレート。反論出来ん……」

アフレート卿のとんでも提案に、王太子殿下が何やら疲れた様子で返している。とりあえず、倒れている人達は私のせいではないと思っていいかしら？

だって、私が使ったのは【洗浄】であって【浄化】じゃないもの。

「さて、ではどこから見ていく？」

「サーヤ嬢は、父方叔父の不正の証拠が欲しいんですよね？　まあ、王太子殿下と王妃陛下が後ろ盾となられた今、証拠なぞ不要とも思いますが」

はて。今アフレート卿の口から、おかしな言葉が飛び出なかったかしら？　殿下とアデディエラ様が、私の後ろ盾？　どういう事？

じっと王太子殿下を見ると、何やらわたわたしている。やがて一つ咳払いをした。

「その……勝手な事とは思ったが、サーヤの結婚話を潰すのに、私が後ろ盾になった方が便利だったのでな。母上の方は、気付いたら勝手に名前を連ねていた。何、別に私達が後ろ盾にいるからといって、悪影響はないから安心しろ」

え、それ、本当ですかね？　お二人の後ろ盾があるのならと、変な家から嫁に欲しいとか、言われませんか？

つい疑いの目で見てしまったら、殿下が気付いた。

「何だ、その目は。信じてないのか？」

「いえ、王族二人が後ろ盾とか、ちょっと怖いのですが。もう少し身分が下の方にお願い出来ませんか？」

何故か、殿下が目に見えてむっとしている。いや、殿下の後ろ盾が邪魔だとか、そういう意味ではないんですよ。ただ、身に余ると申しますか。

そのあたりをつらつらと説明したけれど、殿下の機嫌は直らなかった。何でよー。

ちょっと出だしにゴタゴタはあったけれど、無事内務省全体の【洗浄】は終わった。でも、どうやら細かい部分が残っていたよう。内務省……どんだけ悪い事してたのよ。

ここからは、うちの弟が大活躍！

「えっと……そこの棚が汚い、です。それと、そこの床」

「床？　絨毯の下か？　……いつの間に、こんな隠し金庫を」

ウードの指摘通りに探していくと、まあ出てくる出てくる不正の数々。中には床に穴を開けて床下収納まで作って現金を隠している人も。どうやって作ったのかしら？　これ。

普通の書類棚からも「汚れ」は見つかっているけれど、ウードによれば薄い汚れだとか。でも、隠し収納にあったのは、汚れが酷いもの。

こちらの書類は、一度東宮に持ち帰って精査する必要があるらしい。でも、汚れた書類は結構な量、あるんですけど。運ぶ人手を呼んでくるのかしら。

と思ったら。マーバル卿が平気な顔で書類を消していく。何あれ？

「何だ、サーヤは収納魔法を見るのは初めてか？」

「収納魔法!?　あれが!?」

あああ、転生ものには定番のアレですか!?　どうせなら、私もあの魔法、欲しかった！

【収納魔法】は【時空間魔法】という、大変難しい法則を使う魔法の一種だそうで、これが使えると一生食いっぱぐれないと言われているらしい。

それを、マーバル卿は使えるんだ。ただでさえ、いい家の出身で食うに困らない身なのに。

うらやましいいいいいいい。

「サーヤ、うらやましいのはわかったから、そんな顔でマーバルを見るな」

「え？　そんな顔って……」

「今にもよだれを垂らしそうだぞ」

そ、そんな馬鹿な！　慌てて口元を手で覆ったら、殿下に笑われた。

「殿下、騙しましたね？」

「いや、本当にそんな顔を……ぶふ！」

もう！　乙女をからかうなんて！


それは、戸籍部で見つかった。

「そこの本棚の裏」

ウードが私に直接教えてきたので、二人で見に行く。ちなみに、王太子殿下達は倒れている人達を脇に寄せている最中。

棚の本を出すと、ここにも壁をくり抜いた収納がある。この建物って、元王宮だから王家かつ国のものよね？　気軽に改造しているけれど、罪に問われるんじゃないかしら。

見えた収納を開けるには、棚の本を全て取り出さないといけない。結構な手間だわ、これ。中のものを出し入れするのに、いちいちこんな事するの？

「ん？」

本を取り出している時、棚の途中に違和感。何だろう、これ。

「姉上、そこ、汚れてる」

なるほど、何か仕掛けられてるんだわ。なら。

「あ」

「もう一回洗浄！」

パキンと何かが割れる音がして、違和感がするところから、扉を開けるように棚が動いた。

「……なるほど、これなら出し入れも簡単だわ」

でも、さっきの感触、何か引っかかるわね。何だったかしら？

「どうかしたか？」

ちょっとした引っかかりに意識を持っていかれていたら、殿下がすぐ近くまで来ていた。

「いえ、棚の裏に隠し収納が見つかりました」

「またか……本当に気軽に王宮の建物に手を入れているな」

殿下が渋い顔で溜息を吐く。あ、やっぱりやっちゃいけない事なのね。そりゃあ、王宮って王家の持ち物……不動産？なんだから、勝手に改造しちゃ駄目なのは、当たり前か。

前世感覚に当てはめたら、賃貸で事務所を貸していたのに、勝手に壁をくり抜いて床を剥がしてあちこち改築していたような感じ？

「それで？　その隠し収納からは何が見つかった？」

「いえ、まだ開けてなくて」

「なら、開けてしまえ」

いいんですか？　まあ、王太子殿下がいいって言うのだから、いいのよね。じゃあ、やってしまいましょう。

隠し収納には魔法で鍵が掛かっていたようだけれど、そこに洗浄を使う。それだけで鍵も使っていないのに開くのよ。

いや、自分で言うのもなんだけど、私の異能ってどうなってるの？　いくらパワーアップしたからって、おかしすぎない？

でも、首を傾げているのは私だけで、殿下は不思議にも思っていない様子。それにも内心首を傾げながら、殿下が取り出す書類を受け取り、本棚の前にある大きな執務机の上に並べていく。

そういえば、初日にここを掃除した際倒れた室長、この部屋にはいなかったわね。どこに行ってるのかしら。

ハント男爵は、倒れてました。ごめんなさい。気付くのが遅かったですね、はい。

多分だけど、今回は異能に使った力が多かったから、軽い不正でも倒れる人が出ているんじゃないかと思う。

ペンを持って帰ったとか、インク壺《つぼ》を持って帰ったとか。あれも横領になるから。

「殿下、その書類は……ああ」

アフレート卿がこちらに来て、執務机の上に積まれた書類と、本棚の裏にあった隠し収納を見て、何かを察したらしい。

「こちらは、全て東宮に持ち帰るでいいですか？」

「ああ。マーバル、頼む」

「はい」

またしても、マーバル卿があっという間に山のような書類を消してしまう。本当、便利な魔法よね。

やっぱりうらやましくて眺めていたら、袖を引っ張られる感覚が。見れば、ウードが不安そうな顔をしていた。

「どうしたの？」

「ここ……」

彼は震える指で、執務机についている引き出しの一つを指差した。

「ここ？　ここにも、汚れ？」

私の問いに、ウードは無言で頷く。どうしたのかしら……何かに怯えているような。

「ウード、大丈夫？　怖いのなら――」

「平気！」

いつになく大きな声に、私だけでなく殿下達も驚いたみたい。

「どうした？　ウード」

殿下からの問いに、弟は首を横に振るだけで、何も答えない。とりあえず、人の引き出しとはわかっているけれど、ここは内務省。置いてある椅子一つでも備品であって私物ではない。なら、机もそうだし、引き出しの中にあるものも備品と思っていい……はず！

引き出しを引きだそうとするも、びくともしない。鍵が掛かっている？　でも、鍵穴らしきものは見当たらないわね。

「引き出せないのか？」

「はい。今、洗浄で……」

自分で言ってて、おかしさに何だか笑い出したくなるわ。普通、洗ったからって鍵は開かないのに。そろそろ、私の洗浄は何でも出来る異能になってそう。でも、使えるものは何でも使う！

引き出し自体に洗浄を使ったら、パキンという軽い音と共に引き出しが引き出せた。中身は、やはり書類……ん？

「手紙もありますね」

「構わん、全て東宮に持っていく」

いいのかしら。書類なら、まあ公的なものだから殿下が見ても文句を言われるものではないけれど、手紙って私物では？

何となく、ゲームの勇者一行が、民家で戸棚とかを開けまくる光景を思い出しちゃったわ。

書類と手紙は、マーバル卿が全て収納し、東宮へ。私達もそちらに戻る事になった。

調子が悪かったウードも、今は笑顔だね。よかった。

「姉上？　どうかしたの？」

「ううん、何でもないわ。ちょっと疲れちゃったかも」

君の調子が戻ったのが嬉しいとは、言わないでおこう。体調不良を恥ずかしいと思う子も、いるからね。

私の誤魔化しに、ウードは満面の笑みを返す。

「疲れた時には、甘い物がいいってお祖母様が言ってた！」

「そうなの？　なら、東宮に行かずに北宮に戻りましょうか」

東宮で出される茶菓子より、北宮の茶菓子の方が美味しいから。同じ厨房で作っているはずなんだけど、あの差は何なのかしら。

私の提案に、ウードも乗り気だ。

「うん！　あ、でも、殿下に許してもらわなきゃだね！」

おおう、上の立場の人間に許可をもらわなきゃいけない事を覚えたなんて。うちの弟の成長が著しい。

早速許可を取ろうと思ったら、目の端に倒れている内務省職員の姿が映る。この後、彼等をどうするのかしら。

許可をもらうついでとばかりに、殿下に聞いてみた。

「あちこちで倒れている職員の方は、どうなさるんですか？」

「倒れているだけなんだから、目が覚めたら帰るだろう」

いいのかしら、それで。でも、私に出来る事なんて何もないものね。ここは上の身分の方の言う事に従っておきましょう。私に責任はない。

「これで、今日のお仕事はおしまいですね？　なら、私と弟は北宮に戻っても構いませんか？」

時間的に、午後のお茶の時間に間に合いそう。無事甘い物にありつけそうだわ。時間外に茶菓子を要求するのは、さすがにちょっと気が引けるから。

今日のお菓子は何かしら？　と想像する私の耳に、殿下の呆れた声が響いた。

「何を言っている？　まだ残っているだろう？」

え？　何か、ありましたか？　思わず隣の弟を見る。ウードも首を傾げていた。そんな仕草も可愛いわ。

ほっこりする私達の耳に、殿下の無情な一言が突き刺さる。

「押収した書類の洗浄だ。さあ、東宮に戻るぞ」

あああ、私達のお菓子いいいいいいい。

とぼとぼと東宮まで、王太子殿下の後に続く。隣にはウード。この子も心なしかがっかりしている。そうよね、気持ちはわかるわ。

到着した東宮の王太子専用執務室では、マーバル卿が【収納魔法】から押収してきた書類を次々に出していた。

その様子を眺めつつ、思わず溜息を吐く。

「何をそんなにがっかりしているんだ？」

私の様子に気付いた殿下が聞いてきた。

「北宮のお茶の時間に間に合いません……」

「そんなに、母上と茶を飲みたかったのか？」

「それもありますけれど、北宮で出されるお菓子は最高なんです」

ええ、今まで食べたどのお菓子よりも美味しいんですよ。昔、まだ両親が健在だった頃、あんなお菓子を食べたような記憶があるけれど、もう八年は前の事だからよく覚えてなくて。

私の返答に、殿下達は微妙な表情だ。

「茶菓子くらい、東宮でも出すぞ？」

「東宮のはありきたりのものなのでつまらないんです」

「ありきたりって。菓子は菓子だろうが」

「違いますよ！　全然違いますよ！　何言っちゃってんですか本当にもう。お菓子に謝りやがれですよ！」

あ、しまった。自覚した時にはもう遅かったわー。王族相手に、私こそが「何言ってんだこいつは」よ！

こういう時は、すぐに謝る！

「ええと、口が過ぎました。申し訳ございません」

「いや、いい。……母上に頼んで、茶菓子を融通してもらおう」

「本当ですか!?」

「ああ、そのくらいでサーヤのやる気が出るのなら、安いものだ」

「やったー！　お仕事頑張ります！」

「やったー！」

ウードと二人で手を取り合い、その場で即興のダンスを踊る。

素直に喜びを表現しただけなのに、何故かアフレート卿が吹き出して、マーバル卿が生温い視線で笑みを向けてきた。

王太子殿下は、本当に北宮に使いを出して、茶菓子を持ってきてくれた。一緒にアデディエラ様達も来たのには驚いたけれど。

「母上……何故ご自身までこちらに？」

「まあ。母が息子の仕事ぶりを見たいだけなのに、邪険にするなんて。酷い息子だこと」

「いや、そういう訳では……これは国家に関わる書類ですから」

「では、なおの事王妃たる私が見て知っておくべき内容ではなくて？」

「……」

王太子殿下、敗北。いや、世の息子は母親には勝てないのですよ。ウードだって、まだうんと小さい頃に癇癪起こして泣き喚いても、すぐにお母様に宥められていたっけ。

あれも、もう遠い記憶ね。

「さて、サーヤ。菓子を食べたらこの書類の山を、いつものように」

「はい、わかりました」

ちなみに、本日のおやつは焼き菓子。クグロフみたいな見た目です。お菓子と言うよりは軽いパンといった感じの生地だけど、この素朴な甘さが美味しぃー。

東宮で出るお菓子って、甘すぎるのよ。くどくて私達には合わない。作ってくれる人には、申し訳ないんだけど。

美味しいお菓子をいただいた後は、ちゃんと労働で支払わないとね。目の前に積み上げられた書類の山を、全て洗浄する！

もうね、書類の端の端まで、汚れ一つ残らないように綺麗にしましょう。端の方に、何やら引っかかるものを感じたけれど、それは後。今は全体の洗浄が優先！

今回は書類の山の中心から外側に向けて綺麗になるよう、洗浄を施した。ついでに、書類が乗ったテーブルとその下の床まで綺麗になったけれど、問題ないでしょ。

「サーヤの洗浄は、とても綺麗ね」

「ありがとうございます」

えへへ。アデディエラ様に異能を褒められちゃった。

綺麗になった書類の山は、アフレート卿を筆頭に、東宮の文官達が精査するらしい。別室に運ばれていくのを見送った。

「後はアフレート達に任せておけば、色々と出てくるだろう」

アフレート卿、嬉しそうに書類の山を持っていったものね。余程内務省に恨みがあるご様子。

これで北宮に帰れると思ったんだけど、何やらアデディエラ様と三夫人があの書類に興味がおありのご様子。

「セーリヤ、あの書類、結果はいつ頃わかるのかしら？」

「さあ。量が量ですから、明日か明後日か、更にその先か」

「では、サーヤの後見人不正の証拠を先に見つけてちょうだい」

「母上！　勝手な事を言われては困ります」

え？　そうしてくれたら助かりますが、でも、そんな超個人的な事、ここで口にするのはさすがに憚られます。

「精査は端からやっていきますから、あるかないかも定かでないものからやるなど――」

「本当にあなたは融通の利かない子ねえ。サーヤの欲しい証拠が見つかるまで、私達もここに居続けますよ？」

「は、母上!?」

わー。アデディエラ様が王太子殿下を脅してるー。別に王妃であるアデディエラ様が東宮にいても問題はないんだけど、母親に見られながら仕事は、ちょっとやりづらいよねー。

多分、アデディエラ様もそれはわかっている。当然、後ろの三夫人達も。だからこそ、殿下への脅しになっているのだし。

殿下陣営は、アフレート卿が退場しているので、殿下とマーバル卿の二人だけ。私とウードは除外ですよ。

しばしの睨み合いの結果が出るかというところで、別室に行っていたアフレート卿が乱暴に扉を開けた。大きな音を立てないでくださる？　弟がびっくりしちゃったじゃないの。

「殿下！　大変です！」

「何が出た？」

「こちらを」

アフレート卿が手に持っている書類の一部を、殿下に手渡した。それから、すぐに私にも一通の書類を見せてくる。

「こちらも見つけたぞ。サーヤ嬢が探していたもので、間違いないな？」

「え？」

アフレート卿に手渡された書類、フェールナー家の後見人申請の書類だった。

あれ程望んだものが、今、私の手の中にある。確かに、「後見人申請書」であり、被後見人に私とウードの名が入っているもの。フェールナー家の後見人を申請する書類だ。

ただ、これのどこが不正なのか、私ではわからない。

「これ、確かに記載されている名が全て我が家のものだったり叔父のものだったりするんですが、不正の箇所がわかりません。お手数ですが、不正の箇所をお教えください」

まるでビジネスメールのような言い方よね。でも、気付いている人はいないから、いいや。

「不正の箇所は、ここと、ここです」

教えてくれたのは、やっぱりアフレート卿。彼が指差した箇所には、同じ名前が入っていた。

「これ……ですか？」

「そうです。こちらは審査をした者の名、そしてこちらは認可を出した者の名。通常、これらは別々の人間が行うものです」

え？　でも、ここには同じ名前が入ってますよ？　ええと。

「セガード・オシアーバル・ギイド」

「ギイド伯爵。戸籍部の室長です」

あ！　あの、日に当たったら倒れた室長⁉

「ギイド伯爵は、四角四面な仕事には秀でていますが、少しでも前例のない事は判断が出来ない人です」

マニュアルがある事には強いけれど、ないものには弱いタイプかな。

アフレート卿が続ける。

「正直、単独でこうした不正をする人とは思えませんが、まあ何某かの見返りがあったのでしょう」

だから、この申請書を通した。叔父が求めるままに。

よし、あの室長も私の敵ね。今度あったら容赦はしないわ。徹底的にお日様の元にさらして、ひん曲がった根性をたたき直して……あれ？

「そういえば、内務省の建物に、ギイド伯爵はいませんでしたよね？」

「今日は体調不良で欠勤だそうだ」

私の問いに答えてくれたのは、王太子殿下だ。それにしてもあのギイド伯爵、見るからに虚弱そうだったけど、やっぱり欠勤多いのかしら。

それでも室長でいられるって事は、優秀なのか家の家格が高いのか。確か、実家は侯爵家だったわね。じゃあ、家のコネかも。王宮も、家柄至上主義なところがあるから。

「実は、ギイド伯爵絡みでもう一件」

アフレート卿は、殿下に渡した書類の方を指差した。

「殿下、中身をご覧ください」

「ああ」

こちらの不正証拠の一件で、すっかりそちらから意識が削がれちゃったのよね。申し訳ございません。

アフレート卿は、書類に目を通す殿下に補足説明をしていく。

「どうやら、これが絡んであちらの不正を行ったようです」

「まさか……こんな……」

書類を読み進める王太子殿下の顔が、青くなってく一方なんだけど。一体、何が書いてあるの？

「セーリャ、一体何が書かれているの？」

「……」

「答えなさい。国の一大事なのでしょう？」

アデディエラ様の言葉にも、王太子殿下は迷って答えない。そんなにヤバい内容が？

「アフレート。代わりに答えなさい」

「はい……」

「母上！」

「アフレートに辛い思いをさせたくないのなら、お前が報告しなさい」

アデディエラ様、一歩も引かず。しばしの睨み合いの後、王太子殿下が白旗を上げた。

「隣国、ギエネシェドンのムアンゾイド侯爵家からの書簡です」

「ムアンゾイド？　王家の傍流に当たる侯爵家ですね。私の実家、アギーバイド公爵家や王家に、度々無礼な態度を取る家ですが……あの家が、何か？」

「……ムアンゾイド侯爵家主導で、ギエネシェドン国内に内乱を起こす……と」

「何ですって⁉」

内乱？　って、戦争って事？　同じ国の人同士で？　やだ、王太子殿下、そんな危ない計画がわかったのなら、すぐに国王陛下にお報せしなくちゃ！

アデディエラ様も、同じ事を考えたらしい。

「それがわかって、何を悠長な事をしているのです！　すぐに陛下に――」

「母上。話には続きがあります」

「続き？」

「ええ。ムアンゾイド侯爵家は長い年月を掛けて、我が国に侵食、ギイド伯爵のような『手駒』を増やしていたようです」

「それが何か――」

「実は、手駒の殆どは、既に捕縛済みなのですよ」

「え？」

え？　どういう事？　アデディエラ様と三夫人も驚いて言葉が出ない状態だけれど、私も驚きすぎて言葉がありませんよ。

それに、冷静に考えたら、隣国の内乱と我が国の不正の繋がりが見えません。首を傾げていたら、王太子殿下が答えを教えてくれた。

「ムアンゾイドは我が国にも色々と手を伸ばしていますが、その裏では自国での王位奪取を目論んでいるようですね」

んん？　ギエネシェドンの王位を狙っているムアンゾイド侯爵が、何故セネリア王国にあれこれ仕掛けているのかしら。よくわからないわ。

「セーリャ、ムアンゾイド侯爵は、何故我が国に手を伸ばしているの？」

アデディエラ様も同じ疑問を持ったみたい。殿下に質問しているわ。

でも、殿下も明確な答えは持っていなかった。

「それは現在調査中です。結果がわかり次第、報告しますよ」

王太子殿下は、ちらりとこちらを見た。

「実は、ここにいるサーヤが倉庫で見つけた不正書類の中に、実に多くのムアンゾイド侯爵関連のものが紛れておりまして」

そうなの⁉

「他にも不正で捕縛し、尋問や秘密裏に家宅捜索をしたところ、多くのムアンゾイド側からの書簡や指令書が見つかりました」

「んまあ」

「ですので、ほぼ王宮内に構築されたムアンゾイド派は、駆逐出来たと思っていいでしょう。今まで、そのまとめ役だけが見つからなかったのですが、今回の内務省の一件でギイド伯爵がそれだとわかりました。証拠がそれを示しています」

知らなかった。あの倉庫で見つけた書類が、そんな結果に繋がっていたなんて。隣の弟を見ると、きょとんとした顔でこちらを見上げている。可愛い。

いやいや、可愛いだけじゃないのよ、うちの天使は。凄い「目」を持っているんだから。

「あなたのおかげよ、ウード」

「姉上？」

「あなたが倉庫で色々見つけてくれたから、我が国は隣国の悪い人達に踏みにじられずに済んだの。ウード、凄いわね」

私の言葉に、彼は最初訳がわからず首を捻っていたけれど、段々理解したらしく、丸い頬が赤く染まっていく。ああん、可愛いいいいいい。

とりあえず、アフレート卿が持ち込んだ書類は、緊急性がないという事で落ち着いたらしい。

ところで、そんな国家の中枢の話、私が聞いていいんでしょうか？

その後も、不正の証拠が見つかったのだから、これを使ってどうやって叔父を締め上げようかという計画を、何ともロイヤルな方々が一緒に考えてくれた。

「やはり、成人の儀に呼びつけるのが一番ではないか？」

「簡単に誘いに乗るかしら？」

王太子殿下の提案に、アデディエラ様が疑問を投げかける。それに答えたのは、殿下ではなくアフレート卿だった。

「呼びつけなくとも、噂をばらまけば食いつきますよ。どこそこでフェールナー伯爵家長女がこっそり成人の儀を受けようとしているとね。向こうはどうにかしてサーヤ嬢の身柄を取り戻したいはず。トンスガン男爵の件がありますから。ちなみに、トンスガン男爵の方は、フェールナー家のゴタゴタが済んだ後に取り潰しが決まりました」

「ええ!?」

アフレート卿の発言に、思わず驚く。男爵家が取り潰し？　確かあそこって、他国との交易で資産を築いた家だったんじゃ……あ。

「ええと、もしかして、トンスガン男爵の主な取引先とは……」

私の問いに、アフレート卿が大変いい笑顔で教えてくれた。

「ギエネシェドンのムアンゾイド家ですね」

やっぱりー。じゃあ、トンスガン男爵も、ムアンゾイド侯爵の手駒の一つって事？　どこまで手を伸ばしているのよ、その侯爵家。

うんざりしていたら、またしても別室の扉が乱暴に開けられた。

「大変です！　殿下‼」

入ってきたのは、先程アフレート卿と一緒に別室に向かった一人。そちらで不正書類の精査をしていたはず。

また何か、ヤバい内容の証拠書類でも見つかったのかしら？

「今度は何だ？　もう王都の手駒達は殆ど捕縛されたはずだぞ？」

「これは王都の問題ではありません！」

どういう事？　室内の空気が一瞬で引き締まった。

「敵の狙いは王都のみにあらず！　国境も狙われていました！　奴ら、ベナゼアッド辺境伯家の方々を、毒殺する計画を立てています！」

ガシャン、と、何かが割れる音が聞こえる。マンルール侯爵夫人が手にしていた、カップとソーサーが落ちて割れたのだ。

ベナゼアッド辺境伯家。そこは、ギエネシェドンとの国境を護る家であり、マンルール侯爵夫人の実家でもあった。

王宮は、上を下への大騒ぎだ。国境の護りの要、ベナゼアッド辺境伯家が狙われている。しかも、正攻法では勝てないと踏んだのか、辺境伯家を丸ごと毒殺する計画を立てたらしい。その計画書が、今日押収された書類の中から見つかったそう。

「すぐに辺境伯家へ連絡を！」

「今からでは間に合いません！」

「何としても、間に合わせろ！　馬の用意は⁉」

王都はセネリア王国の南東にあり、問題のベナゼアッド辺境伯家は北西の端にある。二点の距離は遠く、しかも途中で山越えの道があるんですって。

山を越えずに迂回すれば、山越えよりもうんと時間が掛かるんだとか。

馬も人も、長距離の移動の場合どうしても休憩が必要となる。各所に人を配置して、書簡だけの受け渡しならもう少し早くなるかもしれないけれど、そこは信用問題がね。

ただでさえ、王宮の奥深くまで「敵」の手が伸びていたんだもの。他にも潜んでいないとは限らない。

そうなると、殿下が信を置く人間を現地に送り込む事になるのだけれど。ここで距離の問題が出てくるという訳。

言いたくないけれど、詰んでない？　これ。

ただ、マンルール侯爵夫人の心情を考えると、とても口には出来ないわ。それに、殿下達は諦めていないもの。

私にも、何か出来る事があれば……ん？　私の袖を引っ張る、この感覚。

「ウード」

弟が、期待を込めた目で私を見上げてくる。これは。

「姉上なら、出来ると思う！」

ああ、天使の期待が重い。

私の洗浄は、基本目の前の「汚れ」を落とすもの。私はよく掃除で使っていた。

でも、王宮であれこれ洗浄した結果、私の異能は大分伸びたみたい。伸びたというか、成長した？　離れたところの、邪心を持つ者達……害意や殺意、妬《ねた》み嫉《そね》み恨みなどなど。

そんな心まで、「汚れ」と判定して綺麗に出来るようになった。

とはいえ、さすがに王都から辺境伯領までは、届かないのでは？

でも、ウードは期待している。姉である私が、颯爽《さっそう》と国の一大事を片付ける事を。これ、どうしたらいいのかしら。

悩んでいたら、殿下が私の様子に気付いた。

「どうした？　サーヤ」

「いえ……あの……」

「何かあるのなら、今のうちに言っておけ。これから、少し忙しくなる」

ぶっつけ本番、ここからベナゼアッド辺境伯領丸ごと洗浄させてください……とは、さすがに言い出せない。

ううう、どうしたら。

「姉上が、へんきょうはく……？　を助けるよ！」

あー、ウードが言っちゃったー。いや、悪くない、悪くないよ。あなたは本当にそう思っただけなんだよね。でも――

「いけません！」

びっくりした。意外な人から、駄目出しが来たんだけれど。でも、どうしてあなたがそんな事を仰るんですか？　マンルール侯爵夫人。

「侯爵夫人、落ち着いて――」

「これが落ち着いていられますか！　殿下もご存知でしょう⁉　八年前のあの悲劇を！」

アフレート卿の言葉も耳に入らない様子のマンルール夫人は、殿下達に食ってかかった。八年前？　悲劇？　何？　どういう事？

「あの、マンルール侯爵夫人」

一体、どういう事なんですか。聞こうとしたけれど、逆にマンルール侯爵夫人に肩を掴まれてしまった。

「いいですか、サーヤさん。あなたの浄化の力も万能ではないのです。その事を決して忘れてはいけません」

浄化？　いや、私の異能は【洗浄】ですよ？　どうして、殿下と同じ言い間違いをするのかしら。

あれ？　でも、誰もマンルール侯爵夫人の発言を、訂正しないんだけど。一体、どうなってるの？

訳がわからず、室内にいる人達を見回す私を余所に、アデディエラ様が殿下に静かに問うた。

「セーリャ。あなた、サーヤには自分が話すから、何も言うなと言いましたね？」

「はい……彼女が、成人の儀を終えたら、話す予定でした」

アデディエラ様と殿下は、一体何を言ってるの？　私に話すって、何を？

殿下の返答を聞いたアデディエラ様は重い溜息を吐くと、殿下に告げた。

「事情が変わりました。このままでは、サーヤは母君と同じ道を辿りかねません」

「え」

お母様？　どうしてここで、お母様の事が出てくるの？

私の肩を掴んでいたマンルール夫人が避けて、代わりにアデディエラ様が私の目の前にきた。

「サーヤ、落ち着いてよく聞いてちょうだい」

「母上！」

「お黙りなさい、セーリャ。これは、王家とフェールナー家の問題です」

今度は、家の話？　いやもう本当に、どういう事なんですか？

アデディエラ様に言い負かされた形の殿下は、とうとう口をつぐんだ。改めて、アデディエラ様が私に……私達に向き直る。

「サーヤ、あなたの家、フェールナー家の事は、どこまで知っていますか？」

「え？　我が家の事、ですか？」

いや、普通の伯爵家ではないの？　困惑していたら、アデディエラ様が溜息を吐かれた。

「そう……きちんと聞く前に、母君が亡くなられたのですね」

アデディエラ様が、一度言葉を切る。

「フェールナー家は、聖女の家系なのです」

「はい？」

せいじょ？　せいじょって、あの聖女ですか？　おとぎ話に出てくる、勇者と一緒に邪竜を倒したっていう、あの？

この国でも、有名なおとぎ話の一つに、勇者の冒険というものがある。

セネリア王国は、ずっと昔、大陸を統一していた古代帝国の一地方だった。その頃、人々を苦しめた邪竜を、一人の若者と、一人の少女が力を合わせて倒したというもの。

後に若者は勇者と称えられ、帝国の姫君と結婚する。少女は聖女と呼ばれ、新たな家を興したという、どこかで聞いた事があるようなおとぎ話。

混乱している私を余所に、アデディエラ様は話を続けた。

「聖女は勇者と共に闘い、この世界を邪神から救った伝説の存在です。ですが、勇者も聖女も、本当に存在したのですよ。そして、あなたの家、フェールナー家は聖女を始祖に持つ家なのです。サーヤ、あなたが洗浄と呼んでいるあの異能は、聖女の浄化なのですよ」

「えええええええ!?」

さすがに、これには声が出ますよ。だって、私の【洗浄】が聖女の【浄化】？　あ、そういえば、さっきマンルール侯爵夫人が、浄化って仰ってた。

じゃあ、三夫人方も、ご存知なの？

混乱する私に、アデディエラ様が続けた。

「そして、これから言う事をよく聞いてちょうだい。あなたの母君が早くに亡くなられた理由は、私達王家にあります」

「アデディエラ様、それは……」

マンルール侯爵夫人が咄嗟に止めたけれど、アデディエラ様は首を横に振って中断する意思のない事を示した。

「嘘偽りではありません。私は……私達は、フラーセアにとても酷い事を押しつけてしまった！　あれさえなければ、ユーヤサントもまだ生きていたはずなのに！」

アデディエラ様が出したフラーセアというのは、お母様の名前。そして、ユーヤサントはお父様の名前。

一体、王家はお父様とお母様に何をしたの？　ああ、考えがうまくまとまらない。

混乱する私の耳に、アフレート卿の声が響いた。

「サーヤ嬢、ここから先は、王妃陛下と殿下に代わり、私が話します。どうか、お気を強く持ってください」

私は、これから何を聞かされるというの？


私の家、フェールナー伯爵家は、始祖である聖女イスペノラが興した家。その当時、この辺りはまだセネリア王国ではなく、古代帝国の一部だったという。

その頃、世界は邪神の脅威に怯えていた。古代帝国が出来上がったのも、邪神に対抗すべく人々が団結したから。

「邪神ですか？　おとぎ話では、邪竜ですよね？」

私の質問に、アフレート卿は簡潔に答えてくれる。

「子供向けの話では、色々と変えているそうです。記録には、邪神とあるそうですよ」

そして、その邪神は勇者を中心とした討伐隊により無事討伐され、世界には平和が戻った。

イスペノラと勇者も、生きて故郷に帰ったそう。

世界を救った褒美が、一伯爵家というのは少々足りない気がするけれど、聖女イスペノラは庶民の生まれ。庶民が一挙に伯爵位に上るのだから、大したものだったらしいわ。

そうして出来たフェールナー家には、代々聖女の力を受け継ぐ人間が生まれるという。先代はお母様、今代は私と……弟。

「正直、ウード君にも聖女の力が顕現するのは珍しい事なんです。何せ、当代に聖女は一人のはずですから」

「あの、弟は男の子なんですが。それでも、聖女と呼ぶんですか？」

弟は天使だけれど、立派な男の子なのよ。私の質問に、隣でうんうん頷いているし。

アフレート卿は、そんな私達を見て目元を緩ませた。

「男性の場合、聖人と呼ぶ事が殆どのようですね。ですが、力の分類的には始祖である聖女イスペノラに敬意を表して『聖女の力』と呼ぶのです」

なるほど、性別は関係ないのね。

「さて、ではそろそろ本題ですね。サーヤ嬢の母君、フラーセア夫人に関する事です」

「……はい」

何故、母が早死にしたのか。どうして、私の治癒は効果がなかったのか。

「まず、フラーセア夫人の死因について、話しておきましょう。死因は聖女の力の使いすぎです」

「力の、使いすぎ？」

アフレート卿の言葉を聞いた途端、右手を強く掴まれた。ウードだ。こちらを見上げる目は、心配と、そして恐怖に染まっている。

「聖女の力は、本人の許容量を超える程使うと、死に至るそうです。サーヤ嬢、あなたも、北宮を浄化した際、倒れたでしょう？」

「あ！」

あれか！　私は慌てて右隣に座る弟を見る。そうか、この子のこの恐怖心。これは、私を亡くす事へのものだったんだわ。この子は敏いから、きっと周囲から教えられなくても、私の命が危なかった事を悟ったのね。

私達の家族は、もうお互いだけ。特に弟にとって、私は姉であると同時に保護者だもの。私がうっかりと死に至ってしまったら、弟を一人この世界に残していく事になるんだわ。

私はウードをぎゅっと抱きしめた。

「大丈夫。どこにもいかないよ」

「本当？」

「ええ」

北宮の浄化の後、私の異能は確実に強くなっている。お母様のそれがどうだったかは、もうわからないけれど、多分、私の方がお母様より聖女としての力が強いんじゃないかしら。

あれよ、先祖返りってやつ。……多分。

「話の腰を折ってしまって申し訳ありません。続きを」

「わかりました」

アフレート卿が語ったのは、お母様が何故限界を超えて力を使ったか。何と、原因はあの大盗賊団にあったという。

彼等は呪術を使うので、通常の騎士団では討伐が難しかったんですって。そこで、王都からお母様が派遣される事になったそうよ。そして、お母様の護衛としてお父様も同行した。

アフレート卿が、落ちかけた眼鏡のフレームを指先で持ち上げる。

「フラーセア夫人には、広域で浄化の力をお使いいただく為に参加していただいたと、聞いています」

聖女の浄化なら、呪術も打ち消せる。それは、北宮で私自身が実証して見せた。

「作戦は成功しました。呪術で呪われた土地や人も、フラーセア夫人の力のおかげで助かったのです。ですが、土地の者になりすまして、盗賊団の一味が派遣軍の近くにいたそうです。その者が、フラーセア夫人を狙い、結果夫人を庇ったユーヤサント卿を殺害しました」

お父様は、お母様を庇う形で亡くなったのね。子供の私の目から見ても、夫婦仲がよかったから。お父様としては、お母様に生きて欲しかったんでしょう。

私達としては、お父様にも生きていてほしかったのだけれど。改めて聞くと、大変腹立たしい話ね。お母様を狙った結果、お父様を殺した敵は、いつか見つけて完全浄化してくれる！

「ちなみに、実行犯はその場で処罰されています」

なんだ。私は、両親の敵を討てないのね。とはいえ、私に攻撃スキルはないし、魔法もない。あるのは【洗浄】と思っていた【浄化】と、【治癒】のみ。

あれ？　聖女って、【回復魔法】も使うイメージなんだけど、私の場合は【治癒】よね？

これはどうなってるのかしら。

あら、まだ話は続いていたわ。

「盗賊討伐をフラーセア夫人に命じたのは王家です。ですが、場所が場所でしたから、あのまま泥沼の討伐になるのはどうしても避けねばならなかった！　それだけは、ご理解ください」

ベナゼアッド辺境伯領は、国境の要。そこががたついたら、隣国ギエネシェドンが攻め入ってくるかもしれない。

そう考えると、使える手は全て使って短期間に終わらせたいと考えるのはわかる。わかるけれど、感情が追いつかないわ。

お父様が生きていてくださったら。お母様が生きていてくださったら。きっと私達は普通の貴族家の子供のように、幸せに暮らしていた事でしょう。

それを奪った王家が憎い……とは言い切れないけれど、でも複雑なのは確か。

「サーヤ嬢。こういう理由から、王妃陛下はあなたが辺境伯領に向かうのを止められたのです。力の使いすぎは、寿命を縮めます。どうか、ご留意を」

そうだった。どうしてこの話の流れになったかといえば、私が辺境伯領に浄化の力を使うとウードが言ったからだわ。

でも、このままベナゼアッド辺境伯領を見捨てていいの？　逆に考えると、お父様とお母様が命を賭けて護った場所よ？

それに、辺境伯領を護るという事は、セネリア王国を護るという事。きっと、お父様もお母様も、私達の事を考えて命令を受け入れたんだわ。

私達が、健やかに育つようにと。

だったら、私が二人のその願いを踏みにじってはいけない。このままベナゼアッド辺境伯領を見捨てたら、きっとこの先私は心から笑う事が出来ないもの。

それは、ウードも同じだと思う。自分が望んで私に頼んだのに、私の命を優先して辺境伯領を見捨てたという傷は、一生あの子の心に残る。

そんなの、健やかとは言わないわ。

「色々とわかりました。話してくださった事、感謝します」

「サーヤ……」

アデディエラ様も王太子殿下も、微妙な表情ね。ほっとしたような、残念なような。

「話を聞いて、ますますベナゼアッド辺境伯領を助けなくてはと思います！」

「はあ⁉」

あら、一番驚いて声を出したのは、アフレート卿だわ。

「サーヤ嬢！　本当に今の話をきちんと聞いていたのですか⁉」

「もちろんです！　だからこそ、私は両親の遺志を継ぎ、セネリア王国を護らなくては！　その為にも、ベナゼアッド辺境伯領を毒殺から護るべきなんです！」

それに、もう遅い。私は自分の中の力の高まりを感じている。きっと、これはお父様、お母様も「やっちゃえ！」と天国から背中を押してくれてるんだわ。

うん、私が覚えている両親って、そういう性格なのよね。私は、ゆっくり目を閉じた。

「サーヤ！」

殿下が驚いたように叫んでいる。ああ、私の体が金色に光っているのね。この光は、きっとベナゼアッドまで届くはず。

誰も、毒で死にませんように。毒が全て消え去りますように。ついでに、悪い部分があったら、全て治りますように。最後のは、ちょっとしたおまじない程度。

でも、ああ。手応えは感じるわ。これで、きっとベナゼアッド辺境領は大丈夫。

その日、私はやっぱり倒れたんだけれど、小一時間寝ていただけ。目が覚めたら酷く空腹で、心配した殿下達を呆れさせた。

ご褒美にとアデディエラ様が用意してくださった焼き菓子、美味しかったなー。

私がベナゼアッド辺境伯領へ向けて浄化の力を使ってから、約六日後。王宮にある報せが届いた。

「ベナゼアッド辺境伯領からの報せが届きました！」

マーバル卿が、東宮にある王太子殿下の執務室の扉を勢いよく開けて入ってくる。その手には、メモのような小さな紙切れ。

「何と言ってきた⁉」

殿下が勢い込んで問うと、マーバル卿はまだ肩で息をする状態で報告する。

「ベナゼアッド辺境伯コードス卿は無事！　嫡男ザーント卿並びに令夫人、ご家族皆健やかとの事です！」

無事！　よかった！　マンルール侯爵夫人も、これで安心するでしょう。

あら？　マーバル卿からの報告は、まだ続くみたい。

「それと、領内に潜伏していた不審者達を捕縛したそうです。護送車にて、王都へ送り出したとの事」

「ほう」

嫌ですよ、殿下。何だかお尻から黒い尻尾が伸びているような笑い方なんですけど。そんなお腹真っ黒な笑みを浮かべる方とは、お近づきになりたくないわねー。

「ねー？」

「ねー」

わかっていない弟は、それでも私に合わせてくれる。笑顔で私と同じ方向に首を傾げた。ああ、本当にいい子。


ベナゼアッド辺境伯領では、辺境伯家の方々を毒殺した後、領内で反乱を起こす準備が進められていたよう。それも、五月雨式に届く報告に書かれていたんですって。

それらに目を通しながら、アフレート卿が重い溜息を吐いた。

「どうやら、八年前の事も、あの家が絡んでいるようです」

「何だと？」

八年前……思わず、私も耳をそばだててしまうわ。だって、それって、お父様、お母様が犠牲になった大盗賊団に関わる話ではないの？

だったら、私にも関係があるわよね。本日のウードは私の膝の間に座っている。きょとんとこちらを見上げているから、ちょっとその可愛い耳を塞いでおこうかしら。

まだ弟に聞かせるには、早いと思うのよ。

「あの大盗賊団の裏に、ムアンゾイド侯爵がいたとはな……」

殿下が苦い顔で吐き出す。マーバル卿も頷いていた。

一当時から、盗賊にしては統率が取れすぎていると噂にはなっていたようですね」

「ああ、当時はどこぞの軍から大量に脱走した兵士達だろうとは言われていたが……結局、身元がわかるものは何も見つからなかったそうだ」

どこぞって。場所から考えても、ギエネシェドンしかありませんよねー。ベナセアッド辺境伯領と国境を接しているのは、ギエネシェドンだけだもの。

「殿下の仰る通りです。ですが、今回は不意打ちだったせいか、たっぷり証拠が残っている状態ですよ。サーヤ嬢に感謝しなくては」

それはいいんですが、殿下とアフレート卿、揃ってお腹真っ黒な笑みを浮かべるの、やめてくださる？

ドン引き寸前の笑い方をしている二人は、いきなりいつものトーンに戻って何やら話し合っている。

「捕縛された連中が王都に到着するには、まだ日数が掛かるか？」

「人数が人数ですからね。護送車の隊列も、大分伸びていると聞いています」

「隊列が伸びれば、速度が落ちる。横から襲撃されないよう、注意させなくては」

「早馬を出して、注意喚起しておきましょう」

何やらまた怖い事を。辺境伯領から王都までの間に、敵が出てくるなんて事、本当にあるのかしら?

もしそうだとしたら、ギエネシェドン……いえ、ムアンゾイド侯爵の手が、それだけこの国に伸びているって事になるのでは?


護送車を待っている間にも、刻一刻と迫ってくるものがあるのを、忘れてはいけない。

そう、私の成人の儀が、もう目の前なのですよ!

「まだ何にも片付いていないのにいいいいいいい!」

ただいま、成人の儀のドレスの仮縫い中です。何と、アデディエラ様ご贔屓《ひいき》の仕立屋が、儀式のドレスを手がけてくれる事になりました!

でも、心配事が残っている今は、素直にドレス作成を楽しめないのよおおおお。

私の雄叫びを聞いても、淡々と仮縫いを進めるスタッフはさすがです。こういうの、慣れているのかしら。

「サーヤさんの成人の儀は、王都の大聖堂で行う事が決まりましたよ。国内最高峰の聖堂ですね」

また重いところを! とはいえ、嬉しそうに伝えてくださるマンルール侯爵夫人に、そんな事は言えない。

マンルール侯爵夫人にとって、私は実父と実兄、その家族を救った恩人という立場。これに加えて、ご自身が仕える王妃アデディエラ様も救った事になるので、感謝が積み増してる状態だそう。

おかげで、何くれとなくお世話をしてくださるのですよ。侯爵夫人にあれこれ世話を焼いてもらうのは、本当に心苦しいばかりなのですが。

それを伝えても、「この程度、ほんのお礼の気持ちばかりですよ」と言われてしまっては、もう何も言い返せませんて。

私が成人の儀の支度にてんやわんや状態の間も、殿下達はベナゼアッド辺境伯領で起こるはずだった内乱の件を調べているそう。

あともう少しで全貌《ぜんぼう》がわかりそうなんだとか。それはいいんですが、そういうのは、私に報告してくださらなくてもいいんですよ？　ぜひ、お仲間だけで話を進めてください。

というか、国家機密を私に漏らさないでえええええええ。

本日分の仮縫いが終わり、いつものように東宮、殿下の執務室に向かうと、殿下、アフレート卿、マーバル卿に加えて、アフレート卿の部下の方が数人いる。

大人の男性に囲まれた中、私の弟は殿下の執務机の前に設えられたソファセットで、おとなしく待っていてくれた。

「姉上！」

私の姿を見つけて、嬉しそうに駆け寄ってくる。ああ、何て可愛いの、うちの天使は。

「待たせてしまったわね」

「ううん、平気。あのね、殿下がね、色々なお話を聞かせてくれたんだよ」

「まあ、そうなの？　では、殿下にお礼を言わなくては」

ふっふっふ、殿下もうちの天使の可愛さにやられましたね？　でも、この子はあげませんよ？　私の天使なんですから。

「……サーヤ、その不気味な笑みはすぐにやめろ。見ていて寒気がするぞ」

「失礼ですね。不気味な笑みなど浮かべてませんよ！」

殿下はデリカシーに欠けるのが欠点ですね！

私が今も東宮の殿下の元へ通っているのは、まだ王宮内で洗浄……じゃなくて、浄化するべき場所があるから。浄化って呼ぶの、まだ慣れないわ。

ついこの間までは、中央宮を浄化して回っていたの。あそこも内務省を内包するだけあって、広いのよねえ。内務省以外にも、典礼省や王宮裁判所もここにあるそう。

なので、一回で終わらせず、複数回に区切って浄化しました。おかげで、ウードも太鼓判を押す程の綺麗さよ。

残るは西宮。国王陛下の執務室及び私室がある宮殿だ。王太子殿下に兄弟がいた場合、第二王子以下も七歳を超えるとこの西宮に入るそうよ。

王太子殿下だけ東宮でハブかよ?と思わなくもないけれど、西宮にいても父王との交流はほぼないのだとか。王族って、冷たい家庭環境なのね。

私が東宮に通っているのは、国王陛下の予定を見つつ、西宮の浄化の時期を見計らっているから。もっとも、それを決めるのは私ではなく、王太子殿下や国王陛下ご自身なのだけれど。

試しに、一度ウードを連れて西宮を外側から見た事がある。見事に汚かったそうです。そんな場所、いつまでも放置していていいのかしら?

国王陛下の許可を得ずとも、外側から強制的に浄化するという手も、ない訳ではない。でも、それをやって中で大量の人が倒れたりした日には、目も当てられないから。

国のあれこれが麻痺《まひ》してしまい、その責任を取らされる事になりかねないのでね。それに、西宮は北宮、内務省よりも大きい。中央宮と同じくらいの広さかしら。

そんな場所をいっぺんに浄化したりしたら、多分また倒れそうな気がするのよね。だから、やらない。

私が倒れたら、弟が悲しむもの。この子に辛い思いをさせたくないわ。

「姉上?」

「何でもないわ。ウード、大好き」

「僕も、姉上が大好き!」

うふふ、私達、大好き同士ねー。何か周囲から生温い視線と呆れた視線を感じるけれど、気にしたら負けだって誰かに聞いた！　誰かは知らないわ。

殿下達が調べている中で、あるはずなのに、どうしても見つからない書簡があるという。

「それを私に聞かせてどうするつもりなんですか？　王太子殿下」

「なに、浄化で見つかりはしないかと思ってな」

無茶を仰る。そういうのは私より弟の方が得意なんですよ。

おっと、こんな事を言っては駄目駄目。下手な事を口にしたら、ウードまで王太子殿下達にいいように使われてしまうじゃないの。

いや、もう手遅れとは感じるのだけれど。

とりあえず、出来ない事は言っておかなくては。

「浄化はそこまで万能な能力ではありませんよ」

「さすがに無理か」

その通りでーす。なので、諦めてくださーい。

「ちなみに、どんな書簡か知りたくはないか？」

「余計な事を知るとろくな事にならない事は実感しておりますので、聞きたくありません」

「賢明だな。だが、これはサーヤにも関わりのある事だぞ？」

「はい？」

何ですと？

「母上に呪術を使った実行犯と、指示を出した者、更にその裏にいる黒幕、それらを結ぶ書簡があるはずなのだ」

なるほど。アデディエラ様を呪術から救ったのは私だし、確かに関係あるかも？　でも、薄くないですかね？

「今、関係は薄いと思っただろう？」

「え⁉」

何故わかるの⁉　驚いていると、殿下が笑った。

「ははは、顔に出ているぞ」

うぬう。からかったんですね。やっぱり、殿下はデリカシーが足りないわ！

「そう睨むな。母上の件、音の正体が判明した」

「え……それって」

アデディエラ様に浄化と治癒を使った時に聞いた、パキンという軽い音の事ですよね？

「ギエネシェドン特有の、ある魔法に由来する」

「魔法？」

じゃあ、アデディエラ様には、魔法が掛けられていたって事よね？　でも、王宮って悪意のある魔法は弾く仕掛けが施してあるんじゃなかったかしら。

その事を確認すると、殿下がゆっくりと頷く。

「その通りだ。だが、ここで先に母上に使われていた呪術が出てくる」

「どういう事ですか？」

「あの呪術で、王宮に仕掛けられた魔法を弾く術式に目くらましを掛けていたんだ。ちなみに、呪術もギエネシェドンのものだった」

何ですって⁉

「二重三重に、母上の命を狙う仕掛けがされていたという訳だな」

静かなのに、殿下の声には凄みがある。思わず背筋が寒くなってしまったわよ。

「ギエネシェドンが後ろにいる以上、ムアンゾイド侯爵が黒幕だ。そして、奴と繋がっている国内の貴族を束ねているのが」

「……ギイド伯爵」

あの不健康そうな、戸籍部署の室長が。こんな大それた事をしでかすなんて。

「証拠は出ていないが、我々はそう睨んでいる。奴にはムアンゾイド侯爵からの指令書となる書簡が届いているはずなんだ。だが、見つからない」

「処分した、という事はないんですか？」

「ない。ギイド伯爵は小心者だ。そういう奴が大きな事に手を染める以上、保証は確保しておくだろう」

「それが、書簡……」

「それがあれば、自分は命令されただけだと証明出来る。ただし、見つかれば国を裏切った証拠になるがな」

どっちにしても、詰んでませんかね？　それ。

「ギイド伯爵の自宅は、探せないんですか？」

「いや、既に捜索済みだ。内務省で見つかった不正の証拠だけで、十分捕縛出来る内容ではある。ただ、それはあくまで国内向けだ。ムアンゾイド侯爵との繋がりが立証出来なければ、ギエネシェドンに責任追及が出来ない」

捜索済みという事は、ギイド伯爵の自宅にはなかったという事よね。じゃあ、保険になる証拠を、どこに隠したか。

多分、ギイド伯爵の自宅は徹底的に調べられたのだろうし、ギイド伯爵家はうちと一緒で領地を持たない貴族家。領地の領主館に隠すという手は使えない。

なら、信頼している人間に預けるとか？　でも、あの人、他人を信頼したりするのかしら？

「どうかしたか？　サーヤ」

「いえ、自宅に隠せないものなら、信頼する人に託す手もあるかと思うのですが、ギイド伯爵にそういう相手、いますか？」

「いないな。ちなみに、現在ギイド伯爵の行方はわかっていない。潜伏先にでも隠しているのかもしれないが」

やっぱりいないんだ。となると、言う事を聞かせられる相手、いくらでも伯爵が強く出られる相手とか？

「あ！」

「ど、どうした？」

「一箇所、心当たりがあります！」

「何!?」

ただ、これで間違っていたら、事だよねえ。

「サーヤ、心当たりとは、どこだ？」

でも、殿下の雰囲気から、答えないという選択肢は選べない。もう本当、口を滑らせるんじゃなかったわ。

どうか、間違っていませんように。

「その、我が家、です」

「はあ？」

私の答えに、殿下が素っ頓狂な声を上げた。ちょっと笑ったのは、許してほしい。

現在、フェールナー家は後見人である叔父、カムドン一家に占拠されてしまっている。特に日中は叔父の妻と娘が在宅しているので、乗り込んで家宅捜索なんて出来る訳がない。

一応、あの邸宅の正式な持ち主は私かウードになるんだけれど、現在は成人していないので後見人の力の方が強いのだ。

「この制度も、考えものだな」

執務室でこぼす殿下に、心の底から同意します。本当に、見直していただきたい。

とはいえ、心ある後見人が付けば、子供を食い物にしようとする大人達からきちんと護ってくれると思うの。そういう意味では、いい制度なんだけど。

叔父のように、子供を食い物にしようとする大人そのものが後見人についちゃったら、逃げ場がないものね。そのあたりは、もう少し制度を見直してほしいわー。

それはともかく、フェールナー家へ押し入る……じゃないわね、強制捜査をする手段よ。邸に誰かが残っているままだと、やりづらいと思うのよね。

それを考えると、叔父一家は邸の外に引っ張り出しておかないと。

私の提案に、殿下も納得してくれた。

「カムドンはおびき寄せればいい。問題は、妻と娘か」

悩む殿下に、アフレート卿が提案する。

「そちらも、何か理由を作っておびき出しますか？」

「うむ……」

殿下にも、いいアイデアがないらしい。

あの叔父の妻と娘は、現在引きこもりのような生活をしているという。雑用を全部私に押しつけていたから、今となっては自分達だけでドレスの着付けが出来ないんでしょう。自業自得だわ。

もっとも、着付けが出来たってあの二人が出掛ける先なんてないんだけれど。だって、お茶会にすら呼ばれないのよ？　社交の場になんて、出ていけるものですか。

彼女達は虚栄心と承認欲求の塊で、常に自分達が注目されていないと気が済まない。それらが満たされないと、癇癪を起こして人やものに当たる。

伯爵家の後見人の妻と娘という立場では、彼女達が思い描くような生活は出来なかったらしい。何度物を投げつけられたり暴力を振るわれたりしたかわからないくらい。

しかも、叔父の妻の方は身分に強いコンプレックスを持っていたらしく、よく「伯爵家の娘といったって、今じゃあたしらの使用人なんだからね！」とせせら笑っていた。

自分より身分が上の私を踏みつける事で、自分のプライドを満足させていたんじゃないかしら。

それはともかく。ここで重要なのは、あの二人は虚栄心と承認欲求の塊だという事。なら、おびき出すにはそこをくすぐってやればいい。

「ちょっとした提案なのですが」

「何だ？」

声を上げたら、殿下が答えてくれた。

「叔父の妻と娘をおびき出すのに、どこかの貴婦人にお願いして、茶会を催してもらうのはどうでしょう？　で、そこに二人を招待するというのはいかがですか？」

「茶会か……だが、そんな手に引っかかる相手なのか？」

まあ、普通は見え見えの手と思うわよね。でも、あの二人に関しては、多分引っかかると思うのよ。単純だから。

「開催する方の身分を、うんと高くしておけば十分引っかかります。何せ彼女達は騎士爵家の人間。それが夫である叔父がフェールナー伯爵家の後見人の座についた事で、浮かれまくってました」

「なるほど。俗物なのだな」

殿下がばっさりきったー。

話を聞いていたアフレート卿が、とんでもない事を言い出す。

「ですが、俗物なら確かに罠《わな》にかけるのは楽でしょう。いっそ、王妃陛下の周辺の方にお願いしますか？」

待って。何故そこでアデディエラ様⁉　いや、確かに国内最高位の女性ですけれど！

慌てる私の隣で、マーバル卿までいい笑顔で怖い事を言い出した。

「なら、マンルール侯爵夫人はどうですか？　殿下。侯爵夫人は、サーヤ嬢に恩を返したくてうずうずしてらっしゃるようですから」

「そうか。よし、その手でいこう」

えええええ。殿下が了承しちゃったわよ。本当に、マンルール侯爵夫人がお茶会開いて、あの二人をおびき寄せるんだ。

あまりにも簡単に話が進んでいくから、逆に怖いわ。何か、落とし穴がありそうで。

準備は着々と進んでいく。フェールナー家の捜索には、ウードが参加する事が決まりました。

「姉上、僕、頑張る！」

両手の拳を握って、やる気を見せる天使が可愛いいいいいいいい。

「危ない事はしないようにね。何かおかしな事があったら、周囲の方々を頼るのですよ？」

「はい」

ウードはちゃんと、自分に出来る事と出来ない事をわかっている。年齢を考えると、ちょっと成長が早い気もするけれど。

もしかしたら、幼い頃から苦労をしているから、精神的な成長が促されたのかもしれないわね。あまり、いい事ではないわ。

もっと、子供らしい時間を伸び伸びと過ごしてほしかったのに。今更ね。

フェールナー家の捜索は、私の成人の儀の日に行われる。そして、その日付は色々な手段で叔父の耳に届くようにしてもらった。

こうしておけば、必ずあの叔父がやってくるから。罠が待っているとも知らずに。

叔父の後見人申請の書類が偽造に近いものであった事から、既に後見人の役は解かれている。

書類上、我が家は現在「後見人なし」の状態だ。

でも、それは公表されていない。なので、叔父も、叔父の不正に荷担したギイド伯爵も、それを知らない状態だ。

ギイド伯爵の行方は、まだわかっていない。

王太子殿下曰く「王都は出ていないはず」ですって。どうしてそう言い切れるのかは、聞かないでおいた。好奇心に任せて余計な事を聞くと、後々悔やみそうなんだもの。

後から悔やむから後悔。好奇心は猫を殺す。このあたりの言葉は、胸に刻んでおきましょう。

私の成人の儀は、じりじりと近づいてきている。

「サーヤさんの成人の儀に参加出来ないなんて！　ボウォート騎士爵夫人とその娘には、存分に痛い目に遭《あ》ってもらいましょう」

マンルール侯爵夫人が、地獄の底から響くような声で怖い事を言っているのですが。

「お、お手柔らかに」

思わず口から漏れ出た言葉に反応したのは、マンルール侯爵夫人本人だ。

「甘い！　甘すぎですよ！　サーヤさん！」

「は、はい！」

「いいですか？　敵は潰せる時に全力で潰すべきです。手加減など不要！　半端な情けは後日災いとなってあなたを襲うでしょう」

「わ、わかりました！　全力で事に当たらせていただきます！　マンルール侯爵夫人も、ご武運を！」

「ありがとう。サーヤさんも、気合いを入れてくださいね」

あれー？　これって、闘いか何かの話だったっけ？　侯爵夫人が、叔父の妻と娘をお茶会に招待という体でおびき出すってだけのはず。

内心首を傾げる私を余所に、殿下とマンルール侯爵夫人の話は進んでいく。

「マンルール侯爵夫人、茶会の場所は決まったのか？」

「ええ。奴らが決して足を踏み入れる事が出来ず、かつ警備が完璧な場所を選びました」

「ほう。で、それはどこか？」

「北宮の庭園にございます」

ぶっふぉおおおおおお！　飲んでたお茶を吹いた！

「まあ、サーヤさん、はしたないですよ？」

「汚いなあ。ちゃんと顔と手を拭いておけよ？」

浄化を使うからすぐに綺麗になりますよ。じゃなくて、何しれっとしてんですか！　北宮って言ったら、王妃陛下が住まう宮。貴婦人でも、選ばれた人しか入れない場所ですよ！

そんな宮殿の庭に、あの二人を⁉

慌てる余り、言葉遣いがおかしくなりつつも訴える私に、殿下もマンルール侯爵夫人も、生温い視線を向けてくる。

「サーヤ、だからこそ効果があるんだぞ？」

「心配には及びませんよ、サーヤさん。アデディエラ様の許可は、ちゃんと取ってあります」

そういう問題じゃありませんよおおおおおおお。


私の雄叫び虚しく、時間は刻一刻と過ぎていく。

成人の儀のドレスも仕上がり、アクセサリー類も調った。私の瞳の色から、琥珀を多く使っている。髪留め、ネックレス、イヤリング、ブレスレット、指輪。

これ、全部アデディエラ様からの贈り物だそう。畏れ多い。全て輸入ものだから、セネリアでは割とお高い石なのに。

そのアデディエラ様は、北宮の居間にて三夫人と一緒に何やら楽しくお喋りの真っ最中。

「成人の儀ですから、髪型は若々しく流しましょう」

「そうね。一部編み込んで、そこに髪留めを使えばいいわ」

「ドレスは慣例通り白ですから、琥珀は映えますね」

「本当に。間に合ってよかったわ」

おしゃべりというか、数日後に迫った成人の儀の為のあれこれを検討中。私は既にお人形状態です。流行の髪型とか、飾りの付け方なんて、わからないもの。

もう、どうとでもなーれ。

遠い目になる私を余所に、マンルール侯爵夫人は不満を口にした。

「当日、着飾ったサーヤさんを、私だけが見られないなんて。大変悔しく思います」

「まあまあ、そんなにふてくされないで。あなたの分まで、私達がしっかりお祝いしてきますからね」

なんと恐ろしい事に、私の成人の儀にはアデディエラ様とヒューベック侯爵夫人、レモガン伯爵夫人が出席なさるという。何という豪華ゲスト。

そのヒューベック侯爵夫人達は、叔父の妻と娘をおびき出す為の罠を仕掛けるマンルール夫人を宥めている。

「愚か者共を罰する機会を与えられたのは、マンルール侯爵夫人だけではありませんか」

「そうですとも。たとえサーヤさんの晴れ姿が見られなくとも、それはそれで立派なお役目です」

あれ？　ヒューベック侯爵夫人もレモガン伯爵夫人も、何だか楽しそうですよ？

「あなた達……そこまで言うのなら、立場を代わってさしあげてよ？」

「いえいえ、これはマンルール侯爵夫人にしか出来ないお仕事ですもの」

「私達は、アデディエラ様と共に、しっかりサーヤさんの成人を祝ってきますわ」

「ぐぬぬ」

ヒューベック侯爵夫人とレモガン伯爵夫人によるマンルール侯爵夫人虐めと捉えられそうだけれど、これは仲間内だからこそ出来るお遊びのような言い合いね。それだけ、三人の仲がいいという事なんでしょう。

ちょっと、うらやましいかも。

# 第七章

そして、とうとうやってきました成人の儀本番。王都の大聖堂までは、馬車で行く。既に成人の儀のドレスを着付けてるから、歩いては行けないもの。

それはいいんだけれど。

同じ馬車に、王太子殿下が乗っている。今の殿下の格好は、最初に王宮で会った時のもの。つまり、騎士の格好だ。髪の色も瞳の色も変えているので、パッと見王太子殿下だとは気付かれない。

その殿下、こちらをちらりと見た途端、視線を明後日の方向に飛ばしてしまった。気のせいか、耳が赤くありませんか？

じっと殿下を見ていたら、ちらりとこちらに視線を戻した。

「……似合っている」

「はい？」

「その、衣装だ。よく、似合っている」

「あ、ありがとうございます……」

やだわ、普段の殿下とは違う感じで、ちょっとびっくりしちゃう。殿下はもっとこう、デリカシーのない感じで、全体的に残念でないと。決して悪口ではない。素直な感想というやつです。

本日のドレスは、採寸の時から、アデディエラ様が細かく注文を入れて作らせた一品です。髪も、綺麗に調えられて、少し前までのボサボサ髪が嘘のよう。アデディエラ様がお使いになる髪油って、凄い効果があるのねえ。ふわっふわのツヤッツヤなのよ。

肌もそう！　やっぱりお高い化粧品は違うわねえ。つるっつるのすべっすべなんだもの。自分の肌じゃないみたい。いや、異能でいつでもつるつるすべすべを維持出来ますが。それとこれとは別。

ともかく！　今日の私はいつもと違う！　とてもお金と手間をかけた、ある意味北宮付きのメイドさん達の最高傑作なのよ！

まあ、素材がショボいのは、見逃していただきたいところね。今だけの若さというアドバンテージで、少しは下駄を履けてるかなって感じ。

馬車は、何事もなく王宮を出て、通りを進み、大聖堂に到着した。意外だわ。てっきり叔父が襲撃を計画しているかと思ったのに。

ほっとしていたら、殿下がこそっと耳打ちしてきた。

「襲撃されると思ったか？」

「え⁉」

やだ、口から考えが出てる？　慌てていると、殿下が笑った。もー、からかったんですか⁉

「サーヤは表情が読みやすいな。安心しろ、ここまでの警備は万全だ。それに……」

「それに？」

「もう、向こうは罠に掛かっている」

そう告げて笑った殿下の顔は、ちょっと怖かった。


王太子殿下にエスコートされて、大聖堂に入るという、この先一生お目にかかれないだろうシチュエーションを、ただいま体験している最中です。

石造りの荘厳な大聖堂には、静かな空気が満ちている。高い場所にある窓から入る光、大きな柱に支えられた高い天井。前世で見たゴシック様式の教会を思い出す。

大聖堂の中は、人がいない。今日は、王宮の貸し切りだって聞いたわ。豪勢な事で。

もっとも、何か起こった時に庶民を巻き添えにしない為という、ちゃんとした理由がある。大聖堂には、王都の人もたくさん参拝に来るもの。

そんな中、チャンバラやったら死傷者が出かねないわ。

そう、今日、この大聖堂は捕り物の舞台になるのだ。私の成人の儀そのものが、叔父を釣り上げる餌であり、この場全てが罠。

最初、偽の情報を流して捕まえてはどうかと、王太子殿下にもアデディエラ様にも提案されたのだけれど、あの叔父は、ほんの少しの違いを嗅ぎ分けると思うのよ。

理由は、小心者だから！　決して勘がいいとか、生存本能が強いとかではないの。ただひたすら臆病で、怖がりな小物なのよ！

ともかく、本当に成人の儀を餌にしない限り、叔父は巣から出てこない。ならば、やるしかないでしょう！　私の可愛い弟の為にも、ここであのガンをきっちり排除しておかなくては！

殿下にエスコートされるまま、参列者がほぼいない大聖堂の中央を進む。実は、アデディエラ様達が今日参列するというのは偽情報。

何でわざわざそんな事をするのかといえば、殿下の周囲にギイド伯爵の手の者が入り込んでいる可能性があるから。そんなところまで考えなきゃいけないなんてね。

アデディエラ様達は、大聖堂に入ってからそのまま裏口から抜け出て、馬車で王宮へ戻っている。このままここにいたら、危険だもの。

その為、身廓内には誰もいない。本来の成人の儀は、親族や親しい友達、付き合いのある方々を招いてやるものなんだけど。

もっとも、うちは家同士の付き合いというものが、ほぼない。お父様とお母様が生きてらした頃は、それなりに付き合いもあったんじゃないかと思うのだけれど。

今日は、祖父母や伯父夫婦ですら、招待する訳にはいかない。事情を説明し、納得してもらっている。

とはいえ、やっぱり色々と思うところがあるのよ。だって、一生に一度の成人の儀だもの。前世の成人式よりも、ずっと重いものなのよ？　どちらかというと、結婚式くらい。それを、こんな形で消費するなんて。いえ、これも自分で決めた事！　くよくよしていられないわ！

それに気付いたのは、大聖堂の祭壇まであと数歩という時だった。

「いるぞ」

隣の殿下が、私の耳元に囁く。それは、傍から見たら緊張している新成人を励ましているように見えたんじゃないかしら。

殿下が囁いてすぐ、大聖堂の側廊、その柱の陰から黒ずくめの男達が躍り出た。ちょっと！　祭壇には大司教様もいらっしゃるのに！　あ！　大司教様が、人質に取られちゃった！

黒ずくめの男達は、手に剣を持っている。

「控えよ！　ここをどこだと心得る⁉　大司教座がある大聖堂だぞ！　神の御前で、悪事を働くか！」

ええええ。殿下、あんな悪党共にそんな綺麗事を言っても、通用する訳ないですよ！　でも、ここでそんな事言えない。騎士の振りをした王太子殿下の背中に護られながら、黒ずくめと対峙《たいじ》していると、側廊の奥から新たな人影が！　あれは……叔父！

それに、もう一人。何故、と問うのは今更なのかしら。

「ボウォート騎士爵に、ギイド伯爵か」

殿下の言葉に、叔父がニタリと笑う。

「ほう？　一介の騎士風情が、私の事を知っているとはな」

いや、あんたも一介の騎士風情でしょうに。しかも、こっちは殿下の騎士コスプレ、あっちは入り婿の騎士爵家当主。殿下の方が完全に上だわ！

「こいつらも、お前達の差し金か？」

殿下の言葉に、叔父が眉をひそめる。

「口の利き方に気を付けろ！　私はもうじきフェールルナー伯爵になる身だぞ！」

は？　うちの血なんて、一滴も入っていない叔父が、我が家を継げる訳ないでしょうが。常識ってものを知らないの？

腹立たしい事を言われて、ちょっとカッとしちゃったわ。いけない。私がここで動く訳にいかないのに。

この場を支配するのは、王太子殿下だもの。私は餌らしく、おとなしくしていなくては。

「サーヤ、お前には本当に手を焼かされたぞ。まったく、勝手に家出なんぞしおって。おかげでこっちは大変だったんだからな！」

はあ!?　あんたらが大変な思いをしようがどうしようが、知るもんですか！

言い返したい。でもやっちゃ駄目。こちらが黙っているのに気をよくしたのか、叔父は喋る喋る。

「手の者に探させたってのに、見つからないときた。まったく、今の今までどこに潜り込んでいたのかと思ったら、まさか王宮にいたとはなあ？」

成人の儀を行う噂と一緒に、私が現在どこにいるかという情報も流している。王宮なら、叔父もギイド伯爵も手が出せないだろうという判断から。

ギイド伯爵に関しては、王宮内であれこれやっていた前科があるけれど、何を仕掛けたところでウードと私の名コンビの前には意味がない。

「だが、それも今日までだ。お前は、ここでおとなしく死ぬがいい。ああ、家の事は安心しろ。私がしっかり継いでやる」

下品にゲラゲラ笑う叔父のあの顔、張り飛ばしてやりたい！

あれ？　でも、おかしくない？　叔父は、私をトンスガン男爵に売り飛ばそうとしていたのよね？　殺そうとまではしていなかったはず。

いつの間に、叔父の目的が「私を殺害する」にすり替わったの？

内心首を傾げている間にも、殿下がやり取りを進めていた。

「お前の動機は家の乗っ取りか。では、ギイド伯爵の動機はなんだ？　何故そんな小物に手を貸す？」

「こ、小物だと⁉　貴様ああああ、決して許さん！」

「だんまりか？　伯爵」

殿下の言葉に、何故かギイド伯爵がいきなり笑い出した。

「ああ、そうか。そういう事か。驚きましたよ。まさか、あなたがそのような格好をしているなんて」

ん？　これ、伯爵は殿下の事がわかったって事？　その証拠に、叔父は何もわからずぽかん顔だ。

「私の望みですか？　いいでしょう、教えて差し上げますよ。私の望みは、セネリア王家の滅亡だ‼」

言うが早いか、ギイド伯爵は細いその腕を私達に向けて振るった。あれは、魔法攻撃？　殿下が、振り返って私を抱きかかえる。

え……えええええ？　こ、これは！　……いえ、ただ攻撃から庇っただけですね。その証拠に、すぐ近くでガラスが割れるような音が響いたもの。

「攻撃用魔道具か。その精度のものを購入する程、ギイド伯爵家に余裕があったとは知らなかった」

「これを弾きますか……本当に、あなた方は！」

再びギイド伯爵が腕を振り上げた時、私の耳元で殿下が囁いた。

「サーヤ、今だ」

「了解です！　浄化！」

私がいる場所は、ちょうど大聖堂のど真ん中。ここで浄化を使えば、効率的に大聖堂全てを浄化出来るというもの。

前までは洗浄と思って使っていた異能だけれど、浄化だと理解して使うと、また違う効果がある事に気付いたのよ。

何と、浄化には悪人に対して身体的苦痛を与える事が出来るらしいの。洗浄だと思っていた時は、そこまでではなく、精神的なあれこれで終わってたのに。

いまでは、立派な悪人専用拷問異能となっております。

大聖堂内全部に行き渡るよう、浄化をしたものだから、当然黒ずくめ達にも効果がある上に、叔父とギイド伯爵にも多大な効果が！

「うぐおおおおおおおお！」

野太い叫び声が響いてきたわよ？　何あれ？　熊の断末魔？　いや、聖堂内のあちこちから、苦悶《くもん》のうめき声が上がってるわね。

重いものが落ちるような音がしたのは、叔父が倒れた音……よね？　多分。

ちなみに、ギイド伯爵は浄化を始めてすぐくらいに無言で倒れたみたい。あの人、叔父とは対照的に病的に痩せているから、苦痛への耐性がまるでなかったんじゃないかしら。

王太子殿下に抱えられている隙間から見た二人は、見事に床に伸びている。彼等だけではない、先程までこちらに攻撃を仕掛けようとしていた黒ずくめ達は、一人残らず倒れている。

あっけない、叔父達の最期でした。いや、まだ生きてるけど。

「素晴らしい！　これぞ神の奇跡です‼」

しまった。この場には、他にも人がいたんでした。この大聖堂の主、大司教様ですよ。

「お怪我はありませんか？　大司教猊下《げいか》」

「どこも何ともございません。あったとしても、聖女様のお力で即治っている事でしょう」

私の浄化は、悪者には効果てきめんなのだけれど、逆に善人には心地よくなるだけの効果を発揮するらしいの。ついでに、軽い治癒の効果もあるみたい。

大司教様は、心地よく感じられたご様子。さすがは神に仕える方。違いますねえ。

ただ、浄化の力は前もって説明してあったそうなんだけど、目の前で実際に見た結果、ただいま大司教様が大興奮中です。

「聖女様のお力を間近で拝見出来るとは！　先代から聞いてはいましたが、何と素晴らしい！ぜひ、大聖堂へいらっしゃっていただきたい！」

これ、勧誘されてるの？　何故か隣の王太子殿下のイライラが、こちらにも伝わってくるのだけれど。

とりあえず、ここはお断りしておきましょう。

「あ、あの、大司教猊下、私共にはまだやるべき事がございますので……」

「ああ、ここに転がっている不心得者共の事ですね。それならば、聖堂騎士団に任せましょう。ささ、聖女様はこちらへ――」

「大司教！　それ以上は越権《えっけん》行為だぞ！」

「はて、一介の騎士が、私に指図すると？」

「何だと？」

おおう、大司教様、王太子殿下の事、わかっていて言ってますよね!?　何でそう喧嘩《けんか》腰なんですか！　やめてくださいよ本当にもう。

どうしたものかと思っていたら、大聖堂の扉が勢いよく開けられた。

「何をなさっているんです、殿下。大司教猊下。彼女はこの後も予定が詰まっております。お話しはまた後程」

アフレート卿！　未だかつてアフレート卿をこんなにも頼もしいと思った事があっただろうか？　いや、ない！


何とか黒ずくめと叔父、それにギイド伯爵を回収し、私達は王宮へ戻ってきた。結局、本日行われるはずだった私の成人の儀は、中止ですって。仕方ないわよね。それも織り込み済みで餌になったのだから。

王宮には、もう一団、今回の騒動の被害者が来ていた。ベナゼアッド辺境伯コードス卿と、その嫡男ザーント卿。

お二方は、領内に潜んでいたギエネシェドンの兵士達を護送してきたんですって。辺境伯家当主と、次期当主が自ら連れてくるなんてね。

そのお二方は、何故か東宮の執務室にて、私の前に跪いているのですが。これ、どういう事？

「あ、あの……」

「聖女サーヤ様におかれましては、ご機嫌麗《うるわ》しく。先日は我等が命をお救いくださった事心より御礼申し上げます。我が家の名誉に掛けて、生涯の恩義といたします」

「我等ベナゼアッド家一同を代表しまして、御前にまかり越しました次第」

ええええええええ。慌てて王太子殿下を見るも、何故か苦笑いしているだけ。アフレート卿や、マーバル卿も、そっぽを向いている。

どうやら、ベナゼアッド辺境伯家全員に毒が盛られ、あわや死亡者が出る事態だった。で、それを解消したのが私の浄化だという話を、王宮に来て聞いたらしい。あの時、こっそり治癒も上乗せしたからな、解毒後の皆さんは健康そのもの。何なら、持病まで治ったんだとか。マジで？　凄くない？

で、それに対する礼を、どうしても私にしたいという事で、今回この顔合わせの場が持たれたんだとか。殿下、そういう事は事前に伝えておいてくださ い。大事ですよ、報連相。

とりあえず、お二人からの礼は受け取ったという事で、私はこれにてお役御免のはずだったんだけど、どういう訳かそのまま執務室に居残りとなった。

「……殿下、どうして私がここにいるんでしょうね？」

「既にサーヤも関係者だ。一連の答え合わせ、したいとは思わないか？」

う……確かに。でも、こんな国家機密、知っちゃったらその後の生活に影響しないかしら。そこが心配。

考え込んでいたら、殿下から声が掛かった。

「心配するな」

「え？」

「サーヤの弟も、じきに戻ってくる。ここで待てばいい」

そうだったわ！　私ったら、あれこれありすぎて、大事な弟の事をすっかり忘れてた！　姉にあるまじき事よね。許して、私の天使。

「さて、では殿下。報告を始めてよろしいですかな？」

「ああ、始めてくれ」

ウードへの懺悔をしていたら、あっという間にベナゼアッド辺境伯の報告が始まってしまった。

ベナゼアッド辺境伯家に毒を盛ったのは、出入りの業者に潜り込んだギエネシェドンの人間だったそう。ワインの配達係だったんですって。

「九年以上勤めていた者で、周囲の誰も疑っておりませんでした」

「九年……あの、大盗賊団討伐の前だな」

「はい」

大盗賊団討伐。その時、お父様はお母様を庇って亡くなり、お母様は力を使いすぎてご自分の寿命を削る事になってしまった。私とウードにとっても、苦い事件だわ。

「八年前には証拠が見つかりませんでした。ですが、今回の件は不幸中の幸い、護送してきた者達が生き証人となります」

「では、やはり」

「大盗賊団は、ムアンゾイド侯爵が仕掛けたものです」

殿下達の読みは、正しかったんだわ。八年前の事件も、ムアンゾイド侯爵が裏で糸を引いていた。そのせいで、お父様とお母様は！

ショックで目の前が真っ暗になりそうな私の耳に、殿下の固い声が響く。

「捕縛した盗賊が、全員服毒自殺をした時点で妙だとは言われていたんだ。他にも、訓練を受けた兵士のような体つきや、団体行動に慣れているところもあったそうだな」

それはつまり、どこかの正規兵だったという事だ。

常駐の兵士を雇う財力がある国なんて、限られているという。通常は、戦時に農民を兵士として臨時で雇い入れるんですって。

ともかく、これから攻め入る国に対し、国境を荒らして攻め入りやすくしていたそう。気を付けないと、ムアンゾイド侯爵に対する恨みが、爆発しそう。

「サーヤ、大丈夫か？」

「え？」

気がついたら、目の前に殿下の顔がある。どうやら、私の顔色が悪くなったのが心配になったらしい。

「大丈夫です……」

「……聞かない方が、よかったか？」

殿下の、いつになく弱々しい声に、思わず顔を上げた。いつも堂々としている殿下の顔が、曇っている。

「いいえ、聞かずにいるより、ここで知っておいた方がよかったと思います。立ち会わせてくださって、感謝します、殿下」

これは本当。後々知るより、今この場で知る事が出来たのは、きっといい事なんだわ。それに、この場に弟がいないのもよかった。まだ、あの子には聞かせたくない。

ここで両親の死の真相を知っておくのは、フェールルナー家の長女としての義務だわ。しっかりしないと。

「話の腰を折ってしまい、申し訳ございません。辺境伯閣下、続きをお願いします」

「よろしいのか？」

「はい」

私の返答に、ベナゼアッド辺境伯が軽く頷く。

「今回、領内に潜んでいた者達は、指令書を持っていました」

「では」

「誰からの命令か、記載されておりましたよ」

つまり、動かぬ証拠。でも、潜んでいたのに、どうしてそんなわかりやすい証拠を持っていたのかしら。

同じ疑問を、王太子殿下も持ったらしい。

「こちらとしてはありがたいが、何故彼等はそんなわかりやすい証拠を持っていたんだ？」

「おそらく、自分達は負けないと思い込んでいたのではないでしょうか。実際、我等が助からなければ、奴らの思うつぼだったでしょうし」

驕《おご》り高ぶりってやつかしら。それだけ、用意周到に練られた計画だったという事？

内心首を捻っていたら、殿下が何かを考え込んでいる。

「辺境伯、その指令書は、今どこに？」

「ここにありますが……ご覧になりますか？」

「ああ」

ベナゼアッド辺境伯が懐から取り出した巻物。あれが、指令書らしい。それを侍従に渡し、侍従の手から殿下に渡る。

開いて隅々まで見た殿下が、いきなり肩をふるわせ始めた。何事？

「ふ……ふっふっふ、はっはっは！　そういう事か！」

「で、殿下？」

「いや何、連中が何故これを持ち続けていたかがわかったのだよ、辺境伯。彼等にとって、これは絶対に見破られない指令書だったのだろう。いや、どういう仕掛けかまではわからないが」

「はあ？」

殿下の言葉に、辺境伯やザーント卿はぽかんとしている。何故か、殿下の視線は私に向いていた。

「サーヤ、君がこれをわかりやすい指令書にしたんだ」

「はい？」

「覚えていないか？　いつぞや、倉庫で見つけた書類や手紙が、読めない内容になっていた事を」

あ！　あの「汚れた」書類達！　確か、【浄化】を掛けたら読めるように……って、あああああぁ！

「まさか、浄化の結果ですか……？」

「その通りだ。本当に、色々と君のおかげだな！」

ええええええ。まさか、そんな事になるとは、思ってもみなかったんですけど。

あ、でも辺境伯領を浄化したのって、内務省の後だったよね？　じゃあ、内務省をいっぺんに浄化した結果、異能がパワーアップしたんだ……。

いや、それは敵もそうでしょうね。まさか、誰にも指令書と見破られない細工を施したのに、こんな簡単にばれてるんだから。

もっとも、それは浄化を扱える私が、辺境伯領全体を浄化した結果なのだけれど。普通は、あり得ない事なのかも。

だからこそ敵も、気を抜いていた訳ね。

殿下やマーバル卿はわかっているんだけれど、ベナゼアッド辺境伯と嫡男は、話がわからず困っている。

「殿下、一体、どういう事なのですか？」

「いやなに、この指令書には指令書とわからぬよう、魔法で細工が施されていたのだよ」

「え？」

「今は細工は消えている。そこのサーヤが、浄化で消したのだ」

「なんと！」

あ、辺境伯と嫡男が、揃ってこちらを見ている。その顔には、みるみるうちに歓喜の表情が浮かんだ。

「さすがは聖女様です！　おお、我が家だけではなく、国までお救いくださるとは！」

「これは、辺境領に戻ったら皆に伝えなくては！　今回の事を記念して、聖女様の像を造りましょう！　父上」

「うむ、いい考えだザーント」

やめてえええええええええ！


一通りに報告が終わり、ベナゼアッド辺境伯親子はとんぼ返りで領地に帰るという。王都までの旅路も相当時間が掛かったでしょうに、殆ど休憩を入れずにまた同じだけの距離を移動するなんて。タフよねえ。

辺境伯親子のそのタフさに当てられたのか、ぐったりと疲れてしまったわ。

だらしなく東宮の執務室にあるソファでダレていたら、殿下が笑った。

「疲れているようだな」

「おかげさまでー」

「確かに、今日のサーヤは大活躍だったから」

そうかしら。ただ餌になって、浄化をしただけなのだけれど。この疲労は、先程までいらした辺境伯親子のせいだと思います。

「殿下、まさか本当に辺境伯領に私の像が建ったり、しませんよね？」

「さあ、どうだろうな？」

「殿下！」

「ははは、サーヤは王宮を救い、母上を救い、辺境領を救い、国を救ったんだ。像くらい、建てさせてやれ」

「殿下……他人事だと思って……」

恨めしげに睨んでも、殿下はどこ吹く風だ。つくづく、王族なんてのは、メンタルがタフでないとやっていられないんだと思うわ。メンタルだけでなく、フィジカルも。

そういえば、王太子殿下は鍛えていらっしゃるわね。服の上からもわかる、筋肉量だわ。

さすがに王妃であるアデディエラ様は、たおやかな方だけれど。もしかしたら、鍛えて筋肉量を増やせば、今より健康になられるとか？

らちもない事を考えていたら、廊下から複数の人の足音が響いている。何事？　しかも、あの足音、段々こちらに近づいてきてない？

扉を見つめていたら、ドカドカという音と共に執務室の扉が乱暴に開けられた。入ってきたのは、興奮して頬が赤く染まったアフレート卿。そして、その後ろには……。

「殿下！　見つかりました！　ウード君が頑張ってくれましたよ！」

私の天使いいいいいいいい！　活躍したのね偉いわあああああああ！

「姉上！　ただいまあ！」

活躍して興奮しているのか、いつになく甘えた調子で私に抱きついてくる！

「お帰りなさい、ウード！」

「姉上！　僕、頑張ったよ！」

「そうなのね。偉いわ」

言いながら、ぎゅっと抱きしめる。ああ、私の癒やし、私の天使。そうよ、私に足りなかったのはこの子なのよ！　ああ、癒やしの力が体中に染み渡る。

じっくりウードを堪能していたら、殿下の咳払いが聞こえた。

「報告を始めてくれ」

「はい」

殿下の命令に、アフレート卿が苦笑している。でも、目線がこちらに向いているのは何故かしら。

アフレート卿によると、我が家には叔父とギイド伯爵の表沙汰に出来ないあれこれがいっぱいあったらしい。そんなにあの二人、がっつり組んでいたの？　人は見かけによらないわね。

それはともかく、組んでいる証拠を見つけたのが、ウードの目という訳。もう、大活躍ね！

「いや、本当に助かりましたよ。棚の裏やら天井裏やら床下やら、ありとあらゆる場所に隠しているんですから。中には夫人のクローゼットの中というのもありましたよ……」

アフレート卿がうんざりした顔をしている。何か、見たくないものでも見ちゃったのかしら。ご愁傷《しゅうしょう》様。

「夫人か。そういえば、妻と娘は茶会でおびき出したのだったな。今はどうしている？」

「夫共々地下牢です。今頃、家族揃って団らんでもしているんじゃありませんかねえ？」

殿下の問いに対して、アフレート卿が投げやりだ。でも、そうか。あの二人も牢屋行きなのね。家にいた頃は偉そうにあれこれ言ってたけど、こうなったら形無しね。

ともかく、あの連中の顔を二度と見なくて済むのなら、これ以上の事はないわ。

押収した書類関連は、全てこの場で浄化を掛ける。やはり、魔法で色々と隠蔽されていたらしい。まあ、そうでしょうね。

ただ、ムアンゾイド侯爵からの手紙だけは、隠蔽が施されていなかったという。

それを、アフレート卿が抜き出して、殿下に提出していた。

「これが……」

「先に中身を確かめましたが、正直胸が悪くなるような内容でしたよ」

何やら、ろくでもない事が書かれていたようで。手紙を読み進める殿下の目が、段々つり上がっていくんですが。

これ、私はここにいない方がいいんじゃないかしら。もちろん、ウードも。なので、可愛いお耳は塞いでしまいましょう。不思議そうな顔でこちらを見上げてくるけれど、嫌がる様子はない。

にこりと笑むと、ウードもにこりと返してくる。この、全てを委ねられている感覚！　信頼という言葉を体現しているようで、本当に嬉しいわあ。

「サーヤ嬢、ウード君と遊んでいないで、話を聞きなさい」

「あ、はい」

アフレート卿から注意が入った。え、やっぱり聞かなきゃ駄目なの？　及び腰でいたら、アフレート卿に見抜かれたみたい。

「どうもあなたは面倒事から逃げようとするきらいがありますね。よくありませんよ。面倒だろうと、自分に関係がある事はきちんと把握しておかないと、後で大変な思いをするのは、あなた自身なのですから」

「はい……」

何だろう、学校で先生に叱られている気分。アフレート卿って、私とそんなに年が離れている訳じゃないよね？

内心ビビっていたら、殿下が溜息を吐いた。

「そこまでにしろ、アフレート。お前、年より臭さが増してきてるぞ」
「な！　と、年より臭さとは何ですか！　私は殿下と同年ですよ！」
「その割には、爺のような事ばかり言うではないか」
「失礼ですね！　私はあの方のような嫌味な事は――」

殿下の言う「じい」って、あれかな？　子供の頃、世話してくれたおじいちゃん使用人ってやつですか。うちにはいなかったけれど。

解雇した執事も、中年だったのよね。

殿下とアフレート卿の言い合いは続いているんだけど、これ、北宮に帰ってもいいのかしら？

ムアンゾイド侯爵から、ギイド伯爵へ出された指示の内容は、大別すると二つ。一つはアデディエラ様に関する事。

そして、もう一つが我が家を潰す事。何故？

「母上に関しては……まあ、我が国に混乱を巻き起こす事が目的だったらしい。母上は、隣国ギエネシェドンとの関係を保つ、重要人物でもあるから」

アデディエラ様は、まさしくその為にセネリア王国に嫁いでらした方だ。そのアデディエラ様の身に何かあれば、ギエネシェドンが口を出してくる可能性が高い。

それはわかる。でも、うちは何で？

首を傾げていると、アフレート卿が溜息を吐いた。

「サーヤ嬢。あなた、自分の事をまだよく理解していませんね？」

「え」

「フェールナー家が聖女の家系だと知っている家は、あなたが思うより多いんですよ」

「そうなんですか？」

私自身ですら、知らなかったのに？

「聖女様がフェールナー伯爵位をいただいたのは、古代帝国の時代です。その事自体は歴史書にも記されていますから、知っている人間は多いでしょう。ですが、家名までは記されていない」

「じゃあ、どうして知っている家が多いんですか？」

「古代帝国から続く名家ならば、当時の事を先祖が書き残しているからですよ」

あ。その場を目撃した当人の子孫が、まだあちこちに残ってるのか。

「そして、王家や高位貴族は、確実に当時を知る古い家系です。無論、ギエネシェドン王家もそうですよ。そして、ムアンゾイド侯爵家は、そのギエネシェドン王家の分家です。知識として、フェールナー伯爵家の事を知っていても不思議はない」

フェールナー家が聖女の家系だという事は、特に隠していないという。大々的に広めてもいないそうだけど。

「ムアンゾイド侯爵家が、我が家を聖女の家系と知っていたのは、わかりました。でも、だからといって、何故うちが侯爵家に狙われるんですか？」

私の疑問に、アフレート卿だけでなく、殿下まで目を丸くしている。そんなに変な発言、したかしら？

アフレート卿に至っては、何やら沈痛な面持ちで額に手を当てているのだけれど。いや、そこまで酷い内容、言ってないと思うのだけど。

「サーヤ嬢、聖女の浄化でどんな結果をもたらしたか、わかっていますか？」

「えええええ」

そんな事、言われましても。

「おそらく、ムアンゾイド侯爵は聖女の能力を正確に把握していたのでしょう。皮肉な話ですが、敵の方が正しくあなたの能力を評価していた形です。ムアンゾイド侯爵がもっとも恐れたのが、あなたの浄化の力なのですよ。その、悪意を消し去る力こそを」

ああ、なるほど。ムアンゾイド侯爵は、浄化でどうにかなってしまうような人物で、その自覚が本人にあったんですね。

聞けば、あの大盗賊団もムアンゾイド侯爵の仕込みではあるけれど、あそこから既にフェールナー伯爵家が標的になっていたそう。

そこで当代伯爵を潰せば、聖女の家系も潰える。ところが、私とウードが生まれていたのが、侯爵の誤算だった。

だから、改めて私達を亡き者にする予定だったらしい。その為に叔父を抱き込み、後見人として我が家に送り込んだ。

ただ、叔父が無能だった為に私達は生き延び、家を出て今に至る。これにはムアンゾイド侯爵もびっくりだったでしょうねえ。

だからといって、同情はしないけれど。

我が家から見つかった証拠と、実行犯であるギイド伯爵への尋問により、いくつかわかった事がある。

その一つが、ギイド伯爵の動機だ。叔父とギイド伯爵を一網打尽にした日から二日後、殿下の執務室でその報告を聞く事になった。

「実にくだらないものだったがな」

殿下が吐き捨てる。ここまで言われるギイド伯爵の動機って。

「殿下、その動機とやらを、聞いてもよろしいでしょうか？」

「……奴は、母上に懸想していたそうだ」

けそう……消そう？　じゃないわよね。……あ！　横恋慕《よこれんぼ》してたって事⁉　えええええ⁉

「母上が嫁いでいらした時に、一目惚《ぼ》れをしたそうでな……」

殿下が疲れた様子。まあ、自分の母親が殺されかけた理由が、犯人による一目惚れの結果だなんてね。

大体、一国の王妃様に道ならぬ恋をした結果、相手を殺そうとかする？　どういう思考回路をしていたら、そういう結果に至るのよ。

あ、でも、前世でもストーカー殺人とか、あったっけ。手に入らないなら殺してしまえって事？

でもそれって、ただの自己愛にしか見えないんだけれど。

げんなりしていたら、補足説明をアフレート卿が行う。

「尋問では、手に入らないのなら壊してしまえと思った、と答えたそうですよ。そこに、ムアンゾイド侯爵からの命令がきて、天の啓示だと思ったそうです」

アフレート卿の言葉に、思わず「んな訳あるか！」と叫びそうになったけれど、何とか抑えた。さすがにこの場で口にしちゃ駄目な言葉よね。

殿下はアフレート卿の報告に、嫌そうな顔を隠さない。

「迷惑な話だ」

「ええ、本当に」

アフレート卿も殿下の意見に同意のよう。ですよねー。本当迷惑。

とかですか？」

「ムアンゾイド侯爵って、何がしたかったんでしょうね。ギエネシェドンの王位が欲しかった
私の疑問に答えてくれたのは、アフレート卿だ。

「ギエネシェドンの王位も狙っていましたが、彼が望んだのは古代帝国の再現、大陸統一です」

「え」

何だってまた、そんな大それた夢を。

セネリア王国やギエネシェドン王国がある大陸は、その昔古代帝国という超大国が一国で支配していた場所。

うちのご先祖様である聖女様が活躍したのは、その頃の事だ。いや、おとぎ話レベルでは知っていたけれど、まさかそれが自分のご先祖様だなんて、思う訳ないじゃない？

勇者の物語はいくつか本になっていて、戯曲《ぎきょく》にもなっている。細かいところは変化するけれど、大筋としてはどれも一緒。

変化がつくのは、勇者と聖女の関係かな。勇者が邪神討伐後に帝国の姫と結婚するのは史実だから曲げないけれど、聖女が勇者に恋をしていて、彼の幸せの為に身を引くパターンとかがある。

これが一番人気だそうで、変わり種としては聖女には幼馴染みの恋人がいて、彼と添い遂げる結末かな。この場合、主役は勇者ではなく聖女になるそう。

ただ、大抵の歴史書には、聖女の家名は書かれていないのよね。それがうちだったとは。お母様も、そのあたりは私達に教えてくだされば良かったのに。

話は飛んだけれど、古代帝国の再建……大陸統一って、見果てぬ夢と呼ばれているわ。決して実現しない、夢物語。

そんな事、ムアンゾイド侯爵も知っているでしょうに。

「ムアンゾイド侯爵は、夢見がちだったのかしら」

私の言葉に、殿下達三人が同時に吹き出した。だから、そんなにおかしな事は言ってないでしょっての！

「いや……サーヤは案外ロマンチストだったんだなと思って」

「どういう意味です？　殿下」

「ムアンゾイドが大陸統一を願ったのは、ごく個人的な理由からだ」

はて。大抵、願望なんて個人的なものなのではないの？

首を傾げていたら、またしてもアフレート卿が補足説明をしてくれた。

「ムアンゾイド侯爵は、元々家を継ぐ立場になかったそうですよ」

「え？　そうなんですか？」

次男とか三男とかだったのかしら。そういえば、やらかした三男、すぐ近くにいたわね。ええ、あの叔父ですとも！

「ムアンゾイド侯爵は三男で、一度分家に養子に出されたそうです。そこでの扱いが悪く、本家の長男、次男を恨む発言が多かったそうですよ」

というか、そんな昔の事まで掘り返されて、今ここで披露されるなんて、ムアンゾイド侯爵も思わなかったでしょうね。黒歴史開帳とか、地獄じゃない。

「そんな事、よく調べましたね」

「当人が常々周囲に言っている話です」

自分で開帳しまくってたああああああ！　恥の概念が私と違うのかしら？　理解出来ない。

「長男、次男と病気、事故で亡くなり、養子先から戻されて家督を継いだのが、現在のムアンゾイド侯爵ニダズレッド卿です。彼は養子先でも常に長男、次男と比較されて育ったそうなので、死んだ二人よりも大きな功績を残したかったようですね」

その結果、間接的とはいえ私達は両親を亡くし、叔父とギイド伯爵に命まで狙われた訳ね。はた迷惑な人間だわ。

「それで、ムアンゾイド侯爵の大いなる野望の邪魔になるからと、我が家は標的になったという事ですか？」

私の確認の言葉に、アフレート卿が眼鏡をくいっと持ち上げて神妙に答える。

「そういう事です。とんだとばっちりですね」

本当ですよ、まったくもう。いっそここから諸悪の根源、ムアンゾイド侯爵を浄化出来ないかしら。寝る前のお祈りの時間に、祈るくらいは許されるわよね。とっとと色々暴かれてしまえばいいんだわ。

国内で起こった大抵の悪い事は、ムアンゾイド侯爵が仕掛けた謀略《ぼうりゃく》で、これからギエネシェドンと力を合わせ、侯爵の悪事を暴いていく事になるという。

幸い、ギエネシェドンの現王家はアデディエラ様との仲が良好だそう。その結果、セネリア王家との関係を強化していきたいんですって。

「じゃあ、王太子殿下のお妃様は、ギエネシェドンからお輿入れなさるのですか？」

北宮でのお茶の時間。アデディエラ様の元にいらした殿下もご一緒なさる事になり、その場で出た話題での事。

何故か、殿下がお茶を吹いた。汚いですね！　ちゃっちゃと浄化しておきますよ！

「まあ、サーヤの浄化は便利だけれど、聖女の力をそんな軽々しく使ってはいけないわ。セーリャの汚れなんて、拭いておけばいいのだから」

「母上……息子である私の扱いが悪くありませんか？」

「ヘタレな息子はお黙りなさい」

「ぐ」

やっぱり、男の子って母親には勝てないのねー。ウードも、本来ならそうだったはずなのに。もっとも、あの子はお母様が大好きだったから、反抗なんてしなかったかもしれないけれど。

その弟は、私の隣でお菓子を美味しそうに食べている。まだまだ食べ盛り。たくさん召し上がれ。私の分も食べていいわよ。

ウードの姿を見てほっこりしていたら、アデディエラ様から質問がきた。

「そうそう、サーヤの成人の儀だけれど、やり直す事になったのよね？」

「ええ。さすがに、伯爵家の事を考えると、このままという訳にはいきませんので」

一応、私が跡取りという事になっている。ウードも異能を持っているけれど、やはり聖女由来の【浄化】か【治癒】でないといけないみたい。面倒臭いわね、本当にもう。

「サーヤ、あなた、印章は持っていて？」

「え？　いんしょう？」

あれ？　ここでも印象？　確か、叔父が我が家に乗り込んできた当初、あれこれ探していたのは覚えているけれど。

ぽかんとしていたら、王太子殿下が信じられないと言いたげな顔をしている。

「サーヤは印章を知らないのか？」

「ええ」

私の返答に、殿下もアデディエラ様も、三夫人方も驚いていた。え……知っていないと、駄目なやつ？

不安になる私の前で、殿下がアデディエラ様と何やら話している。

「いや、考えてみたら、サーヤの母君は早くに亡くなったんだったな」

「それなら、フェールナー家の印章は行方不明という事？」

アデディエラ様が、眉間に皺を寄せてしまったわ。どうしよう……もしかして、知らないうちに私がなくしたとか、ないよね？

「サーヤ、印章というのは、当主の自署に必ず添える、家の紋章を彫り込んだ印の事だ」

家の紋章……印……って、ああ！　いんしょうって、印章の事ね！　判子かあ。

え。でも、そんなの、うちにあったっけ？　やだ、本当になくしたの⁉

「サーヤ、落ち着け。母上、フェールナー家の印章を、ご覧になった事はありますか？」

「ええ。とても美しい印章だったわ。花のつぼみの形をしたペンダントで、先代フェールナー伯爵が浄化の力を込めると、花が開いて彫り込まれた紋章が現れるのよ」

ん？　つぼみ？　ペンダント？　それって……。

私は胸元に手を突っ込んで、肌身離さず付けているペンダントを取り出す。

「サ、サーヤ！　お前、何を！」

「もしかして、これですか⁉」

私の手のひらの上には、薄い緑色をしたつぼみ型の翡翠《ひすい》のペンダントトップがある。

「これだわ！　サーヤ、浄化の力を込めてごらんなさい」

言われるままに、浄化を施す。すると、つぼみがふわりと花開き、中にはフェールナー家の紋章が現れた。

一輪の百合《ゆり》の周囲を、スズランが囲む紋章。我が家の紋章は随分と綺麗なんだなと思っていたけれど、始祖が聖女ならば頷ける。

この国では、百合は純潔の象徴だし、スズランは貞淑の象徴。いかにも聖女って感じよね。でも、実際には夫を迎えて子を為しているのだから、純潔でも何でもないんだけど。

夫以外の男性と関係をもたなければ、貞淑は通るわね。

ともかく、つぼみは開き、中から我が家の紋章が出てきた。という事は、本当にこれが印章だったの？

「サーヤ、そのペンダントはいつもらったんだ？」

王太子殿下からの問いに、呆然としながらも答える。

「お母様が倒れられて、しばらくしてからです」

家の中が徐々に変わっていくのを、じわじわとした不安に感じていた頃。病床のお母様から、このペンダントをもらい、ウードの事を頼まれたんだったわ。

もしかしたら、あの時既にお母様はご自分の死期を悟っていたのかもしれない。本当に、あの後すぐに亡くなられたのだし。

印章は主の証であると同時に、当主としての色々な書類にアクセス出来る身分証でもあるのだとか。

特に貴族家なんて先祖代々申し送りするものが山程あって、それらは当主以外が見てはいけないものも多く含まれるそう。

といっても、うちはそんな先祖代々続く何かがある訳では……あったわね。聖女の力という、とんでもなく便利で厄介なものが。

ともあれ、成人の儀は先延ばしになってしまったけれど、とりあえず当主就任の手続きだけでもしておこうと殿下に言われ、本日は典礼省に来ています。

戸籍関連ではなく、貴族の当主交代などはこちらでの手続きになるそう。

必要な書類に書き込んで、自署の脇に印章を押していく。これ、届けられている印章と比較して、違った場合はその場で捕縛されるんですって。怖。

ちなみに、印章はインクで押印するのではなく、魔法で押印するんですって。なので、窓口には必ず魔法が使える職員がいるそうよ。

今日は、騎士姿の殿下が付き添ってくれた。一人で平気だと言ったんだけど、何故か押し切られたのよね。

手続きに必要な全ての書類を提出し終わり、これで帰れると思ったら、係の人に呼び止められた。

「少しお待ちを。当主交代の際に渡すよう、手紙を預かっているようですね」

「手紙？」

「こちらです」

何でも、こういう手続きの際に次代にのみ渡すよう、手紙や形見などを預けていく家は少なくないそう。

受け取った手紙には、懐かしいお母様の字で「サーヤへ」とある。お母様……。

「サーヤ、戻ってから読んだ方がいい」

「そう、ですね」

あやうく、涙が出そうだった。これ、中身を確かめて、大丈夫そうだったら弟にも見せよう。

サーヤへ

いきなりこんな手紙をもらって、あなたは驚いているかしら？　その顔を見られないのは、とても残念な事です。

この手紙を受け取っているという事は、私はもうあなた達の側にはいないのでしょう。いくら親が先にいくのが当たり前とはいえ、早くにあなた達を置いていってしまう事を、許してください。

でも、これは私が我が家の為すべき事を為した結果です。後悔はしていません。それだけは、忘れないでくださいね。

あなたが無事フェールルナー家を継いだのなら、もうあのカムドンは退けたのでしょう。どのような手段を使ったかはわかりませんが、おめでとう。さすがは私の娘です。

彼はユーヤサントが亡くなった直後から、我が家への執着を隠そうともしませんでした。

カムドンを侮ってはいけません。彼自身には大した能力はありませんが、それでも我が家の外戚と呼べる立場にある。それを利用しようとする人間が、彼を使ってくるでしょう。

私が長生きし、あなたに爵位を渡せれば問題ないと思っていました。でも、私はこんなに早く、あなた達を置いていかなくてはならない。それが残念でなりません。

あなたとウードには、伝えなければならない事がたくさんあるのだけれど、まずは我が家の事から。もう知っているかもしれませんが、我が家の始祖様は聖女と呼ばれた女性です。

本当のところはわからないけれど、伝説に名を残す程の人物だった事は間違いありません。

だから、我が家を継ぐ者は男であれ女であれ始祖様である聖女イスペノラの名を継ぎます。浄化と完全治癒の力を発現したサーヤ。あなたが我が家の跡取りです。

あなたもこれからはサーヤ・イエンシラ・イスペノラ・フェールルナーと名乗りなさい。イスペノラの名は公表しなくても問題ありません。ですが、正式な書類には必ず入れるようにしてください。

あなたに浄化と完全治癒の力が現れた時、私とユーヤサントは驚きと喜びと、そして大きな不安を覚えたものです。

我が家は聖女の家系。だからこそ、求められる事も多い家でもあります。その為、家同士の付き合いは極力避けてきました。人間は弱いから、強大な力を持つ相手にはすり寄るか恐れるか、どちらかしかないのです。

王家にも、近づきすぎてはいけません。王家の周囲には、欲望と嫉妬が渦巻いています。近づきすぎれば、あなた、もしくはウードに災いがあるかもしれないのです。気を付けて。

もし、聖女の力に惑わされず、あなたをあなたとして見てくる人がいたら、その相手を大切にしてください。きっとあなたの支えになるでしょう。

まだ若いあなたに、家と弟の事を任せてしまう事は悔やんでも悔やみきれません。でもどうか、姉弟で手を取り、力強く生きていってほしい。そう願うばかりです。

ウードの目は、あなたとは違う意味で扱いを慎重にしなければならない力です。出来れば、あの子が自分で判断出来る年齢になるまで、側で見守ってやってちょうだい。

それと、王都のガレバール商会を訪ねなさい。そこに我が家の財産が保管されています。後はガレバールに聞くように。そちらに、家に関する全てのものを預けました。

最後に。サーヤ、そしてウード。愛するあなた達を置いていかなくてはならない事が、一番辛い。側で二人の成長を見られない事が、どれだけ悔しいか。

これは、ユーヤサントも同じ思いでいる事でしょう。あの人も、こんなに早くあなた達と離れる事になるとは、夢にも思っていなかったと思います。

私も、ユーヤサントも、遠い空の上からあなた達の事を見守っています。どうか、この先二人共幸せに生きていってください。

あなた達の母、フラーセアより。愛を込めて。


お母様からの最期の手紙を一人で読んで、涙を拭う。こんなに、今側にいてほしいと思った事はないかもしれないわ。

お母様、お父様。お二人の仇《あだ》は、王太子殿下達が取ってくださいました。お父様、あんな人間ですけれど、お父様にとってはやはり弟に違いないでしょう。

そんな相手を破滅に追い込みました。こんな娘ですが、許してください。

手紙は大事に封筒にしまう。後でウードにも見せるつもり。難しい単語があったら、側で教えてあげないと。だから、一緒に読みましょうね。


自分の感情と涙が落ち着いてから、弟を呼んできて一緒に手紙を読んだ。隣からすすり泣く声が聞こえてくる。悲しいよね。寂しいよね。

きっと、この感情を共有出来るのは、私達だけなんだわ。それもまた、悲しい。

私とウードはお互いに抱きしめ合って、お互いの存在を確かめ合いながら、静かに涙を流し続けた。

しばらくそうしていただけれど、泣いてばかりもいられない。

「ウード。この手紙は、お母様の形見としてあなたが持っていなさい」

「姉上？　でも……」

「いいの。私はお母様からこれをいただいたもの」

私の首に、常にかかっているペンダント。印章だから当主となる私が持っていなくてはいけないんだけれど、これもある意味形見だから。

# 第八章

手紙を受け取ってから二日後。王都に出てガレバール商会を目指す。一人で来るはずだったのだけれど。

「どうしてついてくるんですかねえ？」

殿下が、またしても騎士の姿でついてきた。あなた、忙しい身ですよね？　しかも、一国の王太子ですよね？　変装して、街中を歩くなんて、駄目なんじゃないんですか？

じろりと見上げると、殿下は目線を逸らした。

「サーヤは肝心なところで抜けているからな。心配だから付いてきたんだ」

「ぬ！」

抜けているとは何ですか抜けているとは！　怒鳴りたかったけれど、ここは往来。人の目が多いから、怒鳴って目立つのも、淑女が騎士を怒鳴るのも駄目なのよ。

大きく深呼吸をして、怒りを散らす。怒鳴る代わりに、殿下の事は無視する事にした。無言で急ぎ足で移動すると、その後ろを悠々と殿下が付いてくる。足の長さが違うから、一歩の大きさも違う訳で。つまり、殿下が普通に歩く速度を、私は早歩きしなきゃいけなかった。

ガレバール商会は、王都でも一、二を争う大商会だ。王宮からまっすぐ伸びる大通り。王宮のすぐ近くに広がるのは上位貴族の邸宅が並ぶ貴族街。

その貴族街の大通りに面した場所に本店を構えていて、噂では国内どころか国外にも多くの支店を持つのだとか。王宮から歩いても、いい散歩程度の距離だ。

そういえば、お母様の葬儀の際、手続きその他を代行してくれたのって、ここの会頭だったわよね。あの時はこんな大きな商会だとは知らずに、親切なおじさんとしか思っていなかったんだけど。

アポなしで来ちゃったけれど、会ってもらえるかしら？

「フェールナー伯爵様ですか。失礼ですが、会頭とお約束はございますか？」

商会に入り、店員の一人をつかまえて会頭に会いたいと伝えると、怪訝な顔をされてしまったわ。そして、返ってきたのがこの言葉。

「いえ、ありません」

「申し訳ございません。お約束のない方はお通しする事が出来ません。ご了承ください」

まあ、そうよね。仕方ないわ、出直すとしましょう。

「では、フェールナー伯爵が訪ねてきたとだけ、お伝えください」

「承知いたしました――」

「サーヤお嬢様！　サーヤお嬢様ではありませんか⁉」

店員の人に言伝を頼んで帰ろうと思ったら、ちょうど通りかかった人物に声を掛けられた。

あ、あの時のおじさん！　じゃなくて。

「か、会頭！　お帰りなさいませ」

店員の女性が、慌てて一礼する。うん、今目の前にいるのが、会いに来た相手、ガレバール商会会頭ですね。

会頭は外出から戻ったばかりのようで、背後に部下らしき男性を四人程引き連れている。その会頭が、笑顔でこちらに向かってきた。

「お嬢様が我が商会にいらっしゃるとは。もしや、私をお訪ねに？」

「ええ、そうなんです。遅くなりましたが、その節はありがとうございました」

会頭がいなかったら、お母様の葬儀もきちんと執り行えなかったと思うの。あの叔父が代行出来るとは思えなかったし。

私の言葉に、ちょっと苦い笑顔で首を横に振る。

「礼など不要ですよ。ああ、このような場所で立ち話も何です。上に参りましょう。君、この先の予定は全て翌日以降に変更して」

「しょ、承知いたしました」

ガレバール会頭は、後ろにいた部下の男性に告げると、自ら私と殿下を案内して、商会の上へと向かう。

店員の女性の目が驚きで丸くなっていたのは、仕方ない事なんでしょうねえ。

ガレバール商会本店は四階建で、三階に会頭の部屋があった。執務用の部屋と来客をもてなす用の客間、それに商談を行う部屋もあるんだとか。

私達は、客間に通された。

「さて、私をお訪ねになったという事は、お母君からのお手紙を読んでの事ですかな？　でしたら、伯爵位襲爵、おめでとうございます」

「あ、ありがとうございます」

そうか、あの手紙の事も、お母様は会頭に知らせてあったのね。だから、私がここに来た事で、襲爵したとわかったんだわ。

「いやあ、本来でしたらこちらから伺わねばならないところなのですが、部下に確認させたところ、お邸には誰もいらっしゃらないそうで」

そうだった。今現在、フェールルナー家の邸は閉鎖されているんだったわ。

別に何かある訳ではなく、私も弟も現在王宮暮らしの為、閉めきっておいた方が防犯の為になるという事だったのよ。

「私と弟は、現在王宮にご厄介になっているんです」

「何と！　王宮でしたか。これは気付きませんでした」

驚く様子が、少し胡散《うさん》臭く感じるのは気のせいかしら。ガレバール商会くらいの規模になったら、王宮に出入りしていても不思議はないんだけど。

「ですが、こうしてお嬢様にいらしていただいて、助かりました。お母君からお預かりした全てを、お嬢様にお渡し出来ます」

「預かった全て？」

「ええ。その為に、私共のところへいらしたのですよね？」

いや、お母様の手紙に「ガレバール商会を訪ねろ」とあったから来たんだけど。

そもそも、フェールナー伯爵家がガレバール商会に預けているものがあるなんて、初耳だわ。

「会頭、私はお母様の最期のお手紙に、こちらを訪ねるようにとあったので、本日参ったのです」

「そうでしたか……では、お母君からは何も伺っていないのですね？　手紙にも、何も書かれていなかったと？」

「ええ」

会頭は少し目を閉じて何かを考え込んでいる素振りを見せた後、近くにあるベルを鳴らして使用人を呼び出した。

「フェールナー伯爵家に関する全ての書類をここへ」

「かしこまりました」

うちに関する書類？　内心首を捻っていると、書類の前にお茶と茶菓子が出された。

「書類が届くまで、しばらくお待ちください。こちらのお菓子は、南の果物を使ったものです。美味しいですよ。どうぞ」

「ありがとうございます」

出されたのは、フルーツをたっぷり使ったケーキ。南のフルーツを、これだけの量を生で使えるなんて。それだけで、ガレバール商会の凄さがわかるわ。

南のフルーツって、傷みやすいの。しかもフルーツの産地は王都から遠いのよ。直線距離だとそうでもないんだけれど、高い山脈があるからその山道が難所らしいわ。

つまり、南の産地から新鮮なままのフルーツを運ぶ手段を持っているという事。どうやってるのか、ちょっと聞いてみたい。

殿下もフルーツに気付いたけれど、ここでは私の付き添いをしているただの騎士。会頭に聞く訳にもいかないみたい。

美味しいケーキをいただいていたら、書類が届いた。先程の秘書っぽい男性が持ってきてくれたのね。

「では、お手数ですがこちらに印章と自署を」

「はい」

私は胸元からペンダントを引っ張り出して、会頭に指示された場所に押していく。秘書っぽい人が、魔法を使えるのね。難なく押印出来たわ。

「……はい、確かに。では、こちらをどうぞ。我が商会でお預かりしている、フェールナー伯爵家の財産目録にございます」

財産。何だかぴんと来ないわ。

「サーヤお嬢様？　どうかなさいましたか？」

「いえ、うちの財産と言われても、あるとは思わなかったから」

口には出しませんが、叔父が来てからは貧乏な生活をしていたからねえ。そういえば、あの叔父は家中をひっくり返して「金がない！」って叫んでいたわね。

私の言葉に、会頭が神妙に頷く。

「フェールナー伯爵家の話は、私の耳にも入っておりました。ですが、私が動く訳にもいかず、お嬢様には大変な思いをさせてしまい、誠に申し訳ございません」

「あ、いえ。会頭に謝っていただく筋ではありませんから」

「いえ！　我が家は代々伯爵家に懇意にしていただき、おかげさまでここまで商会を大きく出来たのです。その大恩ある家のお嬢様と坊ちゃまに、苦労を掛けさせたかと思うと……」

会頭は、目頭を押さえて俯いてしまった。いや、本当に。私とウードが大変な思いをしたのは、全て叔父が悪いのであって、他の人には責任はないのよ。

罪悪感からか、酷く落ち込んでいる会頭を前にオロオロしていたら、殿下がぴしゃりと言ってくれた。

「会頭殿。令嬢もこう申している。全ては水に流して、これからの事を考えるべきではないか？」

そうそう、過去よりもこれからですよ！　殿下、いい事言いますね。

無言で頷いていると、会頭も少し気分が浮上したらしい。

「そう……ですね。これからの事も、大事ですね」

「ええ、本当に」

よかったー。何とか話が元に戻ったわー。

「お見苦しいところを見せてしまいました。お許しを。では、改めまして、フェールナー家の財産について説明させていただきます」

前置きの後に説明された内容は、驚きのものだった。

まず、我が家にあった古い家具などは、全て商会の倉庫に保管されているという。先祖代々受け継がれてきた家具なので、今では値段が付けられないものもあるんだとか。

他にも花瓶、絵画、彫刻など、値の張るものは全て倉庫に保管しているんですって。びっくり。

「先代様は、ご自身が亡くなられた後の事を、とても心配しておられました。案の定と申しますか、葬儀のすぐ後にあの状況になりましたからねえ」

ああ、叔父ですね！　不正で後見人となって、我が家に乗り込んできた時、会頭もまだ邸に残っていたから、見ているんだったわ。

でも、そうか。お母様は、叔父が我が家の財産を食い潰す事を恐れて、先手を打っておいたのね。さすがお母様。

財産は他にもあり、何と王都の土地をいくつか所有しているという。

「こちらの不動産は、我が商会で長年管理しているものです。お嬢様がご自身で管理なさるというのであれば、全てお返しいたしますが」

「いえ、そのままで」

不動産管理なんて、私に出来るはずがない。だって、そういう事はきちんと学んだ人でないと、厳しいでしょうよ。

会頭によれば、王都の大通り沿いにいくつもの不動産を所有していて、そこの賃料だけで年間相当な金額になるという。

ガレバール商会側も、不動産の管理にはメリットがあるそうで、出来ればこのまま管理を続けたいとの事。お互いに利益がある話は、いいわね。

「それから、こちらがお母君が残された宝飾類です。これらも、お家に代々伝わる石です。何度か作り替えてはいるそうですが、石そのものは替えていないのだとか」

カットとかは、時代によってトレンドもあるものね。でも、長く続く家であればある程、質がよく大きな石を所有している事があるって、三夫人から習った。

特に古代帝国から続くような家柄には、大きくて質のいい宝石が集まっているという話だったのよ。

聖女の家系というのなら、我が家も古代帝国から続く家って事よね？　そして、目の前にずらりと並べられた宝飾品には、どれも大粒の宝石が嵌《は》まっている。

カットが古臭いから削り直しにはなるだろうけれど、それでも元がこれだけの大きさだもの。削った後も、今売られている宝石よりも大きくなりそう。

でもね……高価な宝石って、それだけで嫉妬の対象になるのよ。これらの宝飾品を付けて社交界に出ようものなら、周囲からの嫉妬の視線で穴だらけになりそうだわ。

ま、まああれよ。このまま取っておいて、ウードが結婚したらその奥さんに譲るってのも、手よね。

何となくだけど、私はこのまま独身を貫きそうなんだもの。普通、娘の結婚相手は親が決めるものだから。

でも、私にはもう親はいない。父方の祖父母はいるけれど、伯爵家の縁組みをまとめるだけの力はあるかしら？

もしあるのなら、それは弟に全て使ってほしいのよねえ。私はいいわ。

ガレバール商会からの帰り道、殿下と二人で王都を歩く。何だか、色々と思ってもみない事を聞いたからか、疲れてしまった。

本当なら行きも帰りも馬車に乗るべきなんだけれど、何となく今日は歩きたい気分だったから歩きで来ている。まさか殿下まで徒歩移動に付き合うとは思わなかったけど。

その殿下は、隣を無言で歩いている。不機嫌なのかしら？　やっぱり、馬車を使うべきだった？

でも、この国の馬車って、振動が大きいから疲れるのよね。短距離なら、歩くのが一番！今の私なら体力あるから、一時間以上歩いても問題ないわ。

内心で己の体力自慢をしていたら、殿下がぽつりとこぼした。

「……王家を、恨んでいるか？」

「はい？」

今、何か変な事を聞いた気がする。それ、人通りの多いこんな場所で口にしちゃ、いけない内容じゃないかしら？

ふと気付くと、殿下が足を止めていた。知らずに数歩先に行っちゃったわよ。

「殿下？」

「サーヤの両親を死なせたのは、おう――」

「そこまで！　続きは帰ってからにしましょう！」

慌てて手で殿下の口を押さえて話を遮った後、今度は殿下の手を取って早歩きをする。殿下にとっては普通に歩く程度の速度なのが、地味にムカつくわー。

王宮に戻り、東宮の執務室に向かおうとしたら、何故か逆に手を引っ張られ、いつもとは違う場所に連れていかれた。ここ、どこ？

不安になって辺りを見回していたら、殿下がぼそりと告げる。

「私の私的な区域だ」

つまり、プライベートエリアという事ですか？　え……そんなところに、入っちゃっていいの？

そうは思うけれど、何せがっちり手を握られて、ずんずん引っ張られるので拒否する隙もない。

そのまま、明るい一室に連れ込まれた。入る時の、扉を警護している衛兵の顔、凄く驚いていたわね。

現実逃避気味に考えていたら、少し小さい一室に通された。調度品の数が少なく、壁に絵画もないけれど、壁紙とか調度品のデザインとか、凄く趣味がいい。これ、前世日本でも通用しそうな室内だわ。

きょろきょろと見回していたら、殿下から「座ってくれ」と指示される。大ぶりの一人掛けの椅子に腰掛けた。小さな丸いテーブルを挟んで、向かいの椅子に殿下が腰を下ろす。

そのまま、殿下は膝に肘を突いて手を組み、額に当てるようにして考え込んでしまったわ。

これは、こちらから話を振った方がいいのかしら。

迷っている間に、殿下が顔を上げる。

「先程の話だが」

「はい」

「王家を、恨んでいるか？　いや、サーヤには、恨むだけの理由がある。資格も……あると思う」

やっぱり、王宮まで戻ってよかったわ。ここなら、周囲に聞かれても、多分何とかなるもの。

だから、私も本音を言っておこうと思う。

「王家を恨んではいません」

「だが！」

「殿下が仰っているのは、両親の事ですよね？　父は確かに母を庇って亡くなったようですが、父は後悔していないと思います。母の事を、とても大事にしていたので」

母だけじゃない。私達の事も、とても大事にしてくれた。優しかった父。きっと、母を庇わず自分が生き残ったら、残る生涯、ずっと自分を責め続けただろう。

そんな姿は、私達も、そしてきっと母も見たくなかったと思う。

「母も同様です。母からの手紙には、為すべき事を為した結果として、受け入れているとありました」

「……それでも、国が、王家が命じなければ、サーヤの両親はまだ生きていたはずだ。君も、辛い目に遭わずに済んだだろう」

それはあるかも。二度目の人生とはいえ、大事な親を亡くしたのは、かなりショックだったから。

でもね。それを言うのなら、恨む先はセネリア王国でも王家でもないと思うの。

「殿下。それを言うのなら、私が恨むべきはムアンゾイド侯爵だけですよ」

「え」

「だって、彼が野望を抱かなければセネリアにちょっかいを掛ける事もなかったでしょうし、何より彼は我が家を狙って仕掛けてきました。恨むべきはムアンゾイド侯爵と彼の一派だけです」

うん、そこは間違えちゃいけないと思うのよ。

「それに」

「それに？」

「国からの命令がなくとも、両親なら動いたと思うんですよね。ベナゼアッド辺境領で、大盗賊団の犠牲になった中には、幼い子供達もいましたよね？　きっと、これ以上子供が犠牲にならないようにと、動いたんじゃないかと」

お母様の手紙にもあったように、我が家の責務と考えていたようだから。それ以外にも、私達の事をあれ程大事に慈しんでくれた両親だもの。辺境伯領で盗賊団に苦しめられている人達の事を思い、命令がなくとも動いたと思うのよね。

私の言葉を聞いた殿下は、何やら付き物が落ちたような顔をしている。心配だったんですね。大丈夫ですよ。我が家はこれまでと変わらず、国と王家に忠誠を尽くします。多分。

殿下もやっと落ち着いたようで、ガレバール商会を出たあたりの不安定さはもう見られない。

「そろそろ殿下は執務に戻られる時間ですよね？　私はこのまま北宮に――」

「もう少し、このままで」

……殿下、サボりはよくないですよ？　大体、仕事を怠けようなどとしたら、アフレート卿あたりがすっ飛んで来るんじゃないですか？　口には出さず胸に収めた私を、誰か褒めてください。

それにしても、殿下をどうやって仕事に戻せばいいのか。悩んでいたら、扉の向こうが何やら騒がしい。

殿下も気付いたみたいね。

「何だ？」

眉間に皺を寄せて扉を睨むと、その扉が乱暴に開け放たれた。開けたのは……アフレート卿？

「殿下！　大変です！」

「何事だ？　騒々しい。大体、いつ私が帰ったと――」

「そこの兵士が教えてくれました！　それよりこちらを！」

アフレート卿は、手に持っていた書簡を殿下に手渡す。それを見た殿下の目が、みるみるうちに見開かれていった。

「これは……サーヤ！」

「は、はい⁉」

え？　何？　怒鳴られるような事、した覚えはないんだけれど⁉

「お前、いつの間にムアンゾイド侯爵を浄化したんだ⁉」

え？　浄化？　あのムアンゾイド侯爵を？

訳がわからずぽかんとしていると、様子がおかしいと殿下とアフレート卿が気付いたよう。

「……していないのか？」

おそるおそるといった風に聞いてくる殿下に、事実だけを返した。

「ええと、出来ればいいなあと思って、寝る前のお祈りの時間に、ちょっと祈りました」

「それか……」

アフレート卿が頭を抱えながら唸る。えええええ、お祈りすら、するなっていうの？

というか、一体何が起こったっていうんですか。

「あの、何が起きているのか、聞いてもいいですか？」

私の質問に、殿下とアフレート卿が顔を見合わせる。そんなにヤバい内容なのかしら。

やがて、殿下が重い溜息を吐いてから教えてくれた。

「ギエネシェドンで、ムアンゾイド侯爵が国王陛下の御前、これまでの所業を全て告白したそうだ」

「はい？」

「しかも、本人が持っている証拠付きで。ギエネシェドン王宮は、現在大混乱中らしい」

どういう事？

アフレート卿が持ってきたのは、ギエネシェドンからの報せだったそう。何でも、鳥を使った連絡方法があるそうで、それを使って送られてきたんですって。伝書鳩？

「ギエネシェドンには、我が国の大使がいますからね。彼からの報告ですから、数日前に起こった事でしょう」

先程聞かされた、ギエネシェドン国王の前で行われたという、大告白大会の事ですね。

ムアンゾイド侯爵、国内でも色々とやらかしていたそうで、今までは証拠不十分で捕縛出来なかったんですって。

なのに、いきなり国王の前で証拠を揃えて自分の悪事を自分で暴露したものだから、さあ大変。

当然ムアンゾイド侯爵だけでなく、彼の一派に加わっている貴族家も巻き添えになったそうよ。

「おそらく、向こうの王宮では粛清の嵐が吹き荒れるだろうな」

乾いた笑いを浮かべる殿下の意見に、アフレート卿も頷いている。まあ、やらかした事が事だから、仕方ないいんじゃないかしら。

セネリア王国に仕掛けた内容も酷いものだったけれど、ギエネシェドン国内でやらかしていた内容も酷かったらしい。

ムアンゾイド侯爵家に滅ぼされた貴族家が、両の手の指では追いつかない程の数なんだとか。滅ぼされるまではいかなくとも、あの手この手で家名を汚された家多数。

今までは、王族の末席にいるのに加え、証拠らしい証拠がなかった為、王家でも処罰出来ずにいたそう。

今回の自白大会のおかげで、悪い連中を根絶やしに出来そうだと、隣国の王家は喜んでいるんですって。それはそれで、何だかなー。

自分達で努力して捕縛せず、証拠がないからとほったらかしにしていたくせにね。もしかしたら、ギエネシェドンの王家が本腰入れて探れば、もっと早くムアンゾイド侯爵を追い詰められたかもしれないじゃない。

そうすれば、両親もまだ生きていて、私も弟も何不自由ない生活が続いていたんじゃないかしら。そう思うと……ね。

さすがに他国の王家にあれこれは言えませんが。不敬罪で極刑になっちゃうわよ。

ともかく、期せずして仇を取った形かしら。色々ととんでもない面もあるけれど、聖女の浄化能力に感謝しなきゃね。

# 第九章

罠を仕掛ける為に犠牲にした私の成人の儀のやり直しが、明日になった。何でも、大聖堂の大司教様から、矢のような催促があったんですって。

「まったく、大司教は何を考えているんだ?」

あの方、私の聖女の能力にいたく感動なさってたから。聖女である私の成人の儀を自分が執り行うのだと、息巻いているって聞いたわ。

本当は、やり直しの成人の儀は、我が家が懇意にしている教会でやろうと思っていたんだけれど。残念。

来賓を考えたら、確かにあの王都の外れの小さな教会では、キャパオーバーでしょうね。何せアデディエラ様、三夫人方、王太子殿下、アフレート卿、マーバル卿。

それに祖父母と伯父夫婦も参加してくれるって。ついでに、ハント男爵や王宮の厨房の皆もお祝いしてくれるそうよ。嬉しい事だわ。

今回はちゃんとウードもおめかしして参列する。私のたった一人の家族だもの。そのウードは、当日着る服を試着している。

「姉上! どう?」

「とっても素敵よ、ウード」

私の返答に、弟がえへへと笑う。ああああ、可愛い！

試着している場所は、北宮の奥の部屋。ここまで入ってこられるのは、北宮の主であるアディエラ様と国王陛下、それと三夫人くらいなんですって。

殿下は入れないのかしらね？　もっとも、殿下はウードが私の「弟」だって知ってるから、ここで顔を合わせても問題はないんだけれど。

何せ北宮は、基本男子禁制ですからね。

「姉上。姉上の成人の儀が終わったら、僕達王宮を出るんだよね？」

「ええ、そうよ。お家に帰るの。何だか懐かしいわね」

現在、フェールルナー伯爵邸はガレバール商会の手によって元の姿に戻りつつある。掃除に関しては私が行ってやったけれど、調度品や美術品、その他諸々お母様が預けていたものが、元に戻された。そこも、懐かしいに掛かってくる。

お父様、お母様が生きてらした頃の邸の姿に、戻るんだわ。もう二人はいないけれど、これからは弟と二人、しっかり生きていかなきゃ。

家に帰れるというのに、ウードはちょっと残念そうだ。

「どうしたの？　お家に帰りたくない？」

「ううん、そうじゃないんだ。そうじゃないんだけど……」

そういえば、この子は家にいた時、ろくな遊び相手もいなかったっけ。元々フェールナー家は社交をしっかりする家じゃなかったようで、両親と親しい家もほぼないし。

本来なら、親の知り合いの子供と仲良くなって、そこから社交の真似事をするものなのだけれどね。私もこの子も、そのあたりをすっ飛ばしてしまったから。

「……寂しい？」

私の問いに、ウードが驚いたような顔でこちらを見上げてくる。そうよね。北宮にいれば誰かしらが構ってくれるし、東宮でも殿下達がよく面倒を見てくださったもの。

それに、厨房に行けば料理長達がいるしね。

彼等には、昨日までに挨拶を済ませている。北宮の皆様には寂しくなると言われたけれど、また遊びにいらっしゃいとも言われた。

厨房の料理長は、何やら怒っているような顔で無言だったけれど、彼の助手がこそっと耳打ちして教えてくれた。泣くのを我慢していたんですって。

最後に、料理長お手製の焼き菓子をバスケットいっぱいにくれて、ウードが満面の笑みになたっけ。それで結局、料理長の涙腺が崩壊したのよねー。

何も、あれが今生の別れじゃないでしょうに。

「お家に帰っても、王宮に来られるよう、殿下達にお願いしてみましょうか？」

「いいの⁉」

貴族の子女は、王宮で幼い頃から使い走りをする事がある。もっとも、それは子爵位以下の家の子だっていうけれど。

爵位が低い家の子は、早くから王宮に出仕して顔を覚えてもらうんですって。我が家は伯爵家だけれど、王宮で役職をいただいている訳ではないし、領地を持っている訳でもない。まあ、王都には不動産を多く所有しているみたいだけれどね。

そんな変則的な家だから、ウードが出仕してもいいんじゃないかしら。成人の儀が終わったら、殿下にお願いしてみましょう。

大体、騒動ばかりで忘れがちだけれど、まだ真っ黒な西宮の浄化、終わってないんだし。

成人の儀を数日後に控えた夜。殿下が北宮を訪れた。ウードはもう寝ている時間。寝付くまで寝台に一緒にいたけれど、私一人で抜け出してきている。

これから、ギイド伯爵と叔父に面会する。

正直、これが正解なのかどうかは、まだわからない。でも、区切りだからと、殿下に勧められたから。

二人は、王宮の南宮の地下にある、隠された地下牢にいるという。ここは、表に出せない犯罪者……主に貴族を収容する場所なのだとか。

「貴族達も、まさか王宮の表に当たる南宮の地下に、こんな場所があるとは思わないようだ」

私のすぐ隣を歩く王太子殿下が、皮肉な言い方をした。まあ、南宮って一番貴族達が出入りする場所だものね。その足元に、罪を犯した貴族が囚《とら》われているなんて、普通は考えつかないかも。

南宮の端、狭い一室の壁際に、地下に下りる階段はあった。こんな場所にあるんだ……。

「足元に注意しろ」

「はい」

先導はマーバル卿、殿下と私の後ろにいるのはアフレート卿。他、武装した兵士が四名ついている。

狭い石の階段を下りていくと、下から誰かが喚く声が聞こえた。誰かじゃないわね、叔父一家だわ。

「早くここから出せ！　わ、私は次代のフェールナー伯爵なのだぞ！」

「ここから出してちょうだい！　私は、私はきらびやかな世界へ行くのよおおおお」

「もう嫌……何なのここ？　ジメジメしてるし寒いし汚いし、早く出してよ、こんなとこ、もういたくない」

耳障りな声が響いてくる。叔父は相変わらず、伯爵位を継げると思い込んでいるみたい。誰も、教えてくれなかったのかな。

叔父の妻と娘が、自分は悪くないと思い込んでいるのは、まあいつもの事。彼等にも、我が家の財産に関する横領罪が適用されるそうなので、無罪放免とはいかないでしょうね。よくて生涯修道院生活、悪ければ一生どこかの鉱山で下働きかな。さすがに、横領程度で処刑はないと思うんだけど。

階段を下りきると、声は更に大きく響いている。

「うるさいぞ！　いい加減にしろ！」

怒鳴り声と共に、重いもので鉄格子を叩くような音が聞こえた。怯えたのか、叔父一家の泣き言は収まっている。

「さすがに牢番もうんざりしているんだろう。終始ああやって喚いているというから」

隣の王太子殿下が、こっそり耳打ちしてきた。本当、懲りないんだな。牢番の方々も、お疲れ様です。

これから、あの一家に会うと思うと気が重い。でも、これも私の……フェールナー伯爵家当主の務めなんだと思う。気をしっかり持たないと。

地下牢は、階段を下りきった場所から少し奥にある。横一列に並んだ狭い石造りの部屋に、鉄格子が嵌まっていた。

地下なので暗いかと思ったけれど、ランプで周囲が照らされている。よかった。でも、凄い臭いんだけど。思わず口元を手で覆う程。

姿を現した私達を見た叔父一家は、全員鉄格子にすがりついた。

「おお！　やっと来たか！　さあ、俺達をここから出してくれ！」

「早く出しなさい！　ああ、邸に戻ってお風呂に入りたいわ。すぐに準備するのよ」

「ちょっと！　何であんたがそんないい男達に囲まれているのよ。ずるいわ！」

胸の奥が、ざわっとする。この連中、誰に何を言っているのか、本当に理解しているのかしら。あれだけ虐げた相手が、自分達を救い出してくれるとでも？

不意に、奥の牢屋から笑う声が聞こえた。おかげで、喉元まで出掛かった罵倒《ばとう》が引っ込んだわ。いいんだか悪いんだか。

「ギイド伯爵だな」

殿下が、奥へ視線を向ける。なるほど、あの倒れた室長ですね。全員で叔父一家の目の前を素通りし、ギイド伯爵が入れられている牢屋まで来る。彼は、石造りの狭い部屋の奥にいた。

何だか、あの頃より更に病的になってません？　まあ、こんな場所に入れられていたら、誰だってやつれるか。

頬がこけて、腕まで細くなったギイド伯爵を見下ろし、殿下が口を開く。

「何がおかしい？　伯爵」

「いえね。私はつくづくついていないと思ったのですよ。選んだ駒が、こんな使えないとは」

そう言うと、ギイド伯爵は大声で笑い続けた。何だか、鬼気迫るものがある。駒とは、隣の牢屋にいる叔父を指しているのかしら？

ギイド伯爵は、こちらが聞いてもいないのに、ベラベラと話し始めた。

「ああ、そうだ。最初からついていなかったんだ。望んだ相手は王の妃、反乱を唆《そそのか》してきた相手は夢見がちなただの無能、使った駒は勘違いだらけの間抜けときた。本当に、何てついていない人生なんだ！」

いや、ついていないのではなく、色々選択を誤った結果じゃないですかね？

手が届かない相手に惚れたなら諦めるという道もあったはずだし、外国の侯爵に唆された時だって無視するという手があったはず。

結局は、自分で今の結果を引き当てただけだと思う。

殿下達も同様に考えたのか、誰も何も言わない。ただ、冷めた目でギイド伯爵を見ている。

「は、ははは。お前達だって、何も言い返せないじゃないか。はは、そうだ。私が悪いんじゃない。私がついていないだけ。それだけなんだ」

まるで自分に言い聞かせるように、ギイド伯爵は同じ事を繰り返し呟いていた。その声は、段々小さくなっていく。

「あれは極刑だ。これは覆らない」

殿下が、呟いた。独り言のような、誰かに聞かせているような。どちらかはわからないけれど、私の耳にはしっかりと届いた。

殿下達が牢屋を後にするのに続いて、私も足を進める。再び叔父達の牢屋の前を通る際、鉄格子から手が伸ばされた。

「待て！　待ってくれ！　なあ、頼む！　助けてくれよ！」

必死な様子だけど、私の心は一切動かない。叔父の妻は卑屈な目でこちらをちらちらと見ていて、娘の方は現実逃避をしているのか、親指の爪を噛んで聞き取れない声で何かをブツブツと呟いている。

親子の中で、叔父だけが現実を見ているのが、何だか不思議だ。

なら、更なる現実を教えて差し上げよう。これが、私に出来る最後の事だから。

「あなた達が助かる道はありません」

「な……」

思いの他静かな声になった。真実を告げられた叔父は、言葉を失っている。間違ってはいない。どんな罰が下されるにせよ、叔父一家が無罪になる可能性はゼロなのだから。

有罪を突きつけるこの瞬間、もう少し精神的な高揚感を得られるかと思ったけれど、案外心は凪《な》いでいる。私が薄情なのか、それとももうこの人達との関係は、自分の中で終わった事に分類されているからなのか。

「我が家に対する横領罪も、後見人の立場を偽った罪も、帳消しにはなりませんから」

前者はともかく、後者は確実に重い罰となる。国が作った制度を悪用したのだから。それがわかっているようで、叔父が更に縋ってきた。

「た、助けてくれ！　ほ、本心じゃなかったんだ。ほら！　隣にいる奴に、ちょっと唆された だけなんだよ。な？　兄貴の娘だろ？　兄貴の弟の俺を、助けてくれよ！」

「兄って、誰ですか？」

「え？」

私の返答が意外だったのか、叔父は呆然としている。

「私の亡くなった父には、兄はいても弟はいません。戸籍を調べても、弟の存在などどこにも ありません」

「それ……は……」

自覚があるようで何より。実家であるハスアック家の戸籍からは、過去に遡って存在を抹消 されている。今ここにいるのは、ボウォート騎士爵家に婿入りした男だ。ハスアック子爵家の 三男でも、ましてや亡くなったお父様の弟でもない。

お祖父様に絶縁を選択させたのは、目の前の男本人。現実を、受け入れるといい。

「私が今日、ここに来たのはギイド伯爵に面会する為です。赤の他人のあなた達を助ける為で はありません」

これは嘘。ついでではあるけれど、叔父一家との面会も、目的の一つ。でも、望んだ事では ない。あくまで、フェールナー伯爵家当主としての仕事の一環というだけ。

「ま、待て！　待ってくれ！　あ、謝るから！　何でもするから！　俺だけでも助けてくれぇ

ええええええ」

妻と娘を捨てるんだ。醜いね。私なら、何があってもウードを捨てはしないのに。

この人でなしな発言には、叔父の妻と娘も反応した。

「ちょっと！　あたしらを捨てるつもりかい？　そんな事、決して許さないよ！」

「酷いわお父様！　お母様はまだしも、娘の私を捨てるだなんて！」

「ええい！　うるさい！　お前達がこいつを酷く扱ったから、今こんな目に遭っているんだぞ！　その罪を償《つぐな》え！」

「あんただって！　散々殴って蹴ったじゃないか！」

「そうよ！　一番酷い事をし続けたのは、お父様じゃない！」

あっという間に、罵《ののし》り合いが始まる。聞いてるだけで耳が腐りそう。ウードをここに連れてこないで、本当によかったわ。

階段を上って、地上に戻る。お腹の底から、重い溜息が出てきた。

「ご苦労だった」

「……殿下も、お疲れ様でした」

隣の殿下から労いの言葉が掛けられたので、返答する。これ、不敬に当たるかしら。

とりあえず、殿下本人は笑っているので、多分大丈夫でしょう。

夜も大分遅くなったけれど、北宮の小さめの客間に、アデディエラ様とマンルール侯爵夫人、王太子殿下、アフレート卿、マーバル卿、そして私がいる。

地下牢での報告と、先に彼等の処分を聞く為だ。

「ギイド伯爵とボウォート騎士爵は、極刑が決まった」

誰も何も言わない。妥当な判決だと思ったのかも。

この決定は、裁判所で被告人不在のまま決定したという。内容が内容だから、ちょっと特殊な裁判になったらしい。

「罪状は、一番は反逆罪及び王族に対する不敬罪だ。残念ながら、フェールナー伯爵家の後見人を偽った件では、極刑には出来なかったらしい」

反逆罪と不敬罪は、大聖堂で王太子殿下の命を狙った一件で適用されたんだとか。更に、入り婿とはいえ当主が王族を害しようとしたから、ボウォート騎士爵家そのものも取り潰しになるそう。

「それに伴い、ボウォート騎士爵夫人とその娘は身分が平民となり、フェールナー伯爵家に対する横領罪と伯爵令嬢に対する侮辱罪を追加して、生涯東の鉱山での懲役が決定した」

身分が平民になる為、修道院に幽閉という貴族女性のお決まりコースが適用されなかったのか。

私としては、二度と私達の周囲に現れないのなら、どこで何をしていても気にならないからいいんだけど。

「ハスアック子爵家だが、今回の事件が起こる前にボウォート騎士爵と絶縁している為、咎《とが》めはない」

よかった。これでお祖父様達に何かあったら、悔やんでも悔やみ切れないところですよ。

「ギイド伯爵も、極刑が決定している。もっとも、奴はこのまま獄中で命を落とす方が早いかもしれんな」

「何か、ありましたか？」

マンルール侯爵夫人からの問いに、殿下は苦笑する。

「牢の環境が気に入らないらしく、あれこれ文句を付けた挙げ句に、今は食事に手を付けないそうだ。このままだと、餓死《がし》する可能性が高いらしい」

「まあ」

マンルール侯爵夫人が眉をひそめる。それであんなに病的になってたんだ。いや、本当にあの人って。

「ギイド伯爵の実家である侯爵家だが、当主が連座として極刑が決定した」

「え」

ギイド伯爵は、某侯爵家の三男か何かだったはず。ただ、彼は叔父と違い、実家から絶縁されていなかった。

だから、実家にも咎がいったんだ。

「ギイド伯爵は、やらかした内容が内容だ。本来なら一族郎党連座になるが、母上の恩情で当主とその夫人、先代当主夫妻だけで終える」

ギイド伯爵の実家は、伯爵の父親が長男に家督を継がせていたので、今回連座になるのは伯爵の父親と兄、その配偶者の計四人。

でも、配偶者までなんて。特に現当主の奥様は、とばっちりもいいところじゃない。

「セーリャ、侯爵家に関して、嘆願は出ていますか？」

「いくつかは。全て、侯爵家縁の家からですね」

嘆願？　内心首を傾げていたら、マンルール夫人がそっと教えてくれた。

こういう連座で処刑される事が決まった人に対して、彼等の功績などを書き連ねて助命を請うものだとか。ああ、助命嘆願とか、あったわ。

それが、ギイド伯爵の実家の人達に関して出ているらしい。これがあるとないとじゃ、大違いなんだとか。

「詳しくは父上が決めますが、前例を考えると、おそらく連座の者達は修道院行きが妥当かと」

貴族の生活から、全てを自分でやらなければならない修道院の生活へ。しかも、極刑を免れる為の修道院行きの場合、一生俗世に戻る事は出来ないそう。

それでも、生きていてほしい。生き続けたい。そういった願いから、助命嘆願が出される。

王家としても、あまり厳しくしすぎると、この先侯爵家にそっぽを向かれるかもしれない。それはそれで、困る部分もあるんだとか。

なので、逃れられない罪を犯したギイド伯爵本人の極刑は覆らないけれど、連座の人達の分は恩情をかけましょうという結果になる事が多いそう。

貴族の世界も、大変だね。あ、私も貴族か。

成人の儀の当日。天気は快晴。私は、王宮から大聖堂へ馬車で向かっている。馬車は列をなしていて、私達が乗る馬車の前を行くのは王太子殿下とアフレート卿、マーバル卿が乗っているもの。

他にも、三夫人とかアデディエラ様が乗っている馬車もある。とにかく、凄く長い列になってるわ……。

当然、護衛の騎士の数も多い。一体どこのお姫様の馬車行列かと、道行く人達が注目してるわよ、恥ずかしい。いや、車内にいるから外からは見えないのだけれど。

王族であるアデディエラ様と王太子殿下の参列が決まった時点で、今日のこの状況を察していなきゃいけなかったのよね。経験値が足りなくて、私には無理だったわ。

ちなみに、私は前回と違うドレスを着ている。何でも、前のは叔父を罠に嵌めるのが前提のものだったので、晴れの日にはふさわしくないから、ですって。

そんなの、感覚が庶民よりの私は気にしないんだけれど、こういった事は周囲の声に反発するより、おとなしく従った方がうまくいくし、早く済むと理解してるから。

ええ、そういう経験値だけは高くなったと思うわ。何より、これを見越して最初から二着注文してくださったアデディエラ様のご厚意を無にする訳にいかないもの。

成人の儀は、白のドレスと決まっている。付けるアクセサリーは、家によってまちまち。私は印章のペンダントと、前回いただいたアクセサリーを付けている。

これも、新しいものをとアデディエラ様が仰ったんだけど、さすがにそこまでは甘えられない。

これには、三夫人と王太子殿下も私の味方をしてくれたので、以前のものを付ける事に落ち着いたわ。

印章でもあるつぼみのペンダントは、今日はドレスの上に下げている。普段は服の下に隠すように付けているのだけれど、もう隠す必要はないから。

本日のエスコート役は、ウード。私以上に緊張しちゃって、ちょっと可哀想。

「大丈夫よ、ウード。練習通りにね」

「は、はい！」

馬車の中からこれだもの。本番までもつのかしら。可哀想な気もするけれど、本人がやるって言い出した事だからね。頑張れ。

馬車は問題なく大聖堂に到着。したのはいいんだけど。

「姉上、人がたくさんいるね」

「本当にね……」

何故、大聖堂の主でもある大司教様が、玄関まで出迎えに来ているのかしら？

私達の馬車も大聖堂に到着したので、降りるはずなんだけれど、一向に扉が開かれない。

いつもなら自分で開けるんだけれど、今日はちゃんと貴族のお嬢様らしく人に開けてもらい、手を借りながら降りないと駄目なんですって。

だから、外側から御者か従者が開けてくれるのを待っているのよ。でも、何やら言い合いが聞こえてくるんですけど。

「大司教！　仰々しい事はやめろと言っただろう！」

「何を仰います！　聖女様の成人の儀を我が大聖堂で執り行うのですよ⁉　皆で出迎えるのは当たり前です！」

「いいから、早く全員中に入れ！　このままでは、サーヤを馬車から降ろせないだろうが！」

「何と！　では、私めが扉を開けて降りる為の手伝いを――」

「とっとと中に入れ‼」

何やってんですか、大司教。

「姉上、お外では何が起こってるの？」

「大人げない大人達が、言い合いをしているようよ」

「え？」

いいのよ、天使。あなたは理解しなくて。私も理解したくないわ。

散々押し問答をした結果、王太子殿下が勝ったらしい。馬車の扉を開き、手を差し出してきたのは殿下でした。

「待たせたな、サーヤ」

「いいえ」

こちらは馬車の中で座って待ってるだけでしたからね。

差し出された殿下の手を取って降りようとしたら、ウードから待ったが掛かった。

「殿下、駄目です！」

「え」

驚いたのは、私だけでなく殿下もだ。差し出した手はそのままに、お互いに固まってしまったわよ。まさか、この子がこんな事を言い出すなんて、思わなかったから。

「今日、姉上をエスコートするのは、僕です！」

「お、おお、そうだったな」

いつにない弟の様子に、殿下が引き下がる。ウードったら、殿下相手に強いわねえ。でも、そんなところも素敵よ。

先に降りたウードが、こちらに手を差し伸べる。

「お手をどうぞ」

「ありがとう」

もう、すっかり紳士だね。君の成長が嬉しい反面、ちょっと寂しい。もうじき、私の手元から飛び立ってしまうんだわ。

ああ、この子の結婚式では、私、鬱陶しいくらいに泣くんだろうなあ。

弟にエスコートされ、大聖堂の身廊を進む。成人の儀はシンプルで、このまま祭壇で祝福を受けるだけ。前世の成人式よりも簡素だね。

誕生日前後に、個人的にやる儀式だからかも。なのに、着飾ったり客を呼んだりするのは、ここが「この人、成人したよ」とお披露目する場でもあるから。

この後祝賀パーティーとかする家もあるけれど、うちはやらない。お金がない訳ではなくて、まだ使用人もろくに戻っていない我が家では、パーティーそのものが開けないから。

ただ、この成人の儀が終われば、私とウードは王宮を後にし、家に帰る。しばらくは二人だけになるけれど、それもまたよし。

ゆっくり進む身廊の座席には、見知った人達の顔が並ぶ。ハスアック家からも参加してくれているし、ガレバール商会の会頭もいる。

もちろん、王宮の人達もいる訳ですが。あ、よく見たら料理長が泣いてるわ。初対面はアレだったけれど、いい人だよね。あと、結構涙もろい。

ここにいる人達のうち、誰が欠けても今日という日は迎えられなかったかもしれない。そう思うと、感謝で胸がいっぱいになる。

天国のお父様、お母様。あなた方の娘は、無事成人しました。これから先も長いですが、どうか見守ってやってください。

祭壇まで到着し、大司教の前に跪いた。ウードは少し離れて脇で待機。

「サーヤ・イエンシラ・イスペノラ・フェールナー。ここに成人になった事を、神の前で祝福します。聖女に幸いあれ！」

あ、最後の一言、勝手に追加しましたね？　そっと大司教様を見上げると、何やら悦に入った様子。

大司教様の視線は私の後ろに向けられているから……多分、見ているのは王太子殿下ですね。大聖堂の入り口で言い合いしていたからかしら。

子供の喧嘩か！　人の成人の儀を、そんなものに利用しないでください！　私の感動を返して！

とはいえ、今回は無事に成人の儀を終えられたので、よしとしておきましょう。

大聖堂からは、王都の邸に戻る。北宮であつらえてもらい、使っていた身の回りのものや着替えなどは、今朝の時点でこちらに送ってもらった。

大聖堂から乗ってきた馬車から降りて、ウードと二人門の前に立つ。

やっと、ここを取り戻せたのよね。何だか、まだ信じられない。

「姉上、やっと帰ってこられたんだね」

「そうね。もう、二度とあんな事は起きないわ」

私が成人し、襲爵もした。そちらのお披露目に関しては、王宮で行われる王家主催の夜会で披露していこうというのが、アデディエラ様と王太子殿下お二人の共通意見。

そのあたりに関しては、お任せしておこうと思うの。本来、こうした事は親の仕事なのだけれど、我が家の両親は既に亡く、親しい親戚もほぼいない。

祖父母はいても、爵位が子爵家とあっては、社交界での後ろ盾とするのに心許ないんですって。こういう時、身分社会なんだなあって実感するわ。

それはともかく、やっと取り返した家、しばらくは満喫しないとね。

「さあ、中へ入りましょう」

「はい！」

門を開け、玄関までの短いアプローチを、二人で手を繋いで歩く。この家を出た時は、表ではなく裏口からだったわね。

惨めさはなかった。ただ、この家を後にするのが、堪らなく寂しかった。だって、ここには

お父様とお母様の思い出がたくさんあるのだもの。

でも、その寂しさとも今日でお別れ。もう、ここを手放す事はないわ。

玄関の鍵を開け、二人で扉を開く。見慣れたエントランス。でも、子供の頃のように出迎えてくれる執事も使用人もいない。

でも。

「ウード、いい?」

「はい! 姉上!」

私達には、二人で決めていた事がある。家を取り戻したら、玄関でこう言おうって。

じゃあ、声を揃えて。せーの。

「ただいま!」

fin

# あとがき

やっと終わった……今の正直な感想です。いや、これ書いてる時点でまだ終わってないんですが。

あ、初めましての方も二度目ましての方も、それ以上の方も、斎木リコと申します。

今回、初めての出版社様からの書き下ろしです。そして、実は二度目の聖女ものでした。

冒頭にも書きましたが、なかなかどうして、今回は結構な難産ぶりだったんです。まあ製作の苦労はちょっと置いておくとして。

今回、弟を愛《め》でる姉という、私からまず出てこないような内容になりました。うちで姉弟を書いても、大抵姉に逆らわず、斜に構えるかさじを投げる弟ばかりなので。

ちょっと可愛い弟属性に開眼しそうです。

今回の作品、一言で言うなら「弟が可愛いお姉ちゃんが、自分が思っている以上に強力な能力で無双する」話です。いつも通りですね。

中身は得意の転生もの……なんですが、あんまり転生要素なかったなあ。とはいえ、現代的な感覚を持っていないと、多分闇落ちしかねない境遇のヒロインなので、これはこれで必要だったんだと思っておきます。

聖女に王子様に眼鏡にイケメン騎士とくれば、どこかで恋愛が入りそうなものなのに。私の作品の傾向をご存知の方は、理解してくれるでしょうが、うちの作品、恋愛の入る余地が大変狭いです。

頑張って入れるか……とも思いましたが、これ以上要素を入れ込むと破綻すると思ってブレーキを掛けました。なので、恋愛は入ってません、ごめんなさい。

その分、大好きな陰謀を入れてあります。おかげで聖女の力は便利に使い倒しておりますよ。

最後に、今回書き下ろしの機会をくださった出版社様、編集者様、そしてイラストを担当してくださったボダックス様に心からの感謝を。美しいカバーは眼福ものです。

皆様のおかげで、この作品が仕上がりました。心からの感謝を。

それではまた、いつかどこかでお会い出来ましたら。

斎木《さいき》リコ

都合よく扱われるくらいなら家を出ます！
～可愛すぎる弟のために奔走していたら大逆転していました～

2024年11月5日　初版第1刷発行

著　者　斎木リコ



発行人　菊地修一

発行所　スターツ出版株式会社

〒104-0031　東京都中央区京橋1-3-1　八重洲口大栄ビル7F
TEL　03-6202-0386　(出版マーケティンググループ)
TEL　050-5538-5679（書店様向けご注文専用ダイヤル)
URL　https://starts-pub.jp/

印刷所　大日本印刷株式会社

ISBN　978-4-8137-9379-3　C0093　Printed in Japan



[斎木リコ先生へのファンレター宛先]
〒104-0031　東京都中央区京橋1-3-1　八重洲口大栄ビル7F
スターツ出版(株)　書籍編集部気付　斎木リコ先生

ISBN：978-4-8137-0528-4　※価格、ISBNは1巻のものです